고사성어로 친구 만나

인생에 댓글 달기

고사성어로 친구 만나

인생에 댓글 달기

전경남 엮음

보고사

책머리에

세월의 강은 그렇게도 무심히 흐르는가. 지난 2007년에 우리들은 이화여고 졸업 40주년을 맞았다. 20대를 바라보던 꽃다운 나이로 만나, 어언 40년이 넘어 이제 이순(耳順)을 맞는 할머니들이 되었다.

그동안 저마다 삶의 분주함과 신산함에 매이다보니 우정을 제대로 나눌 겨를이 없었고, 연락도 제대로 하지 못한 채 지나버린 시간들이었다. 또한 참 많은 친구들이 외국에 나가 정착하고 있어서 40주년 홈커밍 행사를 통해서야 비로소 만나 볼 수 있었다.

이처럼 아득한 시간과 공간을 뛰어넘어 친구들을 다시 만나게 해 준 것이 바로 인터넷이다. 우리 친구들은 '이화여고 67 카페'를 통하여 서로의 안부를 전하고, 관심 있고 좋아하는 문학·예술 등 문화를 다시 공유하기 시작하였으며, 허물없는 대화를 즐기게 되었으니 이 얼마나 좋아진 세상인가.

이 십티에서 공부빙 '함께 공부합시다'를 열어 고사성어를 가지고 인생에 대하여 우정의 댓글 달기를 시작한 것이 2006년 8월 8일이었다. 이제는 어언 500회를 향하여 나아가면서 시공의 제약 없이 우정을 회복하고 더욱 깊은 교류를 나누게 되었으니, 또 얼마나 감사한 일인가.

우리 이화 친구들은 하나같이 참 순수하고도 아름다우며 덕성스러운 사람들이다. 어렵게 용기를 내어 카페에 들어온 나에게 공부방을 마련해 준 카페지기

김선애를 비롯하여 정성스러운 댓글로 칭찬과 격려를 아끼지 않는 많은 친구들에게 깊이 감사한다. 에밀리 디킨슨은 '만약 내가' 라는 시에서 '기진맥진 지친 울새 한 마리 / 둥지에 다시 넣어줄 수 있다면 / 나 헛되이 사는 것 아니리'라고 노래하였다. 마치 '기진맥진 지친 울새 한 마리'처럼 여러 병으로 많이 아파서 바깥 출입도 잘 하지 못하고 지내던 나에게 아픔을 덜어주고 기쁨과 생명력을 불어넣어 둥지에 다시 넣어 준 이들이 바로 우리 친구들이었으니……

작은딸 나연이는 매우 엄격한 컴선생이다. 컴퓨터와 멀기만 했던 엄마에게 반드시 두 손을 사용하여 자판 두드리기부터 갖가지 정보와 소스를 찾는 방법 등까지 인터넷 활용에 눈을 열어주어 이화 동문 카페에 진출하도록 도와준 그 공이 무엇보다 크니, 참 고맙다.

멀리 영국에 살면서 마음으로 성원해 준 큰딸 지연이와 사위 철호, 그리고 손자 주안, 손녀 리안에게도 고마움을 전한다.

남편 김진영 교수는 나의 일을 지지해 주고 고사성어 공부를 책자로 내게끔 격려와 도움을 아끼지 않아 항상 고맙다.

이 책이 출간되는 데 있어 제일 수고가 많았던 김동건 교수, 진은진 교수께 특별히 감사한 마음을 전한다. 이들 부부는 100편의 이야기를 골라 뽑고 이화의 교훈인 자유, 사랑, 평화로 나누어 정리하여 우리들의 이 인연이 세상의 빛을 보게끔 도와주었다.

그리고 이 책을 흔쾌히 맡아서 예쁘게 출간하여 주신 보고사의 김흥국 사장님과 담당해 주신 직원 여러분께도 고마운 인사를 드린다.

이번에 수록되지 못한 글들은 다음 기회에 이어서 펴내고자 한다.

모두 다 감사할 일뿐이니, 이거야말로 진정 복 받은 삶이 아니겠는가.

무자년 갑년(甲年)을 맞으며, 전경남

차 례

■ 책머리에 … 3

1부 자유

청운지지 青雲之志 ·· 15

독서백편의자현 讀書百遍義自見 ················· 17

천의무봉 天衣無縫 ·· 21

세군 細君 ··· 25

춘면불각효 春眠不覺曉 ···································· 29

백문불여일견 百聞不如一見 ························· 31

노마지지 老馬之智 ·· 34

경국지색 傾國之色 ·· 37

청출어람 青出於藍 ·· 42

동가식서가숙 東家食西家宿 ························· 44

인심여면 人心如面 ·· 47

세월부대인 歲月不待人 ···································· 52

과유불급 過猶不及 ·· 55

왕형불형 王兄佛兄 ·· 58

망양지탄 望洋之歎 ·· 62

식언 食言 · 식언이비 食言而肥 ················· 65

오설상재 吾舌尙在 · · · · · · · · · · · · · · · 69

각주구검 刻舟求劍 · · · · · · · · · · · · · · · 72

각자위정 各自爲政 · · · · · · · · · · · · · · · 76

야서지혼 野鼠之婚 · · · · · · · · · · · · · · · 80

목인석심 木人石心 · · · · · · · · · · · · · · · 83

파죽지세 破竹之勢 · · · · · · · · · · · · · · · 87

계구우후 鷄口牛後 · · · · · · · · · · · · · · · 90

안서 雁書 · · · · · · · · · · · · · · · · · · · 93

낙양지가귀 洛陽紙價貴 · · · · · · · · · · · · · 97

동취 銅臭 · · · · · · · · · · · · · · · · · · · 101

난형난제 難兄難弟 · · · · · · · · · · · · · · · 105

건곤일척 乾坤一擲 · · · · · · · · · · · · · · · 107

명경지수 明鏡止水 · · · · · · · · · · · · · · · 110

중취독성 衆醉獨醒 · · · · · · · · · · · · · · · 113

극기복례 克己復禮 · · · · · · · · · · · · · · · 118

유좌지기 宥坐之器 · · · · · · · · · · · · · · · 121

방약무인 傍若無人 · · · · · · · · · · · · · · · 125

상선약수 上善若水 · · · · · · · · · · · · · · · 129

2부 사랑

가도사벽 家徒四壁 · · · · · · · · · · · · · · · 139

반의지희 斑衣之戲 · · · · · · · · · · · · · · · 139

오조사정 烏鳥私情 ································· 143

백유읍장 伯俞泣杖 ································· 146

풍수지탄 風樹之嘆 ································· 149

일일여삼추 一日如三秋 ························ 152

연리지 連理枝 ······································ 154

조강지처 糟糠之妻 ································· 158

단기지교 斷機之敎 ································· 160

복수불반분 覆水不返盆 ························ 163

월하빙인 月下氷人 ································· 167

사돈 査頓 ·· 171

우의대읍 牛衣對泣 ································· 176

문전작라 門前雀羅 ································· 181

지음 知音·지기지우 知己之友 ············· 185

금란지교 金蘭之交 ································· 189

일반천금 一飯千金 ································· 191

형제투금 兄弟投金 ································· 195

시도지교 市道之交 ································· 197

간담상조 肝膽相照 ································· 202

도리불언하자성혜 桃李不言下自成蹊 ···· 205

막역지우 莫逆之友 ································· 207

수어지교 水魚之交 ································· 209

관포지교 管鮑之交 ································· 211

물이유취 物以類聚 ································· 214

동병상련 同病相憐 ································· 218

십시일반 十匙一飯 ································· 221

순망치한 脣亡齒寒 ──────── 223

인인성사 因人成事 ──────── 225

미생지신 尾生之信 ──────── 229

여도지죄 餘桃之罪 ──────── 232

불언장단 不言長短 ──────── 235

태산불사토양 泰山不辭土壤 ──────── 237

어이아이 於異阿異 ──────── 241

3부 평화

천하언재 天何言哉 ──────── 245

기기기익 己飢己溺 ──────── 247

백구과극 白駒過隙 ──────── 250

신토불이 身土不二 ──────── 254

각득기소 各得其所 ──────── 256

일엽지추 一葉知秋 ──────── 260

치망설존 齒亡舌存 ──────── 263

오사필의 吾事畢矣 ──────── 267

호사다마 好事多魔 ──────── 270

순사반츤 巡使反櫬 ──────── 274

남가일몽 南柯一夢 ──────── 278

청천백일 靑天白日 ──────── 280

예미어도중 曳尾於塗中 ································ 283

만사불여오심죽 萬事不如吾心竹 ················ 286

평지풍파 平地風波 ································ 290

새옹지마 塞翁之馬 ································ 294

개관사정 蓋棺事定 ································ 296

자구다복 自求多福 ································ 299

일단사일표음 一簞食一瓢飮 ···················· 302

무릉도원 武陵桃源 ································ 305

계행죽엽성 鷄行竹葉成 ·························· 308

공자삼락 孔子三樂 ································ 311

맹자삼락 孟子三樂 ································ 313

진매독육 盡買毒肉 ································ 315

비방지목 誹謗之木 ································ 317

절영지회 絶纓之會 ································ 320

책기서인 責己恕人 ································ 324

요산요수 樂山樂水 ································ 327

불혹 不惑·지천명 知天命·이순 耳順 ············ 330

복경화구 福境禍區 ································ 332

반구서기 反求諸己 ································ 334

필부무죄 匹夫無罪 ································ 336

■ 찾아보기 … 341
■ 함께한 친구들의 후기 … 343

1부

자유

청운지지 靑雲之志

靑:푸를 청 / 雲:구름 운 / 之:어조사 지 / 志:뜻 지
청운의 뜻.
큰 꿈이나 입신출세를 대망하는 마음, 즉 높은 지위에 올라가고자 하는 뜻으로
'능운지지(陵雲之志)'와 같은 말이다.

宿昔靑雲志 (숙석청운지)	그 옛날 푸른 꿈을 안고 벼슬길에 나아갔는데
蹉跌白髮年 (차질백발년)	늙은 나이에 물러나 뜻을 이루지 못하였네.
唯知明鏡裏 (유지명경리)	누가 알리요, 밝은 거울 속
形影自相憐 (형영자상련)	얼굴과 그림자가 절로 서로 안타까워함을.

당(唐)나라 때 문인 장구령(張九齡)의 〈조경견백발(照鏡見白髮)〉이라는 시다. '거울을 비춰 백발을 보다'라는 뜻의 이 시에서 '청운지(靑雲志)'는 바로 입신출세하여 높은 벼슬자리에 올라가고자 하는 마음을 나타낸 말이다.

한편 당(唐)나라 때 시인인 왕발(王勃)의 〈등왕각서(滕王閣序)〉에는 다음과 같은 구절이 있다.

老當益壯 (노당익장)	늙음을 당하면 더욱 씩씩해야 한다.
寧知白首之心 (영지백수지심)	어찌 흰머리의 마음을 알랴!
窮且益堅 (궁차익견)	가난하고 힘들수록 더욱 굳건해져야 한다.
不墜靑雲之志 (불추청운지지)	청운의 뜻을 버리지 않아야 한다.

    시대와 지역의 차이에 상관없이 대다수의 젊은이들은 높은 뜻과 큰 꿈을 지니고 있다. 이를 '청운(靑雲)의 뜻'이라 하는데 '청운'의 본래 의미는 '높고 푸른 하늘의 구름'이다. 그런데 이는 모든 사람들이 올려다보게 되므로 '높은 지위'라는 의미가 더해졌다.

2006.10.01

인생의 댓글

경남 우리들 모두 왕발의 글에서처럼 나이 들어서도 더욱 씩씩하고 굳건해서 '靑雲之志'를 지니는 삶을 설계해 보자.

순회 그러게. 꼭 나이든 우리에게 한 말 같네.

선애 靑雲의 꿈이 젊은 시절에만 꾸는 것은 아니었구나. 그런데 지금 우리가 '높고 푸른 하늘의 구름'에 뜻을 둔다면 구체적으로 뭘 해야 할까?

독서백편의자현 讀書百遍義自見

讀:읽을 독 / 書:글 서 / 百:일백 백 / 遍:두루 편 / 義:뜻 의 / 自:스스로 자 / 見:드러날 현
글을 백 번 읽으면 글 가운데서의 뜻이 자연히 밝혀져 잘 알게 됨.
부지런히 학문을 닦거나 해야 할 일을 하고 또 하고 하는 사이에
저절로 진리를 터득하거나 일이 성취되게 마련이라는 뜻이다.

중국 후한(後漢) 말기는 모든 사람들이 자기가 가지고 있는 크고 작은 재주를 유력자에게 팔아 바침으로써 출세를 하고 삶을 꾸려가려고 하는 시대였다.

후한의 마지막 천자인 헌제(獻帝) 때에 동우(董遇)라는 학자가 있었다. 그는 당시의 출세주의와는 거리를 두고, 가난 속에서도 몸소 일을 해가면서 학문에만 전념하고 있었다. 그리하여 그는 어디를 가든지 잠시도 손에서 책을 놓는 일이 없었던 것으로 유명하다. '수불석권[手不釋券:손에서 책을 놓지 않음]'이란 말이 바로 그에 해당되는 것이었다.

동우가 학문을 이렇게 좋아한다는 소문이 헌제에게 알려져 마침내 황문시랑(黃文侍郎)이란 벼슬에 발탁되었고, 헌제에게 늘 경서(經書)를 강론하면서 신임을 받았다. 그러나 당시 승상이었던 조조(曹操)로부터 의심을 받아 한직으로 물러나게 되었다. 동우는 『노자(老子)』와 『춘추좌씨전(春秋左氏傳)』에 주석을 다는 등 세밀한 연구를 쉬지 않았다. 이렇게 학문으로 명성을 얻어 그에게 글을 배우겠다고 찾아오는 사람들이 있으면 그는 늘 이렇게 말하며 거절했다.

"내게서 배우기보다는 집에서 자네 혼자 읽고 또 읽어보게. 그러면 자연히 뜻을 알게 될 것이네."

이를 두고 『삼국지(三國志)』〈위지(魏志)〉에서는 다음과 같이 표현하고 있다.

"우(遇)는 가르치기를 즐겨하지 아니하며 말하기를, '반드시 마땅히 먼저 백 번을 읽어라. 글을 백 번을 읽으면 글의 뜻이 절로 나타난다'고 말했다."

혹 그럴 여유가 없다고 말하는 제자가 있으면 그는 '삼여(三餘)를 갖고서 하라'고 했다고 한다. 삼여는 곧 세 가지 여분(餘分)인데 '겨울과 밤과 비 오는 때'이다. 겨울은 한 해의 여분이고, 밤은 한 날의 여분이며, 비는 한 때의 여분이라는 뜻이다. 곧 다른 일이 없는 그러한 때를 여분으로 삼아 쉬지 말고 학문에 정진하라는 가르침이었다.

2007.07.01

인생의 댓글

경남 생각을 깊이 하며 글을 백 번 읽으면 글 뜻이 저절로 드러난다는 말처럼 무슨 일이든지 전심전력 공을 들이면 좋은 성취를 이루게 될 것이다. 공연히 이것 저것 정신없이 헤매기보다 정신을 한 곳에 모아 공부하는 것이 효과가 크다는 가르침과 '三餘'를 활용하는 지혜에 대한 가르침이 마음에 와 닿네.

선숙 어느 노인 부부가 각자 동창회에 갔었어.

> 할아범: 우리가 교가를 부르는데, 녀석들 가사를 죄다 외우고 있더구먼.
> 할멈: 기억력두 좋구먼. 한번 불러보구려.
> 할아범: ♬ 동해물과 백두산이…

다음엔 할멈이 동창회에 갔지.

> 할멈: 영감, 우리도 애들이 교가를 죄다 외우고 있더라구요.

할아범: 그래? 한번 불러보구려.

할멈: ♬ 동해물과 백두산이…

할아범: 아니, 우리 핵교 교가랑 똑같네그려.

할멈: 글쎄 말이네요.

지난번 전야제에서, 예배 중에 찬송 '참 아름다워라'를 부르고, 모든 행사가 끝날 즈음에 교가 제창을 하는데 어떤 친구가 하는 말.

"얘 얘, 교가를 불렀는데 또 불러?"

선숙: 아니 우리가 언제 교가를 불렀니?

친구: 아까 불렀잖아. 참 아름다워라…

선숙: 얘는, 그건 교가가 아니고 찬송가잖아.

친구: 아~하, 그렇구나, 그게 교가가 아니었지.

(에구, 우리들이 그런 나이가 되었구나…)

영혜 선숙아, 나가 선숙 땀시 못 살아… 오늘도 ㅎㅎㅎㅎ

혜성 讀書百遍義自見하려면 工夫如調絃之法하고 牛角掛書하고 窮理之功하면 工夫如調絃之法이라니, 글을 읽을 때도 牛角掛書하면서 窮理之功하면… 이렇게들 우수 학상들만 있으면 기죽어서 이방에 들어오기 무쵸겁나네요.

근디, 신숙아 니 진야제 때 야그는 그짓뿌렁이제? 웃길라고 니 지어냈제? 내가 알아분졌다.

선숙 혜성아, 전야제 때 야그 말이다. 그짓뿌렁 아니야. 우리가 '정'반이었거든. 그 테이블에 앉아있던 우리 친구가 그랬어. 이름이사 나가 워떠키 밝히겠냐? 허기사, '참 아름다워라'는 우리의 부교가 맨치로 많이 불렀응께. 소풍 때의 단골 주제가, 행사 때의 단골 메뉴… 이 찬송 모르면 우리 핵교 졸업생 아니었잖이여. 근디, 너까정 왜 요로코롬 열쉬미 공부 혀서 또 나를 기죽인다냐? 아고고, 자퇴를 허든지, 휴학을 허든지 혀야 쓰겠네. 나가 꼴찌는 맡아 논 당상이지만 그려두, 챙피허구 부끄러버서… 쥐구멍이 어디 있는지… 에구 무더운 날 쥐구멍 찾느라 땀이 비 오듯 허겄네…

미순 왜 그냐 ? 나으 시스터 선숙아야! 우리 나이에 공부고 뭐고 무엇이 그렇게 중하다냐? 맘껏 웃고 스트레스 풀고 건강한게, 나도 살고 자석들도 살고 우리 모두 모두 두루 두루 사는 거 아이가?

선숙 옴마나… 나가 나으 시스터, 미순이 땀시 산다닝께. 나가 공부 야그만 혀면 주눅 들어서 쥐구멍 찾을 시에, 나으 시스터는 항시 용기를 준다닝께. 긍께, 나으 시스터지. 땡큐 하트 ♡♥♡

영혜 혜성아, 반갑다… 이 공부방에는 웃음이 넘치고, 공부는 같은 말 여러 번 반복하니까, 곧 익숙해질 테니, 계속해서 매일 출석해 주기 바란다.

혜성 영혜가 반갑게 내 이름 불러주어 감개무량허지라. 아 이거 선숙이헌티 배워서 쓰는 건디 큰일 나 분졌당께. 혼잣말도 전라도 버전이 나오는 판이니 우찌 할까나. 내래 원래는 니북, 아니 삼팔따라지의 후예라서 니북말을 더 잘 하무다레. 선숙 동무도 니북 사투리 잘 하두만. 이건 여담이고~~~~~~~ 정말 이 방에 출석부에 도장 찍는 재미가 어디에도 비할 데가 없네 그려. 약속하리다, 매일 공부하기로. 근데 난 요런 것도 맹길었네 그려. ♡♥♡ ♥♡♥♡♥♡ ♥♡♥ 하트 × 12 times랑께.

천의무봉 天衣無縫

天:하늘 천 / 衣:옷 의 / 無:없을 무 / 縫:꿰맬 봉
하늘의 선녀가 입은 옷은 바느질한 흔적이 없음.
1. 시문(詩文)의 글귀가 자연스럽고 잘된 것, 2. 성품이 부드럽고 아름다워 자연스러우면서도 삐뚤어진 데가 없는 사람을 이르는 데 사용된다.

『태평광기(太平廣記)』〈영괴록(靈怪錄)〉에 다음과 같은 이야기가 전한다.

시문을 잘 짓고 세속을 초월하여 사는 곽한이라는 사람이 있었다. 몹시 더운 어느 여름날 뜰에 누워 바람을 쏘이고 있는데, 하늘 저 편에서 무엇인가 가물가물 내려오고 있는 것이 보였다. 자세히 보니 가까이 다가오는 것은 다름 아닌 여인이었다. 그 자태가 눈이 부시도록 아름다워 곽한은 정신없이 쳐다보다가 이렇게 물었다.

"당신은 누구이시기에 공중으로부터 날아오십니까?"

그 여인은 웃는 얼굴로 대답했다.

"저는 하늘나라에서 내려 온 직녀(織女)입니다."

깜짝 놀란 곽한이 조용히 그녀의 옷을 살펴보니, 직녀는 얇고 가벼운 옷을 입고 있었는네, 그 빛깔이며 모양이 아름나울 뿐 아니라 바느질한 흔적이 한 군데도 없는 신기한 것이었다. 곽한이 이상해서 그 옷에 대해 물으니 직녀는 이렇게 대답했다.

"하늘의 옷은 본래 바늘이나 실로 꿰매는 것이 아닙니다."

이 이야기에서 유래하여 시나 문장, 혹은 예술 작품이 전혀 사람의 기교가 주어지지 않은 자연 그대로의 극치를 이룬 모양을 가리켜 '천의무봉(天衣無縫)'이

라고 일컫게 되었다.

인생의 댓글

경남 하늘에 있는 선녀들이 입는 옷은 바느질하여 꿰매어 만든 것이 아니라 본래부터 자연스럽게 만들어져 있다는 전설이 있다. 이처럼 천연스러운 아름다움을 간직한 예술작품을 가리켜 흔히 '天衣無縫'이라 하는데, 이는 사람의 기교를 뛰어 넘어 신의 솜씨에 이르렀다는 최고의 찬사가 아닐까.

영혜 完璧한 옷이나 예술작품은 흠이 없는 구슬 같다고 할까요? 영어 표현에도 'seamless'란 말이 있지요.

선애 seamless 하니까 생각나는 거… 우리가 고등학교 졸업하고 대학생 돼서 처음 스타킹 신었을 때 뒤에 줄 있는 스타킹 신었지. 얼마 후 남영 나일론에서 seamless 스타킹이 나왔어. 얼마나 편했는지. 줄 비뚤어질 염려 없었으니까. 후에 탄력이 좋은 팬티스타킹 나왔고. 단어 하나에 옛날 생각나네.

선숙 스타킹의 내력을 좌~악 열거를 하셨네, 마담. 그려 그려, 그 다음에는 그물 스타킹이 나왔지. 흰 그물, 까만 그물 스타킹… 하얀 다리에 까만 그물 스타킹을 신으면 못 생긴 다리라도 쬐끔은 쉬쉬하게 보였었지. 요즈음엔 그물이 커서 왕그물 스타킹을 신은 쭉쭉빵빵의 미녀들이 있더라구. 근디, 시방 이 나이가 되니 스타킹이 다 뭬야. 맨발이라두 나 편하면 그만이지.

선애 우리가 처음 태어났을 때는 바느질한 흔적이 없이 아름다운 성격 아니었을까? 살면서 여기 터지고 저기 미어지고 하면서 바느질을 안 할 수 없었겠지.

원심 "천의무봉"을 읽으니 선녀와 나무꾼도 생각나고 견우와 직녀도 생각나네요… 오늘도 감사.

선숙 원심아, 선녀와 나무꾼 하닝께… 아고고, 또 나로 하여금 공부보담은 야그거리를 쓰게 혀는구먼. 나가 염불 보담은 젯밥에만 마음이 있응께. 워쩐디야, 싸부님 눈 밖에 나게 생겼구먼. 나를 쫓아 내시려한다면 느그가 좀 말려줘야 안 쓰겄냐? 안 그랴?

미순 선숙아! 왜 안 그랴? 맞제, 맞고 말고. 자네가 없는 공부방은 '앙꼬 없는 찐빵'이고, '속 빠진 만두' 아이가? 자네 땀시 요즘 공부방이 배꼽이 빠진다 아이가? 우리는 둘이 있어야 '안 그랴? 시스터즈'인겨.^^* 호호호호 호호호호

선숙 선녀의 옷 하닝깐…

불경기는 하늘나라에도 찾아왔지요. 살기가 힘든 한 선녀가 옛날 한국에서의 일을 생각하며, 한국으로 내려가 한 나무꾼을 만나 살기로 하고, 니려의 잘 보이는 곳에 날개옷을 놓고 목욕을 하면서 나무꾼이 지나가나 유심히 보고 있자니 드뎌 한 나무꾼이 오는디… 날개옷을 보고도 그냥 지나치는 게 아닌가? 화가 치민 선녀가 목욕하다 말고 달려 나와서 나무꾼에게 따졌다.

　　선녀: 이봐요, 나무꾼. 아니, 날개옷을 보고도 그냥 가다니요?
　　나무꾼: (보닝까 미련한 게 일도 못하고 밥만 많이 먹게 생겨서) 미안혀

요, 나는 선녀와 나무꾼에 나오는 사람이 아니구… 금도끼 은도끼에 나오는 나무꾼이구먼유.

동숙 아까징끼야, 오늘같이 비 오고 우중충한 날씨에 내 짝꿍이 이러코롬 재미난 얘기 써 올리고 있었구먼. 푸 하 하 하 ~~~~~

선숙 옥도정기 짝꿍아, 비 오고 우중충한 날씨에 재미있게 읽었다니, 옴맘마 좋구만. 근디, 나는 날마다 쨍쨍 타오르는 사막 날씨에 오래 있다봉께 비 오는 날이 옴마, 좋구만이라… 싱싱해지는 초목들이 얼마나 아름다울지…

혜성 실컷 써 놓은 것이 한순간에 날아가 버려 찾을 길이 없어라. 다시 쓰려니 맥 빠지고. 이 몸도 공부하고 돌아갑니다요. 싸부님 오날날도 수고허셨으라.

선숙 天顔無縫… 생긴 대로 제발 얼굴에 바느질 좀 하덜 말아야지. 신이 그 사람에게 꼭 맞는 얼굴을 맹길어 주셨는디 자기 분수를 모르고 다들 얼굴을 바느질하느라 정신이 없다닝께. 텔레비죤을 보구 있노라면 젊은 아그들의 얼굴이 맹 똑같아서 매력이 없구먼. 길거리를 지나가두 그 얼굴이 그 얼굴이닝께… 이럴 땐 원래 손 안 댄 토속적인 얼굴이 참신해 보이지 않는감? 나 맨치루… 안 그랴?

미순 우리 '안 그랴 시스터' 화이팅! 근디 세상에 손볼 곳 없는 사람이 있을까? 정말로 손볼 곳은 얼굴이 아니라 마음이라카이, 인격이라카이…

세군 細君

細:가늘 세 / 君:임금 군
동방삭이 그의 아내를 농담 삼아 부른 고사에서 유래한 말로
한문 편지 등에서 자기의 아내를 일컫는 말이다.

『한서(漢書)』〈동방삭전(東方朔傳)〉에 다음과 같은 이야기가 전한다.

한무제(漢武帝)는 즉위한 후 인재를 널리 뽑아, 재주에 따라 등용하였는데, 동방삭(東方朔)은 빼어난 기지 때문에 발탁되었고 나중에는 상시랑[常侍郎:시종관]의 벼슬을 하게 되었다.

어느 해 여름, 복날이 되자 한무제는 관례에 따라 시종관들에게 고기를 하사한다는 명을 내렸다. 그들은 고기를 분배해 줄 관리를 기다렸으나 저녁 늦도록 오지 않았다. 이때 동방삭이 나서서 스스로 칼을 뽑아 고기를 잘랐다. 동료들이 놀라니 그는,

"복날이라 빨리 돌아가야 하오. 하사품은 잘 받아가지고 갑니다."
하면서 고기를 들고 집으로 돌아갔다.

절차를 밟지 않고 황제의 하사품을 가져간 것을 분배 담당관이 무제에게 이뢰어, 동방삭은 등청하자마자 무제에게 불려갔다. 무제가 그의 경솔함을 꾸짖고 그 자리에서 스스로 질책하라고 분부하니 동방삭은 재배하고 나서 이렇게 말하기 시작했다.

"삭(朔)이여, 삭(朔)이여. 하사품을 받아감에 어명을 기다리지도 않았으니 얼마나 무례한 일인가?"

무제가 고개를 끄덕이고 듣고 있자니, 동방삭은 그 뒤를 이어 곧 이렇게 말을 이어갔다.

"칼을 빼어 고기를 자르다니 이 얼마나 용감한 일인가? 고기를 자르되 많이 갖지 않았으니 얼마나 깨끗한 일인가? 집에 가져가 세군[細君:그의 아내를 가리킨 말]에게 주다니 얼마나 인정이 넘친 일인가?"

동방삭의 이 말에 무제는 그의 배짱과 익살스러움에 다시 한번 웃지 않을 수 없었다.

"자신을 질책하라고 명했더니 오히려 자신을 칭찬하는구려."

무제는 이렇게 말하면서 그에게 술 한 섬과 고기 백 근을 하사하여 아내에게 갖다 주라고 했다.

여기서 '세군'이란 말이 나왔는데 '세(細)'는 '소(小)'의 뜻으로 동방삭이 자기 아내를 지칭한 말이다. 훗날에는 이 말이 남의 아내를 부를 때에도 사용되었다.

2007.03.26

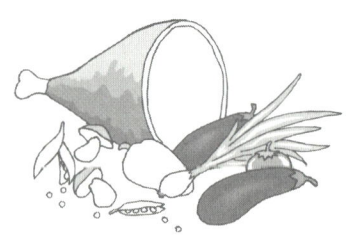

인생의 댓글

경남 재치와 익살은 때와 장소에 맞게 사용되어야 빛이 난다. 또한 그것을 함께 즐길 만한 상대가 있어야만 한다. 삼천갑자 동방삭은 빼어난 기지로 임금 앞에서도 유감없이 익살스러움을 발휘했고, 무제 역시 아량이 크고 유머를 즐길 줄 알았다. 손바닥도 마주쳐야 소리가 나듯이 웃음을 함께할 수 있는 여유가 부럽네…

은자 남을 높혀 손해 볼 일 전혀 없군요. 여성을 천대하던 시대에 작은 임금으로 아내를 칭한 것은 고기를 어명 없이 자른 용기보다 몇 배나 큰 용기라고 생각합니다. 한무제도 여성 위력을 안 듯싶군요. 시원한 이야기 감사.

은자 '다른 그릇' 곧 큰 그릇이란 말이 딱 맞네요.

영혜 漢武帝의 도량은 絕瓔之會의 莊王의 도량을 연상시키고 동방삭의 운은 絕瓔之會에서 허희의 옷소매를 끌어 잡아 당겨 손을 잡은 사람만큼이나 좋았네요. 벌을 내리는 대신 잔치와 복날을 너그러운 마음으로 즐겁게 마감한 임금님의 도량이 아름답네요.

은자 영혜야. 덕분에 절영지회 공부했다. 남의 과실을 넢어주는 아량이 아름답구나. 이 서당에 시험이 없는 것이 얼~~마나 다행인지. 사부님께도 감사.

영혜 은자야, 내가 복습하는 의미로 조금 막연한 연관이라도 지어보려고 한마디씩 쓰는데, 네가 일일이 찾아보고 복습한다니, 보람이 있고 고마워.

순희 또 하나 배웠네요. 자기 아내를 인정한 그 배려와 재치가 한층 마음을 시원하게 해주네요.

선숙 부인을 부르는 호칭이 기껏해야 부인, 집사람, 안사람, 내자, 처, 이 정도인 줄만 알았는데 우~아! 멋지다. '細君'이라니… 긍께 부인을 존중혀서 높이 불러주면 올라가는 건 바로 남자들이라닝께. 몰상식헌 남자들제 부인을 보구 남헌티 한다는 소리가 '솥뚜껑 운전수'라니… 아니 그럼 저는 뭐여? 솥뚜껑 운전수 남편밖에 더 되는감? 긍께 자기 부인을 높여주면 자기도 높아지고, 부인을 깎아내리면 저두 내려가는 것을 우째 모른디야? 부인을 보구 '細君' 허닝께 남자들이 무슨 큰 벼슬자리에나 있는 느낌이 안 드능겨? 우~아! 멋지구, 품위 있구만이라. 안 그런다요?

은자 으흐흐흐, 하하하. 너무 우습고, 너무 맞는 말이다. 선숙이 덕분에 잠 잘 자겠다. Thank you and Good night.

동숙 이제야 들어오니 선숙이가 마구 웃겨. 아구 배야… ㅎㅎㅎ 細君에 대해서도 공부하고 음악도 너무 좋고. 감사! 감사!

백경 친구들아! 너무 재미있다!! 선숙아! 친구들 이렇게 웃겨주니 복 많이 받을겨! 오랜만에 들어와 기분 좋은 호칭도 듣고, 시원한 음악 잘 듣고 갑니다, 사부님!

선숙 백경아. 오랫만이네. 친구들이 웃었다니, 웃는 친구들 모두 다 복 많이 받을 겨. 날마다 핵교에 와라. 어찌 장기 결석을 했는지… 바빴나 보다. 이제라도 날마다 핵교에 와라.

춘면불각효 春眠不覺曉

春:봄 춘 / 眠:잠잘 면 / 不:아니 불 / 覺:깨달을 각 / 曉:새벽 효
봄잠에 새벽이 된 것을 미처 깨닫지 못함.

당(唐)나라 시대의 맹호연(孟浩然)은 이백(李白), 두보(杜甫), 백거이(白居易), 왕유(王維) 등과 더불어 시대를 대표하는 시인이었다. 그는 자연파 시인으로, 섬세하게 자연의 미묘함을 관조하여 그 고요함이나 그윽함, 맑음과 움직임 등의 아름다움을 노래하는 데 뛰어났다. 특히 자연을 노래하되 정지되어 있는 자연보다도 우리 인간의 생활과 관련을 맺고 있는 자연의 동적인 모습을 포착하는 데에 남다른 역량을 보여 주었다. 그의 작품 〈춘효(春曉)〉는 봄날 아침의 정경을 그려서 마치 한 폭의 그림과 같다.

春眠不覺曉(춘면불각효)　　봄 잠에 미처 새벽이 된 것을 깨닫지 못하는데
處處聞啼鳥(처처문제조)　　곳곳에서는 새 소리, 꿈속인 양 들리네.
夜來風雨聲(야래풍우성)　　간밤 내내 비바람 사나웠으니
花落知多少(화락지다소)　　아마도 꽃이 꽤 떨어졌으리.

위의 작품은 봄날을 그린 시를 꼽을 때는 늘 거론되고, 특히 '춘면불각효(春眠不覺曉)'는 반드시 인용되는 명구(名句)이다. '날이 새는 줄도 몰랐다'고 시에서 표현했지만 사실은 깨었던 것이니 '불(不)'자 한 글자가 노곤한 봄잠을 참으로 실감나게 그려낸 것이다.

새 아침이 되면 나도 모르는 사이에 어제와는 다른 세계가 조용히 열리는 정경을 미묘하게 그려내고 있다. 어렴풋이 들리는 새 소리 속에 새싹은 솟아오르고 나뭇가지에는 물이 올라 생명의 기운이 움트는 흥겨운 변화들이 짧은 봄밤 새에 마련되는 것이다. 이러한 자연의 추이(推移)를 함께 하는 시인의 마음의 경지가 잘 엿보이는 작품이라 하겠다.

2007.03.03

인생의 댓글

경남 봄밤의 잠은 곤하여 날 샌 줄도 모르기 일쑤이다. 변화불측한 봄날인지라 어제 밤도 천둥 번개 속에 지축이 흔들리는 것 같았고, 비바람 몰아쳤는데… 눈을 뜨고 보니 창 앞의 산목련은 또 곱게 꽃망울을 터뜨리고 있구나. 모르는 사이에 봄은 성큼 깊어졌음을 느끼게 되네. 사월이 되면 산천은 아름다운 꽃 물결로 넘실댈 텐데, 우리 친구들 모두 좋은 일만 가득하기를…

숙혜 우리의 삶은 꿈인 듯 생시인 듯…

선애 산은 아직 겨울 산인데 흐드러지게 핀 매화가 봄을 알리는 그림이 참 좋습니다. 봄은 이렇게 오는 것이지요. 좋은 주말 보내세요.

동숙 요 며칠 궂은 날씨에도 꽃들은 분주히 준비중이었지요. 그러다 날이 개이니 벚꽃, 목련, 개나리, 진달래가 봐 달라고 얼굴을 내밀며 웃고 있더라구요. 좋은 4월 맞으세요. 감사!

유순 봄은 무르익어 꽃들은 피어나는데 그 맑던 푸른 하늘은 요즘 간 곳 없으니 어이할꼬… 황사와 오염으로 얼룩진 지구를 자식들에게 물려주고 가야하니 갸들이 불쌍하네.

백문불여일견 百聞不如一見

百:일백 백 / 聞:들을 문 / 不:아니 불 / 如:같을 여 / 一:한 일 / 見:볼 견
백 번 듣는 것이 한 번 보는 것만 못함.
곧 무엇이든지 실지로 경험해야 분명하게 알 수 있다는 말이다.

『한서(漢書)』〈조충국전(趙充國傳)〉에 다음과 같은 이야기가 전한다.

한(漢)나라 선제(宣帝) 때 강(羌)이라는 유목 민족이 반란을 일으켰다. 선제는 후장군(後將軍) 조충국(趙充國)에게 사람을 보내서 반란을 물리칠 장군으로 누가 적임자인가를 묻게 했다.

흉노와 싸워 많은 전공을 세운 바 있는 조충국은 나이가 칠십을 넘었지만 원기 왕성하였다. 그는 왕의 물음에

"제가 비록 늙었지만 저보다 나은 사람은 없습니다."

라고 대답하였다.

선제가 그를 불러서 만나보고 물었다.

"반란군 진압에 장군은 어떤 군략을 쓸 셈이오?"

조충국은 다음과 같이 대답했다.

"백 번 듣는 것이 한 번 보는 것만 같지 못합니다. 더구나 군사 일이란 멀리 떨어져 있어서는 계획을 세우기 어렵습니다. 신(臣)은 곧장 그곳으로 달려 가 현지 도면을 놓고 대비책을 짜고자 합니다."

선제가 이를 승낙하니 조충국은 바로 전장으로 달려가 현지를 답사하고 정세를 파악한 다음 '둔전책(屯田策)'을 세웠다. 곧 보병 만여 명을 그곳에 배치시켜

한편으로는 농사일을 해가면서 군무에 종사하게 하였고, 그 자신도 그 곳에 일
년을 함께 하면서 마침내 반란을 진압하였다.

2006.12.16

인생의 댓글

경남 우리 속담에 '귀 장사 말고 눈 장사하라'는 말이 있듯이, 사물을 실제로
보는 것이 가장 좋다. 몸이 불편하다는 핑계로 직접 여러 곳을 다니며
돌아볼 수 없는 나로서는 답답함이 참 크다. 다행히 직접 다녀 온 친구
들이 올려 준 생생한 여행기와 사진을 보며 내가 가 본 듯한 실감과 기쁨
을 맛보게 되네… 친구들아, 고마워.

유순 간만에 뜻을 아는 것이 나와 되게 반갑네요, 싸부. 百聞不如一見… 이
말을 너무 철석같이 믿어 그저 한번이라도 자기 눈으로 직접 보려고 사
방을 쫓아다니는 나 같은 사람도 문제가 많은 거죠?

선애 경남 싸부, 지는 百聞不如一見뿐만 아니라 百見不如一作도 알어유. 봤
다고 다 유순씨처럼 만들어 낼 수 없다는 거 싸부님도 아시쥬❓ 또 百聞
不如一食도 아는디…ㅋㅋ ㅋㅋ

그리고 百고不如一부는 싸부님이 아실래나❓ 워낙이 😶생이었어서 말
이지…

경남 선애씨, 고건 뭐당가❓ 😶생이 아니고 무식혀서 잘 모르것는디… 아,
세상은 넓고 모르는 것은 많네유～～

선애 우리 학교 때 유먼디유, 고고 백 번보다 부루스 한 번이 낫다는 거여유.

출전은 없지만 맞는 것 같지유?

유순 난 왜 학교 때 그런 거를 하나도 몰랐을까?

경남 선애야, 한밤에 너무 웃었네❗ 👾 ㅋㅋ ㅋㅋ ㅋㅋ ㅋㅋ 암, 맞고말고요. 출전은 꼭 찾아서 올리세유～

숙혜 하하하… 그러네. 부루스 한 번이 나은데 실속 없는 나는 고고만 췄으니… 오호 통재라, 애재라…

유순 숙혜는 그래도 고고라도 추었으니 억울할 거 없지.

민선 ㅋㅋ ㅋㅋ ㅋㅋ 나도 고건 몰랐네… 백고불여일부라… 그거 명언이네～～❗ 우리 대학 때 부루스 추면 퇴학감 아니었나요…❓(내가 요로콩 🤓생❗) 👾

노마지지 老馬之智

老:늙을 노 / 馬:말 마 / 之:어조사 지 / 智:지혜 지
늙은 말의 지혜.
곧 아무리 하찮은 것일지라도 저마다 장기나 장점을 지니고 있음을 이르는 말이다.

『한비자(韓非子)』〈설림편(說林篇)〉에 다음과 같은 이야기가 전한다.

중국 춘추시대(春秋時代), 제(齊)나라 환공(桓公)은 훌륭한 재상인 관중(管仲)과 습붕(濕朋) 두 사람을 데리고 고죽국(孤竹國)이라는 작은 나라를 정벌하러 나섰다. 그런데 갈 때는 봄이었는데 전쟁은 겨울이 되어서야 끝이 났다. 혹한 속에서 귀국을 서두르던 군대는 지름길을 찾던 중 그만 길을 잃고 말았다. 전군이 진퇴양난에 빠져 떨고 있을 때 관중이 말했다.

"이럴 때에는 늙은 말의 지혜가 도움이 된다."

이에 즉시 늙은 말 한 마리를 풀어 놓고 그 뒤를 따라 행군하자 얼마 안 되어 큰 길이 나타나서 길을 찾게 되었다.

여기에서 '노마지지(老馬之智)'란 말이 나와, 요즈음에도 '경험을 쌓은 사람이 갖춘 지혜'라는 뜻으로 쓰이고 있다.

또 한편 산중을 진군하고 있을 때에 물이 없어 고생을 했다. 그러자 습붕이 말했다.

"개미는 겨울이면 산 남쪽에서 살고, 여름이면 산 북쪽에서 산다. 개미집의 높이가 한 치라면, 그 지하 여덟 자를 파면 물이 있다."

이 말에 따라 개미집을 찾아 그 아래를 팠더니 과연 물을 구할 수가 있었다.

한비자(韓非子)는 이들 이야기를 인용하고서 다음과 같이 논평(論評)하였다.

"관중과 같은 현인이나 습붕과 같은 지혜로운 사람도 모르는 일이 있으면 주저하지 않고서 늙은 말이나 개미에게서라도 지혜를 배우고 있다. 그런데 지금 사람들은 그 어리석은 마음을 반성하여 성현의 지혜를 배울 줄을 모르고 있으니 얼마나 잘못된 것인가!"

2006.09.09

인생의 댓글

경남 요즈음 세상은 새로움만 추구하다가 노숙한 경험의 지혜를 살릴 줄 모르는 어리석은 일이 너무 많이 벌어진다. 지식과 지혜는 다른 것인데 '老馬之智'를 버리고 사는 것은 아닌지… 한비자의 말을 다시금 되새겨 본다.

유순 경남아, 네 말대로 지금은 온통 새롭고, 젊고, 빠르고, 그런 것이 판치는 세상이지. '老馬之智'는 쓰레기통에나 버려지는 '참을 수 없는 존재의 가벼움' 속에 우리가 살고 있는 것 같다. 그리고 그런 시류를 cool하고 멋있다고 우러러보지… 참 나부터 반성해야지.

순희 앞으로는 점점 노마의 비율이 점점 많아진다는 데 걱정만 할 것이 아니라 그 노마들의 지혜를 묶어서, 그리고 그들의 달란트를 개발해서 사회에 유익이 되는 길로 인도하는 길은 없을까… 복지는 오래 살고 먹고 사는 기초적인 일에만 급급하지 말고 좀 더 그들이 무엇을 갈구하는가를 살폈으면… 노마지지를 잘 활용하는 프로그램들을 개발해야겠지…

선애 모든 게 너무 빨리 바뀌어 진도 따라가기 힘든 세상에 우리에게 힘을 주는 말이네. 우리 다같이 주눅 들지 말고 젊은애들에게 기죽지 말자.

혜숙 우리에게 힘이 되는 말입니다. 우리 스스로가 살아 온 세월의 지혜를 젊은이에게 떳떳이 보여 주어야지요.

경국지색 傾國之色

傾:기울어질 경 / 國:나라 국 / 之:어조사 지 / 色:미색 색
나라를 위태롭게 할 정도의 미인.
곧 미모가 아주 빼어난 여자를 일컫는 말이다.

『한서(漢書)』〈외척전(外戚傳)〉에 다음과 같은 이야기가 전한다.

한무제(漢武帝) 때에 음악을 관장하는 협률도위(協律都尉) 직을 맡았던 이연년(李延年)은 음악적 재능이 아주 탁월한 사람이었다. 그는 노래 솜씨도 훌륭하였고 곡조와 가사를 만드는 데도 뛰어났다. '경국(傾國)'이니, '경성(傾城)'이니, '절세(絶世)'니 하는 말들이 아름다운 여자에게 쓰이게 된 것은 바로 그가 지은 시로부터 연유한다.

그에게 한 누이동생이 있었는데 미모가 뛰어났다. 이연년은 궁중 잔치에서 노래를 부르게 되자, 즉흥적으로 자기 누이를 '경국지색(傾國之色)'이라고 칭찬하는 말을 넣어 다음과 같이 불렀다.

北方有佳人(북방유가인)	북쪽에 어여쁜 사람이 있어
絶世而獨立(절세이독립)	절세(絶世)의 미모로 홀로 서 있네.
一顧傾人城(일고경인성)	한 번 돌아보면 성(城)을 기울게 하고
再顧傾人國(재고경인국)	두 번 돌아보면 나라를 기울게 하네.
寧不知傾城與傾國(영부지경성여경국)	어찌 경성(傾城)과 경국(傾國)을 모르리오.
佳人難再得(가인난재득)	어여쁜 사람은 다시 얻기 어려워라.

한무제는 즉시 이연년의 누이를 불러 들였는데, 과연 그녀는 절세의 미인이
었다.

그녀는 무제의 총애를 한 몸에 독차지 하였으나, '가인박명(佳人薄命)'이라 하
듯 아쉽게도 젊은 나이에 세상을 떠났다.

'경국지색'은 황제로 하여금 정치를 돌보지 않게 하여 마침내 나라를 망하게
하거나 위태롭게 한 경우가 많은데 '양귀비'나, '서시' 등이 대표적인 인물이다.

2006.12.13

인생의 댓글

경남 현대인들은 특히 外貌(외모)에 집착한다. 그러나 외모 至上主義(지상주
의)에 빠지면 자신에게나 사회에 다 해를 끼칠 수 있다. 외모는 변하기
마련. 내면의 아름다움을 더 중하게 여기는 자세를 우리 梨花人들이 솔
선수범한다면 참 바람직하겠다.

백경 게으른 제자가 오랜만에 들어와 보니, 너무도 훌륭한 서당이구나!… 국
악까지 감상하며… 저절로 공부가 되네… 싸부님의 말씀… 지당한 말씀.
특히 요즈음 젊은 세대들에게 일깨워 주어야 할 덕목 같구나…

경남 백경아, 슬픔을 이기느라 얼마나 힘들었니? 아버님께서 이제 편안히 쉬
실 거야. 힘내라. 어려운 중에도 달아준 네 답글을 보니 너무 고맙다.

영혜 '한 번 돌아보면 성을 기울게 하고 두 번 돌아보면 나라를 기울게 하네'
는 'Hero'라는 영화에 나오는 노래 가사로도 들었는데, 그 표현의 출처
는 처음 알게 되었네요.

유순   싸부님, 외모 지상주의가 판치는 요즘 젊은 세대들이 들어 두어야 할
말이네요… 그런데 솔직히 나라가 기울어질 정도의 미모라면 얼마나 예
뻤을까… 호기심은 좀 가네요.

민선   경국지색으로 양귀비, 서시 말고 제가 두 여자를 더 천거하겠나이다.
달기와 포사. ㅎㅎ 그러고 보니, 초선이도 넣어줘야 할 테고… 측천무후
의 미모도 짱이었다는데…
외모만 보는 젊은이들 탓하지 마소. 우선 외모에 끌려야(미남,미녀를 뜻
함이 아님을 주의!), 사귀기도 하고, 그래야 그 속에 금이 들었는지 돌멩
이가 들었는지 알 것 아니겠소. 저도 내면의 미를 강조하는 사람이긴
한디… 알아 들어 주소서~~ ㅎㅎ

경남   민선 씨, 맞습니다. 보통 중국의 4대 미녀로 서시, 왕소군, 초선, 양귀비
를 꼽고, 주지육림으로 유명한 악녀 달기, 웃지 않다가 나라의 급변시에
올리는 봉화를 보고 웃어서 아무 일 없어도 계속 봉화를 올리게 하여
나라를 망하게 한 포사, 중국 유일의 女帝인 측천무후, 여희 등 나라를
망쳤다는 美人들이 많지요. 이들은 어찌 보면 미인계를 이용한 남자들
의 희생물로 볼 수 있겠죠.

민선   왕소군❗ 그래. 그 이름이 생각이 안 나더라. 가난하여 그림쟁이한테
와이로(이런 말 써도 되나❓)를 못 줘서 졸지에 추녀로 전락하여 오랑캐
에게 바쳐지게 된 여인… 왕이 왕소군을 보고 너무 속상해서 그 그림쟁이
를 단번에 죽였다지만, 그녀의 운명은 바뀔 수 없었으니… 그게 왕소군
이 맞지❓ 내 기억력이 많이 흐려져서… 와신상담 이야기에 서시가 나오
지, 아마❓ 난 오랫동안(고등학교 시절부터…) 측천무후를 싫어했었는데,

물론 그녀의 권력욕과 질투는 소름끼치지만, 역사적으로는 여제로 한 일

이 꽤 많다고 그러대❓❗(허긴, 반대로 형편없었다는 설도 있지만.)

암튼 아직도 중국에 고양이가 남아있는 걸 보면 신통하지❓ ㅋㅋ ㅋㅋ

민선 단테라면 그런 여잔 지옥의 어느 canto에 넣었을까…❓

경남 민선아, 맞아. 한나라 왕소군은 재주와 용모를 갖춘 미인인데 흉노의 선우와 결혼하게 됐지. 그녀가 고향을 떠나는 슬픔을 노래하며 쭉(금)을 타자 기러기가 땅에 떨어져 내렸다는 이야기로 '落雁(낙안)'이란 호칭이 있어. 네 말대로 와신상담과 관련이 있는 서시에 관한 이야기로는 서시가 너무 아름다워서 강물에 그녀의 모습이 비추어지자 물고기가 수영하는 것을 잊고 가라앉았다고 '浸魚(침어)'라는 호칭이 있고. 초선이도 너무 아름다워서 달이 구름 속에 숨었다는 얘기로 '閉月(폐월)'이라 하고… 남자는 용맹함과 호탕함으로, 여인은 미모로 짝을 맞추려는 당대의 인식 때문에 명장과 뛰어난 미인과의 고사가 많은 듯…

경남 또 중국의 표현이 과장이 심하잖아. '백발이 삼천 척'이라는 등… 이 미인들에 관련된 이야기는 대부분 당대의 詩人들의 표현에 나오는데 詩人의 이상형까지 첨가된 詩的 표현이다 보니 과장이 더 심하다고 보면 되겠지… 먼저 말했던 '포사'나 '초선' 등도 실존 인물인가에 대한 의문도 많으니까 구체적인 미인이라기보다 상상 속의 미인을 그린 것이라고 생각하면 될 것 같네…

민선 맞어, 경남아. 다 잊혀져가던 기억이 다시 조금 되살아 나네 돌아서면 또 잊어버리겠지만서도… 그래 그네들의 과장은 알아줘야지…

선애 나라 기울어진 게 예쁜 여자 탓인가, 예쁜 여자 밝히다 정사 소홀히 한 남자 탓인가? 싸부님, 色에 해당하는 남자는 뭐라 하나요? 예를 들면 호동 왕자를 사랑한 나머지 자명고를 찢어버린 낙랑공주에게 호동왕자는 傾國之 뭐가 되나요?

민선 🐸 선애야, 난 그렇게는 한번도 생각 못해 보았는데, 네 말도 맞다. 난 항상 '낙랑공주가 미쳤지'(바보란 뜻 ㅋㅋ)하고만 생각했었거든. 미디어(메데아❓)도 남자(Jason)한테 반해 어린 동생까지 죽여가며… 후에 남편에 대한 복수로 자기 아이들까지 죽이는 여자니, 허긴, 뭐… 그리고 보면 Jason도 Theseus도 다～ 그런 남에 속하네.❓❗ 미남계를 쓸려고 해서 쓴 건 아니겠지만서도… anyway, 네 생각 우습다. 맘에 들어～～❗

순희 그래도 남자들은 예쁜 것이 우선일 거야… 우리도 '일디보'를 보면서 잘생긴 남자를 보니, 보기가 좋던걸…

유순 와! 경건한 전도사님 말씀 같지 않고 발랄한 소녀 순희를 보는 것 같아 너무 기쁜데… 우리가 '일디보'를 보며 그들의 미모(?)에 이 나이에도 빠져드는데 남자들이 예쁜 여자 안 좋아한다면 그게 이상하지.

청출어람 靑出於藍

靑:푸를 청 / 出:날 출 / 於:어조사 어 / 藍:쪽 람
쪽이라는 풀에서 나온 푸른색이 쪽보다 오히려 더 푸름.
곧 제자가 스승보다 뛰어남을 비유하는 말이다.

『순자(荀子)』〈권학편(勸學篇)〉에 다음과 같은 말이 나온다.

"학문은 잠시도 쉬어서는 안 된다. 푸른 색깔은 쪽에서 나오지만 쪽보다 더 푸르고, 얼음은 물에서 나오지만 물보다 더 차다."

'푸른 색깔은 쪽에서 나오지만 쪽보다 더 푸르다'는 뜻의 '청출어람이청어람 (靑出於藍而靑於藍)'이 줄어서 '출람(出藍)'이 되었고 먼저 것보다 뒤의 것이 더 훌륭하다는 뜻이 되었다. 곧 스승보다 제자가 낫다는 평을 듣는 것을 말한다.

2006.09.29

인생의 댓글

경남 고교 시절, 뛰어난 제자들을 지도한다고 기뻐하시며 '靑出於藍'을 가르쳐 주셨던 李仁燮 선생님이 생각나서 이 말을 올렸다. 지금은 이미 故人이 되셨지만 그 분의 열강하시던 모습은 아직도 눈에 선하다.

선애 경남아, 너 이인섭 선생님하고 친했었지? 국문과 간 것도 그 분 영향이고. 우리 그 선생님 댁에 갔던 것 생각나니? 답십리인가 그랬었는데. 늦게 아들을 얻으셔서 무척 기뻐하시며 '농장지경'이라라고 하셨던가,

'농아지경'이라 하셨던가, 아무튼 그런 단어 가르쳐 주시던 모습이 나도 눈에 선하다.

유순 경남아, 어느 답글에서 靑出於藍이란 말을 네가 써서 내가 한자 공부방 여는 게 어떠냐고 제안했던 거 생각나니? 그게 언제였더라? 그 이후로 벌써 54회를 맞았으니 경남 선생님 우리 학생들 참 열심히 가르쳤네요. 수고하셨어요. 이인섭 선생님이 보시면 '靑出於藍'을 가르치신 보람을 느끼실 텐데…

순희 나아가, 우리보다 우리의 자녀들이 훨씬 낫고, 지금의 세대보다 다음 세대가 훨씬 나은 세대가 되어야 할 텐데… 결국 그러려면 현재 우리의 자세가 중요하겠지…

동가식서가숙 東家食西家宿

東:동녘 동 / 家:집 가 / 食:먹을 식 / 西:서녘 서 / 宿:잘 숙
동쪽 집에서 먹고 서쪽 집에서 잠.
곧 두 가지 좋은 일을 아울러 가지려는 욕심이 지나침을 말하기도 하고
정처 없이 이곳 저곳 떠도는 삶을 비유하기도 한다.

『천평어람(天平御覽)』에 다음과 같은 이야기가 전한다.

옛날 제(齊)나라에 한 처녀가 있었다. 그녀에게 동쪽에 있는 집과 서쪽에 있는 집에서 동시에 청혼이 들어 왔다. 동쪽 집은 부자였으나 아들이 못났고, 서쪽 집은 가난했으나 아들이 잘생긴 것으로 소문이 자자했다. 처녀의 부모는 어느 쪽을 택할까 고민하다가 혼인할 장본인의 의견이 가장 중요하다면서 딸에게 뜻을 물었다.

"두 집 중 어느 집에 시집가겠느냐? 만일 동쪽 집에 시집가고 싶거든 왼쪽 어깨를 벗고, 서쪽 집에 시집가고 싶거든 오른쪽 어깨를 벗어라."

처녀는 한동안 망설이더니, 두 어깨를 한꺼번에 벗어 버렸다. 부모가 놀라면서 그 이유를 묻자 딸은 한숨을 내쉬며 이렇게 응답했다.

"저는 낮에는 동쪽 집에 가서 먹고, 밤에는 서쪽 집에 가서 자고 싶어요. 동쪽 집은 부유하나 못났고, 서쪽 집은 가난하나 잘생겼으니까요."

한편 조선 시대의 『기문총화(記聞叢話)』라는 책에는 다음과 같은 이야기가 실려 있다. 태조 이성계가 조선을 개국한 후 조정에서 개국공신들을 불러 주연을 베풀었다. 그때 어떤 정승이 술이 얼근하게 취해서는 설중매(雪中梅)라는 기생

에게 치근거리며 이렇게 말하였다.

"너는 동가식서가숙(東家食西家宿)하는 기생이니 오늘 밤에는 이 늙은이의 수청을 드는 것이 어떻겠느냐?"

그러자 기상이 대단하였던 설중매는 그 정승에게 술을 권하면서 대답하였다.

"동가식서가숙하는 천한 기생이, 어제는 왕씨(王氏)를 모시다가 오늘은 이씨(李氏)를 모시는 정승 어른을 모신다면 궁합이 잘 맞겠습니다."

이 말을 들은 공신들은 얼굴이 뻘개져 어쩔 줄을 몰라 했고, 술자리는 흥을 잃고 파하였다 한다.

2007.04.09

인생의 댓글

경남 이쪽을 택하자니 저쪽이 아쉽고, 저쪽을 택하자니 이쪽이 아쉬워서 고민에 빠지는 일이 종종 있다. 양쪽의 장점과 매력을 다 가지고 싶은데 한 쪽만을 선택할 수밖에 없기 때문이다. 위의 처녀처럼 두 가지를 다 차지하려는 마음은 욕심이 지나치다고 보아야 하는가? 애교 있다고 보아야 하는가? 한편 설중매의 능수능란하고 대찬 응답은 또 얼마나 통쾌하고 멋이 있는가…

혜현 황진이, 설중매 모두 존경스런 우리 여인네들이라 흐뭇함.

동숙 욕심이 과하면… 두 마리의 토끼를 잡을 수도 없고…

숙혜 난 이 말이 그냥 떠돌이들에게만 속하는 것인 줄 알았더니 이렇게 다른 의미도 있었네.

은자 제나라의 한 처녀 참 솔직했네. 우선 순위가 그래서 중요하다고 하나보다. 동에서 이 말하고 서에서 저 말하는 아첨형 남정네들에게 통쾌하게 한방 놓은 설중매도 대단하구나.

선애 나도 여태 고단한 떠돌이의 삶을 표현한 말인 줄 알았네요. 서당에 드나들다 보면 이 나이에도 배우는 즐거움이 있으니 이것도 三樂 중 하나겠지요? 雪中梅는 이름 그대로 기상이 대단하네요. 적어도 선비라면 부끄러운 것과 자랑스러운 것 정도는 구별할 줄 알아야지…

원심 싸부님 그동안 건강하셨죠? 하루도 빠지지 않는 근면 성실함 그 자체가 공부네요. 한 곳에 정착할 줄 모르는 떠돌이 얘기인 줄 알았는데 두 가지 욕심 내지 말란 깊은 뜻이 있었네요. 늘… 감사.

선숙 제나라의 처녀가 어쩜 그렇게도 솔직한지… 에구 감탄스러워라… 사실 사람들 마음이 다 똑같은디… 표현을 못허는 것뿐 아니겠어? 그래두 곰곰 생각혀서 서쪽 남자헌티 시집을 가야 되딜 않겠어? 부잣집 모자라는 남자 꼴을 보구 평생을 워떠키 살겨? 가난혀두… 똑똑혀면 출세의 길은 있을 팅께… 이것을 보니 오래전에 방영한 드라마 '아씨'인가? 영구라는 바보 같은 남자헌티 시집간 아씨… 에구 불쌍혔지… 그래두 서방님이라구… 에구 눈물이… ㅠㅠㅠㅠㅠㅠㅠㅠㅠ

은자 오늘 중국 학생에게 동가식서가숙을 물어보니 "Oh, greedy person"하면서 자기 부인보고, "너처럼 하와이에서 사는 나와 결혼하고, 중국에 가서 일하겠다고 우기는 여자 말이야." 해서 웃었답니다.

인심여면 人心如面

人:사람 인 / 心:마음 심 / 如:같을 여 / 面:낯 면
사람의 마음은 각각의 얼굴과 같음.
곧 저마다의 얼굴이 다르듯이 사람의 마음도 천차만별로 같을 수 없다는 말이다.

『춘추좌씨전(春秋左氏傳)』〈양공조(襄公條)〉에 다음과 같은 이야기가 전한다.

중국 춘추시대 정(鄭)나라의 대부 자피(子皮)는 젊은 신하인 윤하(尹何)에게 자신의 봉읍지 관리를 맡기려고 하였다. 그러나 윤하는 원래 이렇게 큰 지역을 관리해 본 경험이 없고 능력도 따르지 않는 사람이라 많은 사람들이 윤하가 그 임무를 수행하지 못할 것이라고 수군거렸다.

이렇게 반대 의견이 분분하자, 자피는 자신의 집정을 보좌하고 있는 자산(子産)에게 이 문제에 대한 의견을 듣고자 했다. 자산은 단호하게 윤하는 아직 너무 젊고 경험이 없어서 적합하지 않다고 말하였다. 그러나 자피는 자산에게 말하였다.

"그는 성실해서 내가 좋아하오. 또 나를 배반하지 않을 것이오. 지금 그 직위를 주지 않으면 앞으로 배울 기회가 없을 것이오."

그러나 자산은 다시 한번 이렇게 말하였다.

"그렇게 해서는 안 됩니다. 누구나 마음에 드는 사람이 있으면 어떻게 해서든 그에게 이익이 되도록 애를 씁니다. 대부께서도 지금 사랑하는 사람에게 그렇게 하려고 하는데, 이는 오히려 그 사람에게 상처를 입히게 될 것입니다. 그에게 이 일을 맡긴다면 마치 칼의 사용법을 모르는 사람에게 칼을 주면서 고기를 베

어 오라는 것과 같습니다. 결국은 그 자신이 다칠 우려가 있습니다. 만약 그렇게 된다면, 어느 누가 다시 대부의 총애를 바라겠습니까?

대부께서는 정나라를 지탱하는 기둥입니다. 이 기둥이 없으면 모든 서까래는 무너지고 말 것이며, 저는 그 밑에 깔릴 것입니다. 그러니 제가 대부께 어찌 거짓말을 할 수 있겠습니까?

또 여기에 좋은 비단이 있다고 합시다. 대부께서는 경험이 없는 사람에게 연습 삼아 재단을 시키지는 않을 것입니다. 그런데 중요한 관직이나 큰 고을은 모두가 백성을 위한 것입니다. 이는 좋은 비단보다도 훨씬 더 중요합니다. 좋은 비단을 경험 없는 이에게 맡기지 않는 이상으로, 경험 없는 사람에게 이 일을 어떻게 안심하고 맡길 수 있겠습니까?

배울 것을 배우고 나서 관료가 되라는 말은 들었지만, 관료직에 있으면서 그것을 배우라는 말은 듣지 못했습니다. 대부께서 원래의 뜻대로 밀고 나간다면 필경 그가 다치게 될 것입니다. 사냥으로 비유하자면, 활쏘기에 능하고 말을 잘 타는 자만이 사냥감을 획득할 수 있습니다. 활도 쏠 줄 모르고 마차도 몰 줄 모르는 자는 수레가 뒤집어지면 그 밑에 깔리나 말아야겠다고 생각할 것이니, 어떻게 사냥을 잘 할 수 있겠습니까?"

이에 자피가 말했다.

"옳습니다. 내가 듣기에, 군자는 크고 원대한 것에 힘쓰고 소인은 작고 가까운 것에만 힘쓴다고 하였소. 내가 군자답지 못한 생각을 했소. 의복도 제대로 재단할 수 있는 사람에게 맡기는데, 큰 벼슬이나 큰 고을을 경험 없는 사람에게 맡기려 한 것은 나의 어리석은 생각이었소. 만일 그대가 말하여 주지 않았더라면 어리석음이 묻혀버릴 뻔하였소. 지금까지 나라의 일은 그대에게 맡기고 집안 일을 내가 보아 왔는데, 앞으로는 집안일도 그대의 말에 따르도록 하겠소."

그러자 자산이 말하였다.

"사람의 얼굴이 저마다 다르듯이 마음도 같지가 않습니다. 제가 어찌 감히 대부의 얼굴이 제 얼굴과 같다고 말할 수 있겠습니까? 다만 위험하다고 생각했을 때에는 당연히 찾아와서 아뢸 따름입니다."

이에 자피는 진심으로 자산을 칭찬하고, 나라일의 적임자라 생각하여 그를 재상으로 삼았다. 자산은 정치를 담당하여 정나라를 부강하게 하였다.

2007.08.21

인생의 댓글

경남 사람의 얼굴이 저마다 다르듯이 마음도 다르게 마련이다. 한 사람의 마음도 어제와 오늘이 다르고 아침과 저녁이 다르지 않은가… 子産은 대부 子皮를 위하여 충직하게 바른 도리를 말하면서도 서로의 생각이 다름을 인정하여 상대방으로 하여금 스스로 판단하도록 하였다. 이렇게 서로의 다름을 존중하는 바탕에서 좋은 쪽을 선택하게 하는 충고야말로 이 시대에도 꼭 필요한 덕목이겠네.

민선 얼굴이 다르듯 마음도 다르다… 그래요, 모래알같이 많은, 아니, 모래알보다 더 많은 사람들이 있다니, 마음도 그렇게 많겠네요…?! 아휴, 복잡해라… 그 많은 마음들을 언제 다 이해하며 살지? ㅋ
'인심여면' 잘 배웠습니다. 선숙이가 요즘 바쁜지, 야그를 안 하니, 제가 케케묵은 것인지는 모르겠지만, 한마디.
요즘 혼자 된 이들은 옛 애인 찾기가 인기라는 보도(진짠지는 모르겠음). 그 보도에 편승하여 생긴 야근디, 옛 애인을 만나면 3가지로 아프답니다.

그대가 못 살면, 가슴이 아프고,

그대가 잘 살면, 배가 아프고,

그대가 같이 살자고 하면… 머리가 아프대요.

선숙 근디… 민선아. 혼자가 됐건, 살다가 짜증이 나서 옛 애인이 생각이 나던 그냥 그대로 묻어두는 게 휘~얼~씬 아름다운 일이지… 가슴 아프고, 배 아프고, 머리 아플 일도 없이 말이여… 이루지 못한 사랑은 항상 그립고 애잔한 미련으로 남겨두는 게 아름다운 추억거리지… 그 사랑 이루어 봤어도 지금꺼정 살아온 삶이나 별반 다를 게 없을 거라는 생각잉께… 살면서 애 낳구 지지구 볶구… 그러니 우리 친구들아, 느그들 중에 혹시라도 못 이룬 사랑이 있었거들랑… 아예 찾을 생각을 말더라고… '가신 어머니, 두고 온 山河, 이루지 못한 사랑'은 언제나 마음 뭉클하고 가슴 애리고 아름다운 추억으로… 그냥 내삐 둬~~~~~

민선 넌 그리 생각하니? 난 만나서 서로의 현재를 확인하고, 친구로 다정하게 지내면 더욱 좋고, 사회적인 테두리에 묶여 그렇지 못한다 하더라도, 죽기 전에 만날 수 있으면 만나 보는 것도 좋겠다고 생각하는데… 근데, 여자들끼리 오랫동안 얘기한 결과에 의하면, 네 쪽에 더 많은 지지자들이 있더라. 내가 불리한 입장이라는 걸 알면서도 이렇게 내 의사를 밝혀본다. 아마, 난 마음이 찡할 정도의 추억이 없어서인가? 아무렇지도 않게 만날 텐데, 뭘 만나고 말고 할 게 있을까 싶거든. 이이한테도 더 늙어 기억도 못하기 전에, 옛 애인 만나보고 싶으면 만나보라고 한다. 난 ㅋ 맘 좋은 거냐? ㅎㅎ 누가 그 말 듣더니 우리 이이가 그렇게 pressure 속에 사는지 몰랐다고 불쌍해 하더라. 없는 사람 생각해내느라 머리 싸매는 일처럼 pressure 받는 일이 없다나…?! ㅋㅋ

선숙 없는 일 만드는 일은 머리 싸매는 pressure구 말구. 야그 한 토막.

범죄 혐의로 기소된 사람이 변호사에게 2,000만원을 주고 감옥형 대신에 벌금형으로 만들어 달라고 신신당부를 했어. 재판이 끝나고 결국 그 사람이 원하는 대로 벌금형으로 되었지.

　　변호사: 벌금형으로 만드느라고 아주 애를 많이 썼습니다.

　　기소자: 네, 힘드셨지요? 유죄, 무죄를 뒤엎기란 얼마나 힘든 일인데요.

　　변호사: 그게 아니라… 판사가 무죄를 주장하기에… 원하시는 벌금형으로 만드느라 진땀 뺐습니다. ~~~~~

없는 사람 생각해 내느라 머리 싸매는 민선이 남편에게 보내는 야그 한 토막이다.

세월부대인 歲月不待人

歲:해 세 / 月:달 월 / 不:아니 부 / 待:기다릴 대 / 人:사람 인
세월은 사람을 기다려 주지 않음.
곧 시간은 쉬지 않고 흘러가 버리므로 잠시인들 소홀히 해서는 안 된다는 뜻이다.

중국 진(晉)나라 때의 전원 시인인 도연명(陶淵明)의 시에 다음과 같은 표현이
나온다.

人生無根蔕(인생무근체)	인생은 뿌리가 없어
飄如陌上塵(표여맥상진)	길 위의 띠끌과 같이 나부끼네.
分散逐風轉(분산축풍전)	티끌 흩어져 바람 따라 구르니
此已非常身(차이비상신)	이것은 이미 떳떳한 몸이 아니네.
落地爲兄弟(낙지위형제)	세상에 나와 형제가 되어도
何必骨肉親(하필골육친)	어찌 반드시 골육의 친함이 있으랴.
得歡當作樂(득환당작락)	기쁨을 얻을 때에 마땅히 즐거움을 지으라
斗酒聚比隣(두주취비린)	한 말의 술이 이웃을 모은다네.
盛年不重來(성년불중래)	원기 왕성한 나이는 거듭 오지 않고
一日難再晨(일일난재신)	하루에는 두 번 새벽이 오지 않네.
及時當勉勵(급시당면려)	때를 당하여 마땅히 힘쓸지어다
歲月不待人(세월부대인)	세월은 사람을 기다려주지 않나니.

위의 시는 흥성한 잔치를 축하한 것이다. 오늘 만난 이 자리에서 크게 기뻐하

고 즐거움을 누린다면, 어찌 형제 이상으로 정답지 않겠는가 하는 뜻을 담고 있다. 한편 '원기왕성한 나이는 거듭 오지 않는다'고 한 구절 이하에서는 '젊은 시절에 최선을 다하라'는 교훈도 담겨 있다 하겠다.

2007.01.29

인생의 댓글

경남 '세월은 사람을 기다려 주지 않는다'는 말을 요즘 절로 느끼게 된다. 그러기에 더 더욱 어느 자리에서나 젊었을 때의 왕성한 기운으로 기쁨과 가치가 충만한 시간을 만들어 가는 지혜가 필요하지 않을까…

선숙 네, 그렇습니다. '세월은 사람을 기다려 주지 않나니…' 젊었을 때는 그 젊은 시절이 마냥 그대로 있을 줄 알았었는데… 세월이 유수 같다는 말은 그래도 몇 년 전 말이고, 요즈음엔 폭포 같다고나 할까요… 이럴 때일수록 우린 세월을 아껴야 하겠지요. 이번 글을 읽으니 이제서야 부모님께 효도를 하는 법을 알았는데 부모님은 마냥 기다려주시지를 않았습니다. 우리가 무슨 일이든 할 수 있을 때 최선을 다 해야겠다는 것을 이렇게 늦은 나이에 알게 되는군요. '무정한 세월'은… 정말로 유행가 가락이 우리의 스승이여라… 우리의 인생은 날마다 후회하며 반성하며… 또 후회하며 깨달으며…

동숙 갈수록 교실이 풍성해짐을 느낍니다. 다시는 오지 않을 이 시간을 아껴서 잘 써야겠네요. 음악도 잘 듣고 물러갑니다. 오늘도 감사!

유순 '세월은 사람을 기다려주지 않는다'… 알고 있는 사실인데도 매일 잊고

서 언제까지 살 듯이 살고 있으니… 50에는 50km로 60에는 60km로 내뺀다고 했던가요. 이제부터라도 정신 차리고 열심히 살아야겠지요.

선숙 유순아, 똑같은 세월인데도 어찌 미국은 한국보다도 더 세월이 더 빨리 지나간다냐? 50에는 50km. 60에는 60km로 간다니… 오매 부러워라… 여기서는 50에 50마일, 60에 60마일로 가니 너희들보다도 1.6배나 빨리 가고 있구나… 그러니깐 역쉬나 아름다운 금수강산인 내 조국, 한국이 제일잉겨… 에고… 말년에 또 한번 한국으로 역이주를 해 봐?

동숙 선숙아, 말 나온 김에 후딱 정리하고 와… 우리하고 같은 속도로 늙자구요… 괜히 너만 1.6배로 달리면 억울하잖여…

유순 선숙아, 동숙이 말 맞네. 너만 왜 1.6배로 더 빨리 늙어야하니? 후딱 조국으로 오셔!

선숙 경남 싸부요, 유순아, 동숙아. 느그들이 오라하니 내 맴이 왜 이리 흔들린다냐… 하기사 똑같은 세월인디 1.6배로 빨리 늙으면 억울하지… 헌디, 이제사 여기두 정붙이며 쪼까 살만헌디, 또 한번 역이주라… 에고!! 이 노무 팔자여, 왜 이리도 역마살이 발동을 헌디야… 근디, 느그들은 하늘만큼 땅만큼 보고잡지… 나이들어 강께 친구밖엔 뭐 더 있을라구… 느그들이 넘 부럽다… 항시 만날 수가 있응께…

선애 선숙아, 그건 역마살이 아니고 歸鄕이여. 너 입학하기 전에 경남 싸부한테 배운 건데 首丘初心이란 말이 있거든. 조오기 앞쪽에 가서 찾아봐라. 맘만 먹으면 될 거 뭐 그리 어렵다냐?

동숙 선숙이 모셔오면 우린 그날부터 젊어진다네. 항상 우릴 즐겁게 해주니까. '귀향' 표현이 얼마나 좋으냐…

과유불급 過猶不及

過:지날 과 / 猶:같을 유 / 不:아니 불 / 及:미칠 급
지나친 것은 미치지 못한 것과 같음.
곧 지나친 것이나 모자란 것이나 둘 다 좋지 않으니, 사물은 중용(中庸)을 가장 소중히 여긴다는 말이다.

『논어(論語)』에 다음과 같은 대화가 나온다.

공자(孔子)의 제자 자공(子貢)이 스승에게 물었다.

"사[師:子張의 이름]와 상[商:子夏의 이름]은 누가 더 어진가요?"

"사(師)는 지나치고, 상(商)은 미치지 못한다."

"그러면 사(師)가 낫다는 말씀입니까?"

"지나친 것은 미치지 못한 것과 같다."

『논어』에 나타난 기록을 보면, 자장은 기상이 활달하고 생각이 진보적이었으며, 친구를 사귀는 데에 있어서도 천하 사람이 다 형제라는 식으로 모든 사람을 대하였다. 반면 자하는 매사에 조심을 하며 모든 일을 현실적으로 생각을 하면서, '자신만 못한 사람을 친구로 삼지 말라'고 제자들에게 가르치는 등 아주 신중한 태도를 지니고 있었다. 이에 대하여 공자는 미치지 못하지도 않고 그렇다고 지나치지도 않는 '중용(中庸)'을 가장 큰 미덕으로 생각하여 그와 같이 답변한 것이었다.

그렇다고 '중용'이 고정불변한 것은 아니어서 어제의 중용이 꼭 오늘의 중용일 수는 없다. 그때 그곳에 맞게 해야 하므로 이를 '시중(時中)'이라 하여, '시중'을 지킬 수 있는 것이 가장 바람직한 것으로 보았다.

2007.02.14

인생의 댓글

경남 살다 보면 무슨 일에 대처하는 것이 지나치거나 못 미치는 경우가 많다. 중용의 도리가 중요한 줄을 잘 알면서도 때에 맞추어 알맞게 대응하기는 참 어려운 일인 듯.

선숙 싸부요, 오늘 발렌타인데이여유… 행복허셨겠지유? 에고~~ 이녁은 누구헌티 사랑헌다구 고백혀 볼꺼나?… 싸부요, 그리고 친구들아 'Happy Valentine's Day…'

선숙 싸부님, 오늘 공부를 보니 제일 먼저 '戒盈杯' 생각이 납니다. 넘치도록 잔을 채워도 어느 정도만 남기고 다 없어지는 잔… 최인호씨의 商道를 볼 때 이런 잔이 있으면 얼마나 좋을까? 하고 마냥 부러워했지요. 내가 그것을 스승으로 삼고 고쳐 볼 생각은 하지 않고 마냥 꿈 같은 생각만 했습니다. 항상 중용을 지키는 게 제일 좋은 것 같습니다. 근디, 싸부님은 너무 아는 것두 많구 해박다식혀서 우리가 주눅 드는구먼유… 쪼까 나눠줬시믄 어쩔까이…

영혜 시시각각으로 변하는 때와 장소에 적절한 행동을 하는 것인 中庸을 지키는 것은 가장 힘든 것이네요…

순희 그래… 한 쪽으로 치우치기를 잘하는 성품으로서 중용의 미덕을 다시 한번 생각하게 해주니 고맙습니다… 좌로나 우로나 치우치지 않는 중용의 미덕을…

혜현 중용은 많이 들어왔으나 '시중'은 처음 듣는 말이나 너무 맘에 닿네요. 옳은 일도 때에 맞추어 융통성이 있어야 한다는 가르침으로 알고 가겠습니다.

숙혜 이건 평소에 내가 좋아하는 문구… 그렇게 살고 싶다. 지나치지 않게…
조금은 모자라게…

선숙 싸부요, 지는 어떤 점은 너무 지나치구… 어떤 점은 또 너무 모자라구…
참맬로 어쩔까이? 밀가루 반죽 맨치루 섞어서 치대어 반으루 뚜~욱 잘
랐으면 쓰겄는디… 고것이 거시기 징허게 어렵구만이라… 그래도 나가
中庸 지키기는 대머리에 꽃핀 달기보다 더 힘등께 차라리 時中을 지키
려구 허벌나게, 징허게, 거시기허게 노력이라두 혀 볼 것이어라… 싸부
님을 만난 건 나헌티 무척 큰 복을 받은겨… 암만~

선애 過猶不及… 우리가 살아가는 데 꼭 지켜야 하지만 막상 실천하기는 너무
너무 어려운 말. 항상 모자라서 탈, 지나쳐서 탈. 時中이라는 말이 참
좋네요.

원심 일전에 혜현이가 쓴 '이 시대의 역설'이 생각나네요. 풍부해졌지만 가난
하고 편리해졌지만 바빠지고… 시절에 맞게 살라는 말 '시중' 참 좋네요.
기억할게요.

왕형불형 王兄佛兄

王:임금 왕 / 兄:형님 형 / 佛:부처 불
왕의 형과 부처의 형.
곧 더 이상 부러울 것이 없고 아무 거리낌이 없음을 비유하여 이르는 말이다.

『오백년기담(五百年奇談)』에 다음과 같은 이야기가 전한다.

조선(朝鮮) 태종(太宗)에게는 세 대군(大君)이 있었다. 맏아들 양녕대군(讓寧大君)은 세자로 책봉되었으나, 방탕하고 실수가 많아서 태종의 신임을 잃어 폐위되었고, 결국 동생인 충녕대군(忠寧大君)에게 왕세자의 지위를 물려주게 되었다. 그 후 풍류를 즐기며 여생을 보냈으며, 세종과 돈독한 우애를 유지하였다. 그는 여러 차례 탄핵을 당했음에도 불구하고 세종의 배려로 무사했다. 시와 글씨에 매우 뛰어났고, 각지를 유랑하며 풍류객들과 사귀면서 일생을 마쳤다.

둘째인 효령대군(孝寧大君)은 어려서부터 총명하여 글 읽기와 활쏘기를 좋아하였다. 특히 불교를 돈독히 믿어 불경을 간행하였고, 유학자들로부터 많은 비판을 받으면서도 불교의 보호와 진흥에 크게 기여하였으며 뒤에 출가하여 승려가 되었다.

한번은 효령대군이 절에서 불사(佛事)를 베풀어 형인 양녕대군을 초대하였는데, 이날 양녕대군은 사냥꾼과 활 잘 쏘는 사람을 데리고 산에 가서 사냥을 하였다. 양녕대군은 사냥을 마치고 효령대군이 재를 올리는 절로 가 절 앞 냇가에 자리를 잡고 앉았다. 막 예불이 시작될 무렵이었다. 양녕대군은 거침없이 사냥꾼에게 잡은 짐승을 가져오라 하고, 준비하고 있던 고기 다루는 사람에게 고기를 잡아 다듬어 불 위에 얹어 굽게 하였다. 그리고 심부름하는 사람에게 술을 부어 올리게 했다. 절에 모인 사람들이 모두 부처님께 절을 할 무렵, 양녕대군은 술을 마시며 구운 고기를 맛있게 먹고 있었던 것이다. 이 모습을 본 아우 효령대군이 정색을 하고 난처해하면서 말했다.

"형님, 오늘만은 술과 고기를 삼가십시오."

이 말에 양녕대군은 웃으면서 태연히 다음과 같이 대답하였다.

"나는 평생에 하늘로부터 복을 많이 받았으니 고생할 필요가 없는 사람일세. 이렇게 살아 있을 때는 임금의 형이고, 또 죽어서는 부처가 되어 있을 효령의 형이니, 사나 죽으나 무슨 걱정이 있겠는가?"

이 말에서 왕의 형도 되고, 부처의 형도 된다는 '왕형불형(王兄佛兄)'이란 말이 나오게 되었다.

2007.10.25

인생의 댓글

경남 양녕대군은 풍류가 넘치다 보니 왕실의 법도를 자주 범하여 세자로 책봉되었다가 폐위되었다. 그러니 일설에는 아비지 태종의 뜻이 세째 충녕대군[후에 세종]에게 있음을 알고 일부러 방탕하게 지냈고, 둘째인 효령대군에게도 왕위를 넘보지 말도록 충고했다고 한다. 그러고는 자유분방하게 떠돌며 '王兄佛兄'의 거칠 것이 없는 자세로 삶을 살아 나갔으니 참으로 속이 깊고 호탕한 인물이라 하겠네…

경애 '王兄佛兄'의 거칠 것이 없는 자세로 삶을 살아 나갔으니 이렇게 되기까지의 고뇌가 어찌했을까 하는 생각도 들고 참으로 호탕한 인물이라 하겠네. 오늘도 감사 !!

미순 영혜야 방랑시인 김삿갓이 생각나네. 아무 것에도 구애 받지 않고 그야 말로 '동가식서가식' 하면서 한 시절을 풍미했다고 하는… 양녕대군이 정말로 현명하게 살다 간 것이 아닐까? 오늘도 복습 감사.

영혜 미순아, 김삿갓… 오래간만에 들어보네. 그런데, '동가식서가식'이 아니라, '…서가숙'인데, 양녕대군의 생활에 적합한 표현이 아닌 것 같다. ㅎㅎ

미순 맞다. ㅋㅋ 하여튼 역시… 잘못을 짚어 줘서 고맙고마. ㅎㅎ

선숙 王兄佛兄 하면 왕의 형이요 불제자의 형이니 두려울 것도, 거리낄 것도 없다는 뜻 같습니다. 사실 양녕대군이 방탕한 척 살았고, 효령대군이 불제자가 되었으니 생명을 부지했겠지요. 동생이 절에서 佛事를 베풀 적에도 고기와 술을 먹은 것은 무례함보다는 '왕자들이 대궐에 있어야 하는데 둘이 절에나 있으니' 하는 응어리진 마음을 삭이는 것이었겠지요. 이렇게 방탕해 보이도록 살았으니 목숨을 부지했지 똑똑하게 살았다면 복위니, 찬탈이니 하며 피흘리는 참극이 있었겠습니다. 후세 사람들은 방탕했다고 비평을 하겠지만 목숨을 부지하던 양녕대군의 그 마음을 본인 외에는 그 누가 어떻게 헤아릴 수가 있을까요?(역사학도의 관점에서)

영혜 선숙아, 너의 해설을 들으니, 양녕대군의 마음을 네가 누구보다도 더 자~알 헤아리는 것 같구나.

선숙 하하하… 영혜야, 내가 양녕대군의 마음을 어찌 헤아리겠냐? 왕이 된 동생을 보며 아무리 형제애니 뭐니 해도… 일단은 심사가 뒤틀리는 게 사람의 마음이다 보니… 내가 약자의 심정으로 한 번 써 본 것이다. 배부른 사람은 배고픈 사람의 심정을 잘 모르고, 권세를 잡은 사람은 약자의 마음을 잘 모르는 법이지. 그래서 양녕대군이나 효령대군이나… 또 날마다 공부방에서 밑바닥을 기고 있는 나나 다 같은 약자의 입장에서 생각해 봤구먼…

선숙 충령대군이 왕위에 올라 세종대왕이 되어서 한글을 창제를 하셨으니 지금 우리가 이렇게 편하게 쓰고 있습니다. 한글이 타이핑을 할 때 제일 과학적으로 쉽게 되어있는 문자라는 것은 어느 나라를 불구하고 이구동성으로 하는 말이네요. 그러니깐 양녕대군의 방탕했던 행동도, 불제자가 된 효령대군한테도 감사를 드려야겠습니다.

순희 바로 지금 우리의 모습이 그러하지 않을까… 전능하신 하나님이 우리 아버지 되시고… 사랑스럽고 지혜로운 친구들이 바로 내 옆에 있으니…

미순 맞다 아이가. 고거이 바로 내 말인 기라.

망양지탄 望洋之歎

望:바랄 망 / 洋:큰 바다 양 / 之:어조사 지 / 歎:탄식할 탄
넓은 바다를 바라보고 감탄함.
곧 다른 사람의 위대함에 감탄하면서 자신의 미흡함을 부끄러워함을 가리킨다.

『장자(莊子)』 〈추수편(秋水篇)〉에 다음과 같은 이야기가 전한다.

옛날 중국의 황하에는 물을 지키는 하백이라는 수신이 살고 있었다. 그는 자기가 사는 황하를 보면서 그 넓고 풍부함에 감탄을 하고 있었다.

어느 해 가을, 홍수가 져서 모든 시냇물이 황하로 흘러들자, 강의 넓이가 하백으로도 믿기지 않을 정도로 엄청나게 커졌다. 흐름이 너무나 크다보니 강폭이 서로 까마득히 멀어져 강 저편에 있는 소나 말의 형체도 분간할 수 없을 정도였다. 이렇게 불어난 물을 보고 하백은 한껏 자랑스러워 으스댔다.

"아! 나는 얼마나 위대한 존재인가. 천하의 아름다움이 모두 내 안에 있으니……."

스스로 크게 감격한 하백은 이번 기회에 황하가 얼마나 넓고 큰지 알아보려고 물결에 몸을 내맡기고 동쪽으로 따라 내려갔다. 며칠을 흘러가다 보니 이제까지와는 다른 물결이라는 느낌과 생전 처음 보는 경치가 눈앞에 펼쳐졌다. 마침내 북해(北海)에 도달한 것이었다. 사방을 둘러보니 물이 얼마나 넓은지 하늘 끝까지 닿아 있었고, 어디에서 어디로 흐르는지, 끝은 어디인지 알 도리가 없었다.

이때에 북해의 수신인 약(若)이 다가와 인사를 나누었다.

"나는 약이라고 하는데, 이 북해를 지키고 있다오."

"아! 이렇게 넓은 물을 관장하시는 분이 바로 당신이군요. 나는 황하의 수신 인 하백입니다."

하백은 비로소 자신의 진면목을 돌아보고, 얼굴을 돌려 북해의 신을 바라보면서 탄식하며 말했다.

"속담에 이르기를, '백 가지쯤 되는 도리를 들으면 자기만한 자가 없는 줄 안다'고 했는데, 바로 나를 두고 한 말이었군요."

하백의 말을 듣고 약은 이렇게 말했다.

"우물 안 개구리에게 바다에 대해 말해도 소용없음은 그가 사는 곳에 얽매어 있기 때문이요, 여름 벌레에게 얼음에 대해 말해도 소용없음은 그가 시절에 묶여 있기 때문이라오. 지금 그대는 큰 바다를 보고나서 비로소 그대의 식견이 좁은 줄을 깨달았다니 이제야말로 함께 큰 이치를 말할 수 있겠소이다."

여기에서 '망양지탄'은 끝없는 진리의 세계를 보고, 기왕에 스스로 자기가 이루었다고 생각했던 것을 부끄럽게 여긴다는 의미로 사용되었다. 오늘날에는 이 말의 뜻을 넓게 해석하여 자기의 힘이 미치지 못함을 탄식한다는 의미로도 쓰인다.

2007.08.20

인생의 댓글

경남 우리는 흔히 자신이 보고 듣고 알고 있는 것만이 세상의 모든 것인 양 착각하고 또 가장 잘 안다고 으스대기 쉽다. 그러나 새롭고 넓은 세상을 만나게 되면 이제까지의 자신의 모습과 관점에 부끄러움을 느끼게 된다. 여행이나 학문 등을 통하여 새로운 세계를 만나게 되면 우리의 식견이 넓어질 수 있기에 그것들이 우리의 삶을 풍성하게 하고 그래서 더욱 소중한 것이리라.

영혜 遼東之豕에 비하면 '자기의 힘이 미치지 못함을 탄식한다'는 望洋之歎은 '자신의 힘이 미치지 못한다'는 사실 자체는 깨달았다는 의미가 내포되어 있으니… 비교적 많이(?) 깨달았다고 할 수 있을까요?

동숙 끊임없이 부족함을 느끼고 사는 게 우리네 인생 아닌가요. 보면 볼수록, 알면 알수록 넓고 큰 세상이 있음을 알고…

선숙 우물 안 개구리가 어찌 넓은 호수에 사는 악어의 마음을 알겠으며… 쥐구멍에 사는 들쥐나 다람쥐가 어떻게 호랑이나 사자의 마음을 알며, 졸졸 흐르는 냇가에 사는 송사리가 어찌 바다 속에 사는 고래의 마음을 알겠으며… 짹짹 참새가 어떻게 봉황의 뜻을 알겠습니까? 다음 날을 모르는 하루살이에게 내일의 꿈을 이야기한들 무슨 소용이 있겠습니까? … 근디, 싸부님요… 이것이 모두 다 나헌티 해당되는 말씀들이구먼요… 아고고 부끄러워라.

선애 秋水… 가을철의 물이라는 뜻이겠지요? 역시 莊子답게 철학적인 말씀을 하셨네요. 가을에 홍수가 나서 황하로 물이 몰려들고 그 물은 바다로 흐르고… 강의 신 河伯은 바다의 신 若을 만나 세상의 이치를 논하고… 여기서 나온 말이 望洋之歎! 이렇게 멋진 말들이 쓰여진 『莊子』를 읽어보겠다고 참 여러 번 시도를 했건만 결국 한 번도 끝까지 읽지는 못했네요. 이런 글을 읽기만 해도 望洋之歎을 하니, 아는 것을 안다 하고 모르는 것을 모른다 하는 것이 앎이라 했던 성현의 말씀은 따르고 있는 거지요?

식언 食言 · 식언이비 食言而肥

食:밥 식 / 言:말씀 언 / 而:말 이을 이 / 肥: 살찔 비
1. 말을 먹음. 곧 약속한 말을 지키지 않는다는 뜻이다.
2. 말을 먹어 (입으로 뱉어낸 말을 다시 삼켜) 살이 찜.

『서경(書經)』〈탕서(湯書)〉에 다음과 같은 이야기가 전한다.

은(殷)나라 탕왕(湯王)이 하(夏)나라 걸왕(桀王)의 폭정을 보다 못해 군사를 일으켜 정벌하기로 하였다. 그는 영지인 박 땅에서 백성들을 모아 놓고 맹세하였다.

"그대들은 나를 도와 하늘의 벌을 이루도록 하라. 공을 세운 자에게는 큰 상을 내리리라. 그대들은 내 말을 믿으라. 나는 말을 먹지 않는다."

여기에서 '말을 먹지 않는다' 함은 자신이 한 말을 번복하지 않고 반드시 약속을 지킨다는 뜻으로 한 말이다.

한편 『춘추좌씨전(春秋左氏傳)』에는 다음과 같은 내용이 실려 있다.

춘추 말기 노(魯)나라의 계손씨, 숙손씨, 맹손씨 등은 늘 군주와 갈등을 빚어 왔다. 노나라 애공(哀公) 때에 맹손씨의 맹무백(孟武伯)이 재상으로 있었는데, 그는 함부로 말을 하는 나쁜 버릇이 있었다. 그때문에 애공은 그를 매우 싫어하였다. 애공이 월(越)나라에 갔다가 돌아오자, 계손씨의 계강자(季康子)와 재상 맹무백은 오오(五梧)라는 곳까지 마중을 나와 있었다. 이때 애공의 수레를 몰던 곽중(郭重)이 계강자와 맹무백을 보고 애공에게 말했다.

"저들은 군주를 나쁘게 말한 점이 무척 많았으니, 군주께서도 이번 기회에 하실 말씀을 다하십시오."

축하연 자리에서 맹무백은 장수를 비는 술잔을 애공에게 올리고, 곽중에게는 놀리는 소리를 하였다.

"당신은 무얼 먹고 그렇게 살이 찌셨소?"

그러자 계강자가 말을 받았다.

"군주의 길고 먼 여행을 수행한 곽중에게 살이 쪘다 하는 것은 말이 안 되는 소리이오니, 맹무백을 벌하십시오."

이 말이 떨어지자 애공은 계강자와 맹무백이 자신이 아끼는 신하인 곽중을 조롱하는 것을 알고 이렇게 말했다.

"여러 사람들의 말을 많이 먹었었는데 살이 찌지 않을 수가 있겠소?"

애공의 이 말은 두 대신들의 행태를 꼬집어 하는 말이었다. 결국 이 일이 계기가 되어 축하연은 흥이 완전히 깨어지고, 애공과 두 대신인 맹무백, 계강자 사이에는 나쁜 감정이 있게 되었다.

2007.08.28

인생의 댓글

경남 말을 입 밖에 내는 것을 토한다고 한다. 이는 음식을 먹고 토하는 것에 빗대어 하는 말이다. 제 입으로 뱉어낸 말을 다시 먹는다는 것은 토한 음식을 다시 주워 먹는다는 것이니 얼마나 더러운 얘기인가? 거짓말쟁이가 그래서 더러운 인간으로 평가되는 것이다. 그런데 말을 먹어 살이 쪘다고 한 데에는 따로 말을 많이 하는 상대방을 꼬집는 뜻이 숨어 있어 표현의 묘미가 살아 있다. 아무튼 '食言'을 하는 일은 무더위 이상으로 힘들고 지치게 하는 일임을 알겠네.

미순　"감정 있는 자는 입술로는 꾸미고 속에는 궤휼을 품나니 그 말이 좋을지라도 믿지 말 것은 그 마음에 일곱 가지 가증한 것이 있음이라.(잠 26:24~25)"

자기가 한 말의 책임을 지지 않는 자는 "개가 그 토한 것을 도로 먹는 것같이 미련한 자는 그 미련한 것을 거듭 행하느니라.(잠 26:11)"라고 한 것같이 더러운 인간으로 평가된다는 말씀 공감이네요. 오늘날 정치인들이 좀 배워야 할 말씀이구요. 하지만 그분들이 더 잘 알고 계시겠지요.

선숙　"사람마다 듣기는 속히 하고 말하기는 더디 하며 성내기도 더디 하라.(야 1:10)"

"만일 말에 실수가 없는 자면 곧 완전한 사람이라.(야 3:2)"

군자는 말이 행동을 앞서는 것을 수치스럽게 여긴다고 했습니다. 식언을 밥 먹는 것보다 더 많이 하는 사람들이 정치판은 물론이고 도처에 얼마나 많은지… 에그, 우리 친구들아… 우리는 그저 밥이나 열심히 먹자구. 말을 먹는 것보다는 그래두 밥이 훨~씬 맛있으닝깐…(오늘은 미순이 버전을 흉내내 보나)

선애　'食言'이라는 말의 유래가 殷나라까지 거슬러 올라가는군요. 말을 먹어 살이 쪘다는 말을 들으니 욕 먹으면 오래 산다던 우리나라의 옛말이 생각납니다. 哀公이 말한 뜻도 季康子와 孟武伯이 자신이 아끼는 신하인 郭重에 대해 악의를 드러낸 데 따른 대답 같습니다. 그 시절이야 살찌는 게 오히려 좋은 일이었을 테니 남을 비난해 봤자 비난한 사람만 손해라는 뜻 같아요. 네거티브 전략을 활용하는 요즘 정치판 사람들도 한번 생각해 볼 말이네요.

순희 꼭 나보고 하는 말 같습니다. 내뱉은 말을 지키지 않음이 식은 죽 먹듯한 것 같습니다. 또한 말을 삼켜 살이 찐다니… 내 부둥한 살은 얼마나 많은 말을 먹었음일까… 내가 한 말은 꼭 지키고, 한번 뱉은 말은 그대로 실천하는 귀한 삶이 이루어지길 간절히 바랍니다.

오설상재 吾舌尙在

吾:나 오 / 舌:혀 설 / 尙:오히려 상 / 在:있을 재
내 혀가 아직 성하게 남아 있음.
변설가에게는 혀만 제대로 있으면 팔다리를 못 쓰게 되어도 걱정될 것이 없다는 말이다. 곧 자기가 가장 소중히 여기는 한 가지만이라도 남아 있으면 그것에 소망을 걸고 재도전할 수 있다는 의지를 말한다.

『사기(史記)』〈장의열전(張儀列傳)〉에 다음과 같은 이야기가 전한다.

위나라 사람 장의(張儀)는 귀곡선생(鬼谷先生)의 문하에서 소진(蘇秦)과 함께 공부하여 세 치 혀로써 천하를 주름잡은 변설가(辯說家)였다. 소진이 막 득세했을 때 장의는 아직 뜻을 얻지 못하고 초나라의 재상인 소양(昭陽)의 집에서 식객으로 구차하게 지내고 있었다.

그때 소양은 위나라와 싸워 크게 이긴 공으로 왕으로부터 유명한 화씨벽[和氏璧:초나라의 국보인 최고의 보석]을 하사받아 늘 지니고 다녔다. 어느 날 소양이 연못가 누대에서 귀빈들과 함께 잔치를 열었는데, 손님들이 모두 화씨벽을 보여 달라고 요청했다. 소양이 화씨벽을 가져와 한참 구경을 하며 찬탄하고 있는데 연못에서 큰 물고기가 뛰어 올라 뭇사람들의 시신이 그리로 쏠렸다. 순간 누구의 짓이었던지 구슬이 없어지자 좌중에서 가장 옷이 허름하고 남들과도 잘 어울리지 않던 장의가 지목되어 누명을 쓰고 모진 매를 맞았다.

초죽음이 되어 업혀서 집에 돌아온 장의를 보고 그의 아내가 눈물을 흘리며 말했다.

"당신이 글공부를 하고 변설가로 유세만 하지 않았던들 이런 욕을 당했겠소?"

이에 장의는 아내를 보고 말했다.

"내 혀를 좀 보오. 아직 그대로 있소? 없소?"

그의 아내는 어이가 없어 웃으며,

"혀야 물론 있지요."

했더니, 장의는

"그럼 됐소."

라고 말했다. 그 이후 장의는 혀의 위력을 십분 발휘하여 천하의 변설가로 명성을 얻었다.

2007.01.23

인생의 댓글

경남 우리가 실패를 거듭했다 하더라도 한 가지 믿고 의지할 것이 있다면 다시 일어설 수 있는 장의와 같은 의지가 있어야겠네… 실패보다 무서운 것은 자포자기가 아닐까?

윤화 그런데 장의와 같이 한 가지도 내세우거나 의지할 게 없는 것 같아 심히 걱정되네요. 지금부터라도 열심히 찾아 봐야겠네요.

선애 이 고사를 읽고 보니 張儀는 역사에 이름을 남길 만한 사람이었네. 일이 조금만 잘못돼도 올지 안 올지도 모르는 최악의 경우까지 생각하며 실망하고 슬퍼하는데 그는 절망 가운데서 희망을 발견했으니.

혜숙 자꾸 세상 모퉁이로 밀려나는 것만 같고, 판단의 기준도 헷갈리던 터에 용기를 주는 말 고맙습니다.

유순 가장 나락으로 떨어졌을 때 그때가 터널이 끝이라고… 그런 말이 있지요. 張儀는 그걸 잘 아는 지혜가 있는 사람이었군요. 싸부, 오늘도 수고하셨어요.

영혜 손으로 그림을 그릴 수 없는 화가가 입으로 붓을 물고 그림을 그리는 것을 본 생각이 나네요…

선숙 보통은 세 치 혀 때문에 패가망신하거나 구설수에 오르내리는 일이 허다한데, 張儀는 그 세 치 혀로 인하여 명성을 얻었다 하니…(변설가에겐 세 치 혀라고 하는 게 미안하지만) 절망의 시기에 대부분의 사람들은 포기하고 마는데 장의는 그 힘든 고비를 슬기롭게 잘 넘겼군요. 사부님의 가르침으로 힘든 때에도 포기하지 않고 한 가지의 뛰어난 점이 무엇인가 잘 생각하면서 그걸로 재기의 힘을 키우겠습니다. 맞아요. 포기란… 역쉬나 배추를 세는 단위일 뿐, 우리에겐 해당이 없는 단어군요. 이 밤이 지나고 새벽이 오면 희망의 해가 떠오르겠지요.

유순 선숙아, 요새 서울서 지하철 타면 무슨 광고판에 '포기는 김치 담을 때나 써라' 뭐 이런 광고가 있어 재미있다 했는데… 넌 어찌 여기서도 얼마 안 된 유행어까지 거기서 꿰뚫고 있냐?? 역시 항상 놀래키는 여인…

각주구검 刻舟求劍

刻:새길 각 / 舟:배 주 / 求:구할 구 / 劍:칼 검

칼이 물에 빠지자 뱃전에 칼자국을 내어 표시해 두었다가 나중에 칼을 찾으려 함.
곧 눈앞에 보이는 하나만을 알 뿐, 그 밖의 시세변동 같은 것은 전혀 모르는
융통성이 없는 어리석음을 비유하는 말이다.

『여씨춘추(呂氏春秋)』〈찰금편(察今篇)〉에 다음과 같은 이야기가 전한다.

춘추시대 초(楚)나라 사람이 조상 대대로 물려받은 칼을 가지고 양자강을 건너게 되었는데, 실수로 칼을 강 한복판에서 빠뜨리고 말았다. 그는 당황하여 얼른 주머니칼을 꺼내어 칼이 물속에 빠진 부분의 뱃전에다 자국을 내어 표시를 하면서 말했다.

"내 칼이 여기서 떨어졌다. 그러나 표시를 해 놓았으니까 이제 안심이다."

그는 자못 영리한 것처럼 주위를 둘러보았다. 얼마 후 배가 언덕에 당도하자 그는 아까 표시를 해 놓은 그 자리에서 물속으로 뛰어들었다. 그 자리에 칼이 꼭 있을 것으로만 믿고 있었던 것이다. 그동안에 배는 이미 칼이 물에 빠진 곳에서 멀리까지 흘러갔는데도 그건 전혀 생각치 못하고 금 그어 놓은 자리에서 칼을 찾으려 했던 것이다.

이를 보고 사람들은 '뱃전에 표시를 해 두고 칼을 찾으려 한다'면서 사리에 어두운 그의 어리석음을 비웃었다.

『여씨춘추』에서는 이 이야기 뒤에 다음과 같은 평을 덧붙이고 있다.

"지나간 옛 법만 가지고 나라를 다스리려 한다면 이는 '각주구검(刻舟求劍)'의 칼잡이와 마찬가지다. 시대는 이미 지나가 크게 변했는데, 시행하는 법은 예전

그대로가 아닌가? 이런 방법으로 나라를 다스린다면 어떻게 잘 다스릴 수 있겠는가?"

2007.01.22

인생의 댓글

경남 시대는 급변하는데도 고지식하고 융통성 없이 대처하다가 어리석은 사람이 되는 일이 얼마나 많은가. 나이가 들수록 옛 것만 고집하지 말고 세상이 변화하는 데 따라 잘 적응할 수 있어야겠네…

혜현 아들들이 결혼하면서 새 사람들이 들어오고 여지껏 지켜오던 내 틀이 깨지기 시작하니 이에 적응을 하기보다 옛 것을 지키려다 맘만 상했네. 형편이 바뀌면 생각도 바꿔야지.

유순 우리가 세상 살면서 刻舟求劍 같은 어리석고 융통성 없음 때문에 실패하는 일이 얼마나 많을까? 나이를 먹으면서 변화를 지혜롭게 수용할 줄 아는 멋진 노인이 되어야 할 텐데… '서산에 해는 지고' 날은 어두워 가는데 갈 길이 멀군요. 싸부, 오늘도 좋은 밤 되세요.

백경 맞아요! 맞습니다! 늙어갈수록 급변하는 시대에 지혜롭게 대치해 나가야 할 텐데… 갈 길이 머네요…

동숙 나이가 들수록 빨리 변하는 세상에 잘 적응해야 현명한 삶을 살 수 있음을 깨닫습니다.

자성 너무나 어리석었던 지난날들, 나이가 든다고 해서 지혜로워질까?
"미련한 자를 곡물과 함께 절구에 넣고 공이로 찧을지라도 그의 미련은 벗겨지지 아니하느니라.(잠 17:22)"

"너희 중에 누구든지 지혜가 부족하거든 모든 사람에게 후히 주시고 꾸짖지 아니하시는 하나님께 구하라, 그리하면 주시리라.(약 1:5)"

우리 모두 하나님의 지혜를 힘입어 가을의 단풍처럼 아름답고 고운 노인네들이 되자고요.

유순 자성 씨, 좋은 성경 말씀 자주 올려주세요. 감사해요!

선애 조금 아까 뉴스를 봤는데 지난해 우리나라 일자리 중 수입이 높고 전문적인 일자리의 3분의 2를 여자들이 차지했다네. 얼마 전 사법연수원 졸업자중 판검사로 임명되는 숫자도 여자가 더 많다던가 그랬지.(들은 지 얼마 안됐는데도 가물가물) 어떻든 세상은 이렇게 변해 가는데 아직도 '여자는… 어쩌고' 하는 남자들에게 가르쳐 주어야 할 말씀이네요.

영혜 크나큰 양자강에 떠도는 조그만 배가 양자강의 중심이 아닌 것같이, 시대도 어느 한 곳에 멈추고 있는 것이 아니니, 끊임없이 변천하는 시대를 객관적으로 보고, 배우고, 거기에 적응해 나가야겠네요…

원심 나이에 맞게 사는 지혜를 갖는 게 참 어려운 일일진대 우리 동창들은 복도 많아 매일 싸부님의 가르침을 받아 살고 있으니 얼마나 감사한지요. 자성이의 성경 말씀으로 보충까지 받으니 '금상첨화'.

선숙 늦어서 죄송합니다. 친구들이 좋은 말들을 다 썼기에 저는 동감 동감, 그렇습니다, 옳습니다, 찬성이요, 암만… 이런 말밖에는 할 말이 없습니다. 근데, 선애야 네 말이 맞고말고… 이런 ㅉㅉㅉㅉ 세상에 아직도 '여자는… 어쩌고…' 하는 남자들에게 가르쳐 줄 말이 하나 꼭 있지. '남존여비' 말이다. 세상이 변하면 말도 변해야지. 옛날에 만든 '남존여비', 세상에 이런 못된 말이 어디에 있냐? ㅉㅉㅉㅉ 옛날에는 여자를 무시했으니 요즈음에 남자들이 그 보복을 받는 게 아니냐? 그래서 생겨난 새로운 '남존여비'는 말이다… '남자가 존재하려면 여자의 비위를 맞춰야 한다' 이렇게 바꿨다. 다들 알고 남존여비라는 말들을 쓰도록 하자.

각자위정 各自爲政

各:각각 각 / 自:스스로 자 / 爲:할 위 / 政:정사 정
각자가 자기의 주장에 따라 일을 처리함.
사람이 저마다 자기 멋대로 행동한다는 뜻으로,
전체와의 조화나 타인과의 협력을 고려하지 않으면 그 결과가 나쁠 것은 뻔하다는 뜻이다.

『춘추좌씨전(春秋左氏傳)』 선공(宣公) 2년 조에는 다음과 같은 이야기가 있다.

춘추시대 송(宋)나라와 진(晉)나라가 서로 동맹국이었기 때문에 송나라와 초(楚)나라는 사이가 나빠졌다. 이에 초나라 장왕(莊王)은 동맹국인 정(鄭)나라로 하여금 송나라를 쳐들어가게 하였다. 정나라와의 결전을 하루 앞두고 송나라의 대장 화원(華元)은 군사들의 사기를 돋우기 위해 식사 때 특별히 양고기를 지급하였다. 군사들은 모두 크게 기뻐하며 맛있게 먹었지만 화원의 마차를 모는 양짐(羊斟)에게는 양고기를 주지 않았다. 한 부장(副將)이 그 까닭을 묻자 화원은 이렇게 대답하였다.

"마차부는 전쟁과 아무런 관계가 없으므로, 마차를 모는 사람에게까지 양고기를 먹일 필요는 없네."

양짐은 이 일로 화원에게 원한을 품게 되었다. 이튿날 양군의 접전이 시작되었다. 화원은 양짐이 모는 마차 위에서 지휘를 하였는데, 송나라와 정나라의 군사들이 모두 힘껏 싸워 쉽게 승패가 나지 않자, 화원이 양짐에게 명령하였다.

"마차를 적의 병력이 허술한 오른쪽으로 돌려라."

그러나 양짐은 반대로 정나라 병력이 밀집해 있는 왼쪽으로 마차를 몰았다. 당황한 화원이 방향을 바꾸라고 소리치자 양짐은 다음과 같이 말하고 곧바로

정나라 군사가 모여 있는 곳으로 마차를 몰았다.

"저번의 양고기는 당신의 뜻대로 한 것이고, 오늘의 이 일은 나의 뜻대로 한 것이오."

결국 화원은 정나라 군사에게 생포되고 말았고, 대장이 포로가 된 것을 본 송나라 군사는 전의를 잃어 정나라에게 대패하였다.

2007.02.09

인생의 댓글

경남 다른 사람에게 가슴 아픈 일을 하면 두고두고 원망이 쌓여 결정적인 때에 낭패를 보기 쉽다. 잠깐 소홀히 여긴 것이 큰 화로 되돌아오니 어찌 삼가지 않을 수 있겠는가…

선숙 싸부요. 시방까정 웃음이 그치지를 안 혀서… 요 앞전글에 답글을 쓰다가 웃음이 계속 나와 새벽 3시인데도 잠을 못 잤습니다. 그래서 오늘은 천운으로 1등을 혔네요.

경남 아까징끼님, 우리들의 기본 약이 되려면 좀 주무셔야죠… 푹 주무시고 내일 만나요. 감사^^*

선애 아까징키라니까 생각나는 드라마 장면이 있는데… 몇 년 전에 "꽃보다 아름다워"라는 드라마에서 치매에 걸린 고두심(극중 우리보다 약간 젊은 나이)이 마음이 아프다고 가슴에 빨간약을 발라 가족은 물론 보는 시청자 모두를 울린 적이 있었어. 요즘 애들은 아까징끼에 대한 우리 시대의 의미를 알려나 몰라.

선숙 에~고, 괴기 한점 뭬 그리 아깝다구 자기의 마차를 끄는 마부에게 주지를 않구 섭하게 했는지… 그 마부 맴이 워땠을겨… 뭔 대장이 그리 쫌생이, 쫌쌀인지… 아니지. '쫌쌀두 키' 이런 표현이 딱이네… 자기네 식구들허구두 화목허게 단결이 안 되는디, 무신 전쟁을 한디야? 그렇께 상대편 적헌티 꼼짝없이 잽혔지… 고기 한 칼 인심두 못 쓰다가… 에구, 쫌생이 장군이여… 싸부님, 그렇지유?… 무신 일에든 조금씩 양보를 허구, 서로 의견을 일치시키구, 단결 & 화목하여서 일을 잘 진행시켜야 하겠습니다요. 오늘도 수고 많이 하셨어요.

동숙 아까징끼야, 나 옥도정긴데 왜 새벽까지 잠을 안 자서 우리 싸부가 걱정하게 만드냐… 니가 건강하게 얼굴을 자주 보여야 우리가 즐겁게 하하, 호호, 하지… 니 덕에 우리가 많이 웃고 젊어졌데이…

선숙 옴마나~~~ 옥도정기구나. 반갑데이. 그래 이제부터는 일찍 자고 일찍 일어나는 새 나라의 아줌마가 되어 보자. 그동안 우리 까페에서 놀다가 통금시간 훨씬 지나면 꼼짝도 못하구 갇혀 있다가 새벽에 통금 해제되면 집으루 갔걸랑. 이제부터는 통금시간 전에 귀가(?)해야겠다. 근데, 나 말이야… '새 나라의 모범적인 아줌마' 이런 것 하기 싫은데, 헌 나라 아줌씨루 그냥 있으면 안 될라나? 늦게까정 놀구… 늦게 일어나구…

선숙 동숙아, 우리 싸부님을 세계 최고의 명약 '이명래 고약'으로 명하면 안 될라나? 지난번에 어떤 아는 사람이 미국의 좋다는 약을 다 썼는데도 잘 안 나아서 온 군데 뒤져 이명래 고약을 찾아서 썼더니 최고라고 하더군. 어떠니?

동숙 그래, 좋다. 이명래 고약이 얼마나 잘 듣는지 몰라서 그렇지, 정말 명약 중의 명약이야. 너도 헌 나라의 아줌씨 하구… 밤이면 밤마다 들어와 놀아라…

혜숙 나이 들면서 목소리 큰 자에 주눅 드는데… 나 역시 주변에 상처를 주고 있지나 않는지…

민선 고기 아까와 사람 차별한 화원도 그렇고, 고걸 맘에 담고 나라의 승패가 달린 큰일을 그르친 양짐도 한심하다. 누가 더 좁쌀일까는 대봐야 한다지만, 대볼 것도 없이 작을 땐, 뭘로 재지? 좌우간 우리 이화의 딸들은 모쪼록 큰 그릇 됩시다~~! 말은 잘~ 한다, 그치? 하하하. 오늘도 우리 자신을 돌아볼 좋은 말씀 해주신 싸부께 감사해요~~!

선숙 민선아. 뭘로 잴까 하고 고민할 것 하나도 없구먼. 왜냐구? 대장인 화원은 '채송화 씨' 허구 마부인 양짐은 '좁쌀' 하면 되능겨…(너희들 채송화 씨앗 봤지?) 대장이 그릇이 커야 허는디… '화원'은 간장 종재기였으닝께… 그래 네 말처럼 우리 이화의 딸들은 '종갓집 장독'들이 되자꾸나… 간장종지 vs 장독. 하하하, 호호호. 말 된다.

경애 아까징끼, 옥도정기가 나오니… 물 건너에 있는 나는 여기 이름으로 베타다인인데, 여기 들어와 별명 많이 생기네. 혼자 웃는 버릇 생겼다. 컴퓨터 앞에서? 낄낄낄…

경남 베타다인 님, 컴퓨터 앞에서의 혼자 '낄낄낄'은 이 카페에 들어오는 친구들의 공통 증상인데 그 덕에 많이 젊어진대요…ㅋㅋ ㅋㅋ

선숙 경애야, 난 아끼징끼, 옥도정기, 이명래 고약은 잘 아는데 아니 미국에서 20년을 살았는데 아직도 '베타다인' 이것을 모르는 것은 고사하고 들어본 적도 없으니… 오늘은 약 파는데 가서 '베타다인'이 어떤 것인지 보려구 기웃거려야 되겠다… 하여튼 너는 '베타다인'이 되었구나… 재미있다. 낄낄낄, 깔깔깔…

야서지혼 野鼠之婚

野:들 야 / 鼠:쥐 서 / 之:어조사 지 / 婚:혼인할 혼
두더지의 혼인.
곧 두더지에게는 두더지가 가장 좋은 배필이라는 뜻으로, 같은 부류끼리 가장 잘 어울린다는 말이다.

홍만종(洪萬宗)의 『순오지(旬五志)』에 다음과 같은 이야기가 전한다.

어떤 두더지가 자기 자식을 좋은 집안에 시집보내려고 하였다. 두더지는 하늘이 으뜸이라 여기고는 하늘에게 가서 통혼(通婚)을 청하였다. 그러자 하늘은 이렇게 말했다.

"내가 비록 만물을 두루 포함하고 있기는 하지만 해와 달이 아니면 나의 덕을 드러낼 수 없다."

그 말을 들은 두더지는 곧 해와 달에게 찾아가 통혼하고자 했는데, 해와 달은 또 이렇게 말했다.

"나는 비록 넓게 비추기는 하지마는 구름만은 나를 가릴 수 있다. 그러니 구름이 나보다 위에 있지."

이번에는 구름에게로 가서 청했더니 구름은 또 이렇게 말했다.

"나는 비록 해와 달의 빛을 잃게 할 수는 있지만 바람이 불어오면 흩어지고 만다네. 그러니 바람이 나보다 위에 있지."

두더지가 곧장 바람에게로 가서 청했더니 바람은 또 이렇게 말했다.

"나는 구름을 흩어버릴 수는 있지만 유독 밭 가운데의 돌부처는 불어도 끄떡하지 않으니 돌부처가 나보다 위에 있네."

두더지가 다시 돌부처에게로 가서 통혼을 청했더니 돌부처는 이렇게 말했다.

"나야 바람을 두려워하지는 않지. 그러나 두더지가 내 발 밑의 땅 속을 뚫으면 나는 그만 쓰러지고 만다네. 그러니 두더지가 나보다 윗길이지."

이 말을 들은 두더지는 어깨를 으쓱하며 말했다.

"천하에 존귀한 것이 우리만한 것이 없구나."

그러고는 마침내 자식을 두더지와 혼인시켰다.

속담에 '두더지 혼인 같다'는 말이 있는데, 이는 자기 분수를 헤아리지 아니하고 엉뚱한 희망을 가짐을 비유하여 사용하는 말이다.

2007.03.23

인생의 댓글

경남 누구나 자식을 제일 좋은 집안에 혼인시키고 싶어 한다. 그러나 진실은 신분이 아니라 자기와 동류가 되는 데에 가장 잘 어울리는 짝이 있음을 위의 이야기는 말해 주고 있다. 나 아닌 다른 데에서 자신을 찾으려 하기보다 현실 속에서 자신의 소중함을 깨닫는 것이 보다 중요하지 않을까…

영혜 '나 아닌 다른 데에서 자신을 찾으려' 하는 것은 나무에 올라가서 물고기를 잡고자 한다는 緣木求魚와 비슷할까요?

혜숙 '두더지 혼인'으로 많은 불행이 초래되고 있는 어지러운 세상에 '야서지혼'은 더욱 아름답지요. 새삼 이 뜻을 소중하게 깨닫습니다. 우리도 자식 혼사를 '야서지혼' 해야겠지요.

동숙 野鼠之婚은 혼인에만 해당되는 건 아닌 것 같네요. 끼리끼리, 같은 부류끼리 어울릴 때 크게 어긋나지 않고 조화를 이루는 듯⋯ 오늘의 고사가 참 재미있군요. 수고많으셨어요.

선애 천하에 존귀한 것이 우리만한 것이 없구나(天下之尊 莫我若也)⋯ 어디 가서 찾아봐도 여기서 만나는 친구들처럼 좋은 친구들 찾기 어렵더라구요.

영혜 이 세상 어디를 가도 이곳에서 만나는 친구들처럼 순수하고, 마음 통하는 좋은 친구들 찾기 정말 어렵지.

은자 언젠가 영혜가 한 말대로 '승화된 세계' 속에서 우리는 마음의 대화를 하고 있으니 天下之尊 莫我若也. 선애, 경남 사부와 동감입니다.

영혜 은자야, 내가 무심코 한 말을 너는 잘도 기억하는구나⋯

은자 기는 놈 위에 나는 놈 있다는 속담과는 거꾸로네요. 하늘로 시작해서 해와 달, 구름, 바람, 돌부처로 내려가면서 서로 높여 준 것이 인상적이네요. 나보다 남을 낮게 여기면 결국 자신의 진가를 알게 된다는 것을 배웠습니다.

선숙 태어나서 생전 처음으로 박쥐를 본 아기 쥐가⋯ 너무 놀라고, 신기하고, 흥분하여, 엄마 쥐한테 달려가서 하는 말⋯
"엄마, 나 천사 봤어."

혜현 참 귀엽다. 아기 쥐, 엄마 쥐, 박쥐 천사. 선숙아 계속 재미있는 이야기 해 주렴.

목인석심 木人石心

木:나무 목 / 人:사람 인 / 石:돌 석 / 心:마음 심
나무나 돌처럼 마음이 굳음.
곧 의지가 굳건하여 세속의 어떤 유혹에도 마음이 흔들리지 않는 사람을 가리킨다.

『진서(晉書)』〈하통전(夏統傳)〉에 다음과 같은 이야기가 전한다.

서진(西晉) 때 사람인 하통(夏統)은 학문이 깊고 재능이 뛰어나 그가 살고 있는 지방에서 이름을 떨치고 있었다. 그의 재능을 아깝게 여긴 주변 사람들이 벼슬길에 오를 것을 권했지만, 그는 세속적인 명리에 초연하여 들은 척도 하지 않았다.

어느 때 하통은 볼 일이 있어 수도인 낙양에 머물고 있었다. 그런 어느 날, 서진 건국에 이바지한 공적 때문에 한창 위세를 떨치고 있는 태위(太尉) 가충(賈充)이 하통을 찾아왔다. 그가 하통을 찾은 것은 뛰어난 역량을 지닌 하통을 자기의 수하에 둠으로써 위세를 드높이고자 한 속셈이었다. 그리하여 가충은 온갖 감언이설로 그를 회유했지만, 하통은 요지부동이었다. 어떠한 말로도 하통을 움직일 수 없다는 걸 안 가충은 다른 방법을 써보기로 하였다. 그는 이끌고 온 많은 군사를 집합시켜 대오를 가지런히 하고는 하통에게 사열을 하도록 하면서 말했다.

"당신이 내 수하에 들어오게 된다면 이 많은 군대를 당신이 지휘하게 되오. 그러면 당신의 모습이 얼마나 위풍당당하겠소?"

하통이 여전히 말을 듣지 않자, 이번에는 요염한 무희들을 불러다가 하통의

앞에서 춤을 추고 갖은 교태를 부리게 한 후에 말하였다.

"어떻소? 얼마나 아름다운 미인들이오. 벼슬자리를 받아만 준다면 이들 미인은 모두 당신 것이 되오."

이번에도 하통은 끄떡도 하지 않았다. 이렇게 되자 심기가 상한 가충은 이렇게 말하였다.

"지위, 권세, 여색, 세 가지에 마음이 움직이지 않는 자는 세상에 없을 터인데, 이 사람은 정말로 나무로 만든 사람이요, 돌 같은 마음이로다."

가충은 더 이상 하통에게 관직을 권하기를 그만두었고, 하통은 회계로 돌아갔다.

2007.10.17

인생의 댓글

경남 권력이나 부귀, 여색 등 세상의 유혹에 움직이지 않는 사람은 드물다. 이런 유혹에 초연할 수 있는 심지가 굳은 사람이라면 능히 志士라 할 만하다. 우리는 보통 감정이나 유혹에 흔들리지 않는 사람을 목석 같다고 한다. 사회의 지도급 인사들이 세속적 유혹에 빠져 물의를 일으키고 있는 이 시대에는 목석 같은 사람이 특히 그리워진다. 이 시대에도 정녕 어떤 유혹에도 흔들리지 않았던 하통 같은 지사가 있을까…

영혜 지위, 권세, 여색으로 유혹하려던 가충의 감언이설은 하통에게는 馬耳東風에 불과했으니, 하통의 흔들리지 않고 초연한 마음은 明鏡止水를 연상케 하네요.

선숙 가장 아름다운 소리…

옛날 송강 정철, 서애 유성룡, 백사 이항복, 심일송, 이월사 들이 술자리를 같이하며 한담을 주고 받다가 분위기가 무르익자 "세상에서 가장 아름다운 소리는 무엇일까?" 하는데…

> 송강: 밝은 달밤에 다락위로 구름 지나가는 소리요.
> 심일송: 만산홍엽인데 바람 앞에 원숭이 우는 소리요.
> 유성룡: 새벽 책 읽다 졸음 올 때 술 거르는 소리요.
> 이월사: 산간 초당에 선비의 시 읊는 소리요.

이때 백사 이항복이

"아무래도 동방화촉 좋은 밤에 신부가 다소곳이 치마끈 푸는 소리가 가장 아름답지요." 해서 대학자들의 모임이건만 모두가 '옳소 옳소' 하며 한바탕 웃었다는 옛 야그올시다.(재미난 野史 중에서)

미순 선숙아❗ 첫날밤 새색시 치마끈 푸는 소리도 아름답지만, 뭐니 뭐니 해도 자슥 책 읽는 소리맨치로 좋을까… 안 그랴❓ 인자 손주들이네…
👲👲👲

선숙 농금목사[籠禁牧使: 장농에 갇힌 목사]

옛날 원주에 유명한 기생이 있어서 부임해 오는 목사마다 기생에 빠져 업무를 제대로 돌보지를 못하사 이를 못마땅하게 여긴 중앙관리기 원주목사로 부임하게 되었지. 처음에 木人石心으로 열심히 업무를 보니 이를 못마땅하게 여긴 이방이 기생과 짜고서… 기생이 말을 풀어 관아의 꽃밭을 전부 망치게 했어.

> 잡혀온 기생: (거짓으로) 죄송합니다, 제가 과부인지라 남자가 없어 말 관리를 못해서 그만…

목사가 내려다보니 미모의 과부가 측은하여 돌려보냈지. 이에 그 기생이 고맙다며 주안상을 잘 차려 목사를 대접하니 木石의 목사가 마음이 동하여 넘어가며 급기야 기생집 출입을 시작한 거라.

기생네서 자는 날이 빈번해지던 어느 날 밤, 같이 달콤하게 자고 있는데… 갑자기 대문이 쿵쿵쾅쾅 하며 열리더니 웬 사내가 들이닥쳤어. 목사가 급해서 장롱 속으로 들어가 숨었는데,

> 낯선 목소리: 이런 괘씸한 년… 사내를 끌어들였어?
>
> 기생: 아니옵니다. 저는 사내를 끌어들인 적이 없사옵니다.
>
> 낯선 목소리: 그래? 그럼 네 년의 장롱을 내가 들고 가 관아에 가서 죄를 묻겠다.
>
> 기생: (거짓으로) 장농만은 아니되옵니다.
>
> 낯선 목소리: 안 되긴 왜 안 돼?

하며 장농을 짊어지고 관아에 가서 내려놓으니… 장롱 속에서 벌거벗은 木石의 목사가 나온 것이야… 이 후로는 목석을 자처하던 그 목사가 웃음거리가 되었지… (木人石心의 재미난 野史 중에서) …

에구, 목석 되기가 월매나 힘든 일인디.

원심 선숙이 땜시 "木人石心"이 머리에 쏘~~옥 들어오네.

파죽지세 破竹之勢

破:깨뜨릴 파 / 竹:대 죽 / 之:어조사 지 / 勢:기세 세
대나무를 쪼개 듯 강하고 힘찬 형세.
곧 막힘없이 나아가는 맹렬한 기세를 말한다.

『진서(晉書)』〈두예전(杜豫傳)〉에 다음과 같은 이야기가 전한다.

중국 진(晉)나라의 무제(武帝)는 오(吳)나라를 공격하기 위하여 20만 대군을 이끌고 형주로 쳐들어갔다. 그러자 신하들이 다음과 같이 이야기하며 만류하였다.

"전하, 지금은 봄철이라 비가 많이 오고, 전염병이 발생하기 쉬우니 멈추었다가 겨울에 다시 공격하는 것이 좋겠습니다."

이때 장군 두예(杜豫)는 이러한 주장을 제지하면서 부하들을 격려하며 다음과 같이 외쳤다.

"이 기회를 놓치면 절대로 안 된다. 지금 우리는 승리하고 있는데 마치 대나무를 쪼갤 때와 같다. 한 마디 두 마디만 쪼개 나가면, 나중에는 칼만 대어도 저절로 쪼개진다. 공격을 멈추지만 않으면 힘들이지 않고 승리할 수 있는 것이다."

그리고 곧장 오나라의 수도로 진격할 것을 명령했다. 과연 장군 두예의 말대로 진나라 군대가 공격하는 곳마다 오나라 군대를 크게 물리쳐 대승을 거두었다.

2006.12.11

인생의 댓글

경남 좋은 계획을 세워 힘차게 나아갈 때는 멈추지 않고 밀어 가는 기세가 필요하다. 주저하다가 일을 그르치는 수가 많으니…

유순 싸부, 요사이는 계속 싸부 얘기를 많이 올리시네요. 좋은 계획들은 많이 세우지만 싸부같이 '멈추지 않고 밀어 가는 기세'를 가진다는 것이 그리 쉬운 일이 아니니까요. 그 저력을 존경합니다.

영혜 두예 장군은 '타성', '타력'을 일찍 터득한 분 같으네요. 움직이는 물체는 계속해서 움직일 경향이 있고, 멈추고 있는 물체는 계속해서 멈추고 있을 경향이 있다는 말씀이신가요?

선애 그거 학교 때 물리시간에 배운 관성의 법칙 아냐? 움직이는 물체는 계속 움직이려 하고 정지하고 있는 물체는 계속 정지하려 한다는 것.

영혜 어렴풋한 기억으로… 그런 것 같애.

선애 우리도 대나무를 쪼개는 기세로 매일 매일 나아갑시다. 싸부 가르침 따라. 신나는 노래에 맞추어 앞으로, 앞으로…

순희 '파죽지세'로 이렇게 힘차게 한문 공부를 하는군요…

민선 우각괘서하면서 파죽지세로 나아가니, 정중지와였던 실력이 일취월장하도다. 굴화위지가 따로 없네요❗ 금의야행 안 되게스리 우리도 뭔가 보여 줘야겠는디… ㅎ..ㅎ ^^*

선애 지는 야행해도 좋으니 일단 금의나 한 벌 있어 봤으면 좋겠구만유… ㅋㅋ ㅋㅋ

유순 선애는 금의가 벌써 여러 벌 있는 것 같은디.

민선 ㅎ..ㅎ ㅎ 선애와 유순인 금의 몇 벌 꼬불치고 있는 듯하니… 나도 한 벌 빌려다고… ㅋㅋ ㅋㅋ

경남 민선아, 고사성어들을 엮어 놓으니 가사 작품이 됐네. 재주 좋다.

혜성 역시 이 방에서는 유식이 넘쳐흐르네. 공부하기 싫어하는 이 몸도 분발 하여야겠네. 진도 따라 잡으려면…

계구우후 鷄口牛後

鷄:닭 계 / 口:입 구 / 牛:소 우 / 後:뒤 후
닭의 부리가 될지언정 소의 꼬리는 되지 말라.
곧 큰 집단의 말석보다는 작은 집단의 우두머리가 낫다는 말이다.

『사기(史記)』〈소진열전(蘇秦列傳)〉에 다음과 같은 이야기가 전한다.

중국 전국시대(全國時代) 동주(東周)의 도읍 낙양(洛陽)에 소진(蘇秦)이란 종횡가(縱橫家)가 있었다. 그는 동쪽 제(齊)나라의 귀곡선생(鬼谷先生)에게서 학문을 배운 후, 합종책(合縱策)으로 입신할 뜻을 품었다. 당시 최강국인 서쪽의 진(秦)나라와 맞서는 길은 동쪽의 육국[六國:한(韓), 위(魏), 조(趙), 연(燕), 제, 초(楚)]이 남북으로, 곧 종(縱)으로 동맹하여 합종(合縱)하는 길뿐이라고 육국의 제후들에게 유세하였다. 육국을 순방하던 소진은 한(韓)나라에 도착하여 선혜왕(宣惠王)을 알현하고 이렇게 유세했다.

"한나라는 지세가 견고하고 좋은 무기를 생산하며 군사도 수십만에 용맹하기까지 합니다. 이 유리한 조건과 대왕의 현명함을 가지고서 서쪽으로 진나라를 섬긴다면 이는 나라의 수치일 뿐더러 천하의 웃음거리가 될 것입니다. 일단 진나라에 복종하면 계속해서 국토를 떼어 달라고 요구할 것이니 이는 재앙을 불러들이는 결과가 될 것입니다. 제가 들은 바에 의하면 '차라리 닭의 부리가 될지언정 소의 꼬리는 되지 말라'고 하였습니다. 지금 대왕께서 진나라를 섬긴다면 소의 꼬리가 되는 것과 무엇이 다르겠습니까? 한나라의 강대함과 대왕의 현명함을 생각할 때 소의 꼬리가 된다는 것은 몹시도 부끄러운 일입니다."

이 말을 들은 한나라의 선혜왕은 소진의 변설에 놀라 자리에서 벌떡 일어나더니 허리에 차고 있던 칼을 뽑아 하늘을 향해 치켜들고 소리치며 맹약(盟約)에 가담하였다.

"그대가 아니었다면 진나라의 계략에 넘어갈 뻔하였소. 이제 다시는 진나라를 섬기지 않겠소."

이리하여 육국의 군왕을 설득하는 데 성공한 소진은 마침내 합종책으로 맹약의 우두머리가 되어 여섯 나라의 재상을 겸직하게 되었다.

2007.09.23

인생의 댓글

경남 우리 속담에 '닭의 벼슬이 될지언정 소의 꼬리는 되지 말라'는 말이 있다. 즉 큰 세력에 따르기보다는 비록 작더라도 주인이 되는 길이 더 바람직하다는 뜻이다. 그러나 주인 된 보람은 느끼지만, 위험성도 내재하고 있다. 牛後의 안일함에 기대느냐, 아니면 鷄口의 독자성에 모험을 거느냐 하는 것은 사람마다의 인생관에 달려있다 하겠네…

유순 예전에 우리 할머니가 많이 하시던 말씀이네요. '소 꼬리보다는 닭 벼슬이 낫다'고… 싸부님 말씀대로 무엇을 추구하느냐는 각자의 인생관에 달린 문제이겠지요.

선숙 싸부님, 소심하고 결단력이 없으면 소꼬리 쪽에 있겠지요. 일단은 쪼매 안전하닝깐요. 그런데 발전성이나 독자적인 창작성을 발휘해 볼 기회는 별로 없을 것 같습니다. 일단 큰 회사에 붙어 있으면 크게 문제는 없다 하더라도 구멍가게라도 내 것을 마련한다면… 나름대로 연구하고 추진하고… 그러다 실패를 하면 또 재기해 보고… 만약에 저라면 소꼬랑지보다는 닭대가리 쪽을 택하겠어요. 실패하면… 할 수 없지만, 만약 대성한다면? 옴마나 그 기쁨을 워떠키 표현을 할까? 구멍가게가 크게 번성할지 누가 알겠는지요? 그렁께… 닭대가리에 *와우 백만표** 찍었당께요.

은자 鷄口牛後는 경남 사부 말대로 안일이냐, 아니면 모험이냐?로 해석하면 되겠네요. 어른들이 머리를 1등, 명문, 명품으로 해석하는 바람에 젊은 이들이 안일도 모험도 아닌 방황으로 빠지는 경우가 꽤 있는 것 같습니다. 오늘도 감사.

안서 雁書

雁:기러기 안 / 書:편지 서
기러기 발에 묶은 편지. 편지나 소식을 가리킨다.

『한서(漢書)』〈소무전(蘇武傳)〉에 다음과 같은 이야기가 전한다.

한(漢)나라 무제(武帝) 때 중랑장(中郞將) 벼슬을 하던 소무(蘇武)라는 사람이 있었다. 그는 북방 흉노족에 포로로 잡혀 있는 한군(漢軍)의 포로 교환 임무를 수행하러 갔다가, 흉노의 내란에 부딪쳐 사신 일행이 다 붙잡히고 말았다. 대다수 사람들은 목숨이 위태로워지자 항복을 결심했으나, 소무만은 끝내 항복하지 않고 버텼다.

흉노는 그를 산 속 땅굴에 감금시키고 먹을 것도 주지 않으니, 소무는 짐승의 털로 짠 요를 씹어 먹고, 눈 녹인 물을 마시면서 견디어냈다. 그가 여러 날이 지나도 죽지 않고 있음을 본 흉노는 다시 북해 근처에 보내어 양치는 일을 시켰다. 흉노는 숫양만 보내주고는, '이 양이 새끼를 낳으면 네 나라에 돌려보내 주겠다.'고 하였다. 그는 들쥐를 잡아먹으며 목숨을 근근이 이어가면서도 결코 흉노에 항복하지 않았다. 소무는 굶주림과 추위에 세월의 흐름마저 잊어버렸고, 오직 하늘을 나는 기러기 떼만이 그의 눈길을 붙잡을 따름이었다.

세월이 흘러 무제가 죽고 소제(昭帝)가 즉위한 뒤에, 한나라에서는 흉노에게 사신을 보내어 소무를 송환하라고 요구하였다. 흉노는 소무가 이미 죽고 없다고 대답하였으나, 그 말이 사실인지 거짓인지 알 수가 없었다.

그날 밤, 소무와 함께 사신으로 왔다가 그 곳에 머물러 있게 된 상혜(常惠)라는 사람이 사신을 찾아와 무언가 귀띔을 해주었다. 다음 날 회견 때에 한나라 사신은 흉노에게 이렇게 말했다.

"한나라 천자께서 상림원에서 사냥을 하다가 기러기 한 마리를 쏘아 떨어뜨렸더니 발목에 헝겊이 묶여 있었소. 거기에 소무는 큰 연못 안에 있다고 적혀 있었으니, 소무는 분명히 살아 있을 것이오."

이 말은 꾸며낸 것이었으나 흉노는 놀라 실토하고 소무를 북해에서 데려와 석방하였다. 그가 고향으로 돌아가게 된 것은 떠나온 지 어느덧 19년이라는 세월이 흐른 뒤였다. 그때까지도 그의 손에는 한나라 사신임을 증명하는 부절[符節:신표]이 꼭 쥐어져 있었다.

이 이야기에서 유래하여 편지나 소식, 방문 등을 가리켜 '안서(雁書)'라는 말을 사용하게 되었고, 같은 뜻으로 '안신(雁信), 안찰(雁札), 안백(雁帛)' 등의 표현을 쓰고 있다.

2007.07.10

인생의 댓글

경남 철새인 기러기는 계절에 따라 남북을 오갈 수 있기에 사람들은 이를 보며 마음 속 편지를 자신이 그리는 아득한 곳까지 전하고 싶어진다. 흉노에 잡혀 있던 소무를 구하는 데도 이런 상상력을 이용하여 마침내 '雁書'란 말이 생겼다. 예나 이제나 아무런 막힘이 없이 하늘을 나는 새는 사람들에게 자유에 대한 꿈의 표상인 듯…

영혜 소무가 짐승의 털로 짠 요를 씹어 먹고, 눈 녹은 물을 마시고, 들쥐를 잡아먹으며 견디면서 끝내 항복을 하지 않고 버텨서, 19년 후에 고향으로 돌아왔다니, 臥薪嘗膽한 보람이 있네요…

선애 임진왜란 때 일본에 포로로 잡혀갔던 성리학자 강항이 쓴 『간양록(看羊錄)』의 출전이 바로 漢나라의 蘇武 이야기였군요. 강항은 원래 이 책에 죄인이 타는 수레라는 뜻으로 '건거록(巾車錄)'이라는 이름을 붙였는데 뒤에 제자들이 『간양록』이라고 고쳤다지요. 경남 싸부와 學而時習하니 맹자님 아니더라도 즐거움이 크네요.

선숙 선애야, 너는 싸부님과 學而時習하니깐 즐거움이 크지. 근디… 나는 염불보담 젯밥에만 마음을 뒀으니… 에구, 내가 이러면 안 되지. 근디… 이렇게 문자 써 가면서 답글을 달고 있으니… 공부반 수준이 날이 갈수록 높아져… 옴마나, 소외감 느끼는 열등생의 비애를 아는감?

기러기는 편지를 전해 좋은 소식을 알려 주구, 제비는 호박씨를 물어다 줘 흥부네를 흥하게 일으켜 주구… 이런 짐승들도 사람들헌티 좋은 일을 허는디… 나는 우리 이화정원에 무얼 물어다 주든지, 좋은 소식을 전해야 할꼬?… 기러기나 비둘기 발에 묶어 소식을 전하던 시대에서, 이제는 세계 어느 곳에서든 손가락 몇 번 토닥거리면 소식을 '훼~엥' 허니 알 수 있는 시대가 되었네요. 소식뿐인가요? 활동사진으로 모습까지도 노조리 볼 수 있는 시대가 되었습니다.

은자 숫양이 새끼를 낳을 때라면 결국 소무를 안 돌려준다는 말인데, 소무는 19년간 부절을 간직한 채 흉노에 굽신대지 않았으니… 그의 끈질긴 충성과 인내가 상혜로 하여금 안서의 기발한 착상을 만들어낸 셈이네요. 재미있게 읽었습니다. 오늘도 연이어 감사.

동숙 편지는 보내도 즐겁고 받아도 즐겁고… 오늘의 주제가 雁書여서 갑자기
편지가 쓰고 싶어집니다. 친구들이 보내준 손으로 쓴 편지를 얼마 전에
도 읽으며 그녀들을 생각했는데… 이메일이라도 정다운 편지를 써 보고
싶어지는 저녁입니다. 오늘도 감사.

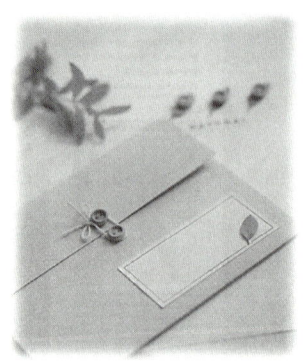

낙양지가귀 洛陽紙價貴

洛:낙수 낙 / 陽:볕 양 / 紙:종이 지 / 價:값 가 / 貴:귀할 귀
낙양의 종이 값을 올림.
곧 훌륭한 글을 다투어 베끼느라고 종이의 수요가 늘어 값이 크게 오른 것을 가리켜서,
문장의 훌륭함을 칭송하는 데 쓰이는 말이다.

『진서(晉書)』〈문원전(文苑傳)〉에 다음과 같은 이야기가 전한다.

진(晉)나라에 좌사(左思)라는 시인이 있었다. 그는 용모가 추하고 말까지 어눌하여 사람 대하기를 싫어하고 항상 집안에 틀어박혀 창작에만 열중하고 있었다. 그는 제(齊)나라의 도읍이었던 임치(臨淄)를 노래한 〈제도부(齊都賦)〉를 짓고, 이어서 삼국 시대의 수도인 촉한(蜀漢)의 성도(成都)와 오(吳)나라의 건업[建業:남경], 위(魏)나라의 업(鄴)의 풍물을 시로 읊으려고 결심하였다. 10년 동안 정성을 기울인 끝에 마침내 세 도읍지를 노래한 〈삼도부(三都賦)〉를 완성하였으나 알아주는 사람이 아무도 없었다. 생각 끝에 그는 당시 박학하기로 유명한 황보밀(皇甫謐)을 찾아갔더니 황보밀은 그의 시를 읽어보고 감탄하며 즉석에서 서문을 써주었다.

뒤에 장화(張華)라는 시인은 〈삼도부〉를 읽어보고 나서 이렇게 칭찬했다.

"이는 반고(班固)와 장형(張衡)의 부류이다."

반고는 후한 때 〈양도부(兩都賦)〉를 지은 인물이요, 장형은 〈이경부(二京賦)〉를 지은 대가였다. 이런 명사들에게 비유되니 〈삼도부〉는 일약 유명해져서 낙양의 화제작이 되었다. 이리하여 당대의 고관대작들은 그것을 다투어 베껴 갔다. 그 바람에 낙양의 종이 값이 껑충 뛰어오르게 되었다. 이 이야기에서 유래

하여 이후로 뛰어난 화제작이 나오면 '낙양의 종이 값을 올린다'는 표현이 쓰이게 되었다.

2007.06.14

인생의 댓글

경남 오늘날 '낙양의 종이 값을 오르게 한다'는 말은 어떤 책이 대단한 베스트셀러여서 대량으로 출판을 거듭하는 것을 말한다. 출판이 되지 않던 예전에도 명저는 사람들이 다투어 찾아 베껴서 종이 값이 급등할 정도였으니, 예나 이제나 좋은 책은 안목이 있는 사람이라면 누구나 찾게 되는가 보다…

경애 오늘은 내가 제일 먼저 서당에 왔는가 보네. 기분이 마-악 좋아질려고 하네. 책을 많이 읽으라는 말씀으로 알아듣고, 그 중에도 좋은 책을, 『긍정의 힘』이라는 책을 읽고 있습니다.

동숙 左思는 10년이란 세월을 三都賦를 짓기 위해 매달렸다니 그의 끈기로 대단한 작품이 나왔다고 봅니다. 뛰어난 화제작이 나오면 '洛陽의 紙價를 올린다'는 표현도 잘 배웠구요. 오늘도 수고하셨고 감사!!

미순 오랜만이네요! 그동안 무척 보고팠지요! 아무리 훌륭한 글도 진가를 모르는 사람에게는 아무 것도 아니지요. "洛陽紙價貴"에 대해서 잘 알았구면요 사부! 건강은 어떠신지요, 많이 좋아지셨겠지요? ♥♡♥

숙혜 좋은 책을 다투어 베끼느라 고생하는 사람들도 있었는데 이 좋은 세월에 컴 앞에서 '내 남자의 여자'나 보고 있는 이 몸이 한심하오…

혜성 숙혜야! 오랜만이야. 스스로 이런 거 보고 싶어하면 안 되는데 하면서 그 드라마 자꾸 보고 싶어하는 여자 여기도 있어. 하여튼 그 작가는 말초신경을 자극하는 천부적인 재능이 있어서 말야. 공부방에 와서 잡담하다가 싸부님한테 야단맞을 것 같네.

선숙 혜성아, 잡담하는 게 재미있어서… 나도 싸부님 몰래 너의 잡담에 끼어들래. 그 드라마 재미있나 보구나… 근디, 나는 처음 들어 본다. 아마도 내가 남자가 없어서 '내 남자의 여자'에 관심이 없었나 보다. 거기 가면 나도, 공부방 핵교가 파하고 그 드라마 한 편씩 때릴란다. 근디… 우리 싸부님께 들키지 않게 몰래 잘혀 보자. 아니 나가 복습을 혀 보냐, 예습을 혀 가냐?

유순 너희들 잡담 엿들어서 미안헌데… 나도 혜성이같이 그 드라마 열심히 보는데, 김수현 드라마는 한 번 보면 계속 봐야 되는 마력을 가지고 있잖어. 싸부님께 나도 야단 맞겠네…

은자 皇甫謐 서문과 張華의 칭찬이 左思의 三都賦를 뜨게 했군요. 종이와 책이 흔한 요즘 세상에… 신선한 바람을 주는 고사성어 洛陽紙價貴 잘 배웠습니다.

원심 '좋은 글을 베낀나'는 말, 참 오랫만에 늘어 보네요. 모든 것이 너무 흔해진 요즘 내 손으로 베끼며 배우던, 그때를 아시나요… 난 요즘도 프린터보다는 베끼는 게 쉽다오. 귀한 말씀 잘 배웠습니다.

선숙 맞어, 원심아. 나도 내 손으로 베끼는 것 참 좋아한단다. 프린터로 쉽게 베끼는 것은 웬일인지 정이 가지도 않고 내용을 심각하게 생각하지도 않게 되는데… 내 손으로 베끼면, 읽어 보고 또 보고 자꾸만 보고 싶어지더라. 옴마나… 요로코롬 쓰고 봉께… ♬ 한 번 보고 두 번 보고 자꾸만 보고싶네 ♬ 신중현 씨의 '미인'이라는 노래가 떠올려지네… 다음에 기회가 있으면 *우리들의 명카수*, *국민의 명카수* 원심이의 노래를 생음악으로 듣는 영광을 누릴 수가 있을랑가?

미순 원심 씨! 국민들의 열화 같은 성원에 나도 합세하여, 그대의 노래 한가락 들을 수 있는 기회를 빨리 갖고 싶구만이라우요!

선숙 낙양의 종이 값을 오르게 한 '左思의 제도부'를 공부허닝께… 그 시대에는 종이 값을 오르게 혔다지만… 우리 싸부님의 공부방 땀시로 너두나두 공부방에 입학하려고 컴퓨터를 장만하느라 컴퓨터 값을 오르게 했으니… 요것이 시대적 차이고 격세지감이라고나 헐까?

싸부요… 나가 백수면서두 만사를 제껴두고 컴퓨터부터 장만허지를 않았다요? 긍께… 요것을 ※공부방컴價貴※ 라고 혀도 될랑가? 작년에 나가 공부방에 입학혀서 핵교에 댕기려고 컴을 샀응께… 같은 뜻으로 응용을 혀봤어라우.(나가 컴을 사용혀서 공부방에서 공부를 현다는 게… 옴마나 요것이 꿈이랑가, 생시랑가? 아고고 신통방통혀라… 암만 ♬)

은자 그러게 말이야. 이 공부방 때문에 내 컴퓨터의 의미도, 학구열도, 나와 내 친구 그리고 이화의 이미지까지 급상승!

혜현 선생님의 본편보다 사담이 더 길고 재미있을라고 하니, 어느 쪽으로 붙을까 생각 중. 나도 그 드라마 마지막 편 볼려고 밥 먹자마자 기다리고 있단다.

동취 銅臭

銅:구리 동 / 臭:냄새 취
동전 냄새. 돈 냄새.
곧 돈으로 벼슬을 산 사람이나 재물을 자랑하는 사람을 조롱하여 일컫는 말이다.

『후한서(後漢書)』〈최열전(崔烈傳)〉에 다음과 같은 이야기가 전한다.

중국 후한(後漢) 말기인 영제(靈帝) 때는 왕조가 쇠망하는 여러 증상이 곳곳에서 나타나기 시작하였다. 태평도(太平道)라는 사교(邪教)가 일어나 수십만의 신도를 거느리게 되어 그 세력이 대단하였고, 마침내 황건의 난을 일으키게 되었다. 한편 조정에서는 환관이 득세하여 권세를 휘둘렀으며 그들은 자신들의 욕심을 채우기에 급급하였다. 더구나 황제는 사치한 생활을 계속하여 국고를 탕진하였다. 나라에서는 고갈된 국고를 메우기 위해 급기야 홍도문(鴻都門)을 열고 관직과 작위를 공공연하게 매매하게 되었고, 그 값은 관직과 작위의 높고 낮음에 따라 달라졌다.

당시 최열이라는 사람이 유모를 시켜 오백만 전의 돈을 써서 사도(司徒)라는 관직을 샀다. 그는 아무래도 항간의 풍문이 마음에 걸려 자기 아들 균에게 물었다.

"내가 지금 삼공의 자리에 있게 되었는데, 논의하는 자들은 이를 어떻게 평가하고 있느냐?"

그러자 아들이 말하였다.

"아버님은 젊어서는 영민하다는 평가를 받았고, 대신(大臣)과 태수(太守)를 역임하기도 했습니다. 그래서 사람들은 아버님이 삼공이 되는 것은 당연하다고 했습니다. 그러나 이번에 아버님이 그 지위에 오르자 천하 사람들은 모두 실망했습니다."

최열이 그 이유를 묻자, 아들이 다시 대답하였다.

"논의하는 자들은 돈 냄새를 싫어하기 때문입니다."

위의 고사로부터 '동취(銅臭)'는 돈으로 벼슬을 사는 더러운 행위를 가리키는 말로 쓰이게 되었는데, 오늘날에는 뇌물로 일을 도모하는 행위나 인물을 가리키는 데에 두루 사용된다.

2007.09.11

인생의 댓글

경남 세상이 제대로 잘 돌아가려면 '돌고 돌아 돈'이라는 돈이 고르게 잘 굴러가야 한다. 의식주를 해결하고 사람답게 살기 위해서도 재물이 반드시 필요하다. 그러기에 돈은 바라는 것을 두루 이루어주는 요술 지팡이가 되기도 하고 경제적 자유를 누리게 하는 요긴한 존재이기도 하다. 그러나 돈의 노예가 되면 그것은 인생을 비천하게 만들기도 한다. 요즘 우리 사회에서 빚어지는 부정부패와 반인륜적인 행위들이 많은 경우 돈 때문에 빚어지고 있지 않은가… 돈이 있더라도 銅臭를 풍기지 말고 아름답게 활용할 줄 아는 지혜가 필요하겠네…

영혜 銅臭보다는 차라리 口尙乳臭가 낫지 않을까요? '젖 비린 내'는 더러운 '돈 냄새'에 비하면 순진하기라도 하니까요.

미순 "돈을 사랑치 말고 있는 바를 족한 줄로 알라 그가 친히 말씀하시기를 내가 과연 너희를 버리지 아니하고 과연 너희를 떠나지 아니하리라 하셨느니라.(히 13:5)"

돈에 너무 집착하면 사람이 추해져서 '銅臭'가 나겠지요❗ 오늘도 귀한 말씀 감사❗ 💘愛

영혜 미순아, 오늘도 진리의 말씀 전해 주어서 고마워. 이곳은 지금 비가 내리네… 그 곳은 활짝 개인 오후이길 바라면서… 밝은 마음으로 하루 보내길 바래.

선숙 미순아, 꼭 적합한 성경 말씀을 올려주니… 한문 공부에 연달아 말씀 공부까지 겸하여… 풍성한 배움이 있구나. 너에게 항상 감사한다.

은자 나라는 관직을 팔고, 최열은 유모를 시켜 그걸 샀으니… 뻔한 결과.

선애 돈 냄새라 하는 말뜻 그대로를 생각해 보니 생각나는 성경 구절 하나. 여행가면서 종들을 불러 자기 소유를 각자의 능력대로 맡긴 주인이 다섯 달란트 받은 종과 두 달란트를 받은 종들이 모두 두 배로 불린 것을 칭찬하며 한 달란트를 받아 땅을 파고 그 주인의 돈을 감추어 두었다가 주인에게 내놓은 종에게 '악하고 게으른 종'이라고 야단치던 장면.(마태복음 25)

돈은 돌고 돌아야지 땅에 묻혀 있어 냄새가 나면 안 된다는 뜻으로도 들리네요.

선숙 우리가 살아가면서 돈은 꼭 필요한데… 돈으로 모든 걸 해결하려는 생각이 큰일이지요. 우리나라 옛 속담에… '돈만 있으면 개도 멍첨지라'는 말도 있지요. 돈 쓰는 것을 보면 그 사람의 인품을 알 수 있다는 말이 하나도 그르지를 않지요.

원래 부자들은 검소하며 있는 티를 내지 않는데… 근자에 쬐꼼 재물을 모은 사람은 꼭 銅臭를 풍겨서 티를 내는 것을 가끔 보기도 합니다. 이런 사람은 동취가 아니고 '똥취'가 아닐까요?… 눈꼴신 것보담이야… 에구, 그래두 똥취가 훨~씬 낫지… 안 그랴?

선숙 싸부님, 싸부님 말씀대로 돈이 있더라도 銅臭를 풍기지 않고 아름답게 활용할 줄 아는 지혜가 있는디… 근디, 문제는 돈이 없응께 지혜를 워떠키 쓸 수가 있다요? 에구, 지혜가 있으면 돈이 없구… 돈이 있으면 지혜가 없구… 워치코롬 세상은 이다지도 공평치가 않대유? 긍께… 세상은 요지경 속인가 봐유…

순희 돈… 왜 돈이라 했을까… 돌고 도는 것이 돈일까… 물이 한 곳에 있으면 썩듯이 돈도 돌아야지 한 곳에 있으면 돈 냄새가 나서… 도둑도 들고…

난형난제 難兄難弟

難:어려울 난 / 兄:맏 형 / 弟:아우 제
누구를 형이라 할지 누구를 아우라 할지 분간하기 어려움.
사물의 우열을 구별하기 어려울 때 쓰는 말이다.

『세설신어(世說新語)』에 다음과 같은 이야기가 전한다.

후한(後漢) 때 사람인 진원방(陳元方)의 아들 진장문(陳長文)과 진계방(陳季方)의 아들 진효선(陳孝先)은 사촌 간이었다. 두 사람은 서로 자기 아버지가 공덕이 더 훌륭하다고 주장하였다. 결론을 얻지 못하자 할아버지 진태구(陳太丘)를 찾아 물었다.

진태구는 여간 난감하지 않았다. 사촌 간에 서로 다투는 것이 싫은 데다가 원방(元方)과 계방(季方) 두 사람이 다 자기 아들이고 모두 뛰어난 인물들이었기 때문이었다. 태구(太丘)는 어떤 결론도 내리지 못하고 다음과 같이 말하였다.

"원방이 형 되기도 어렵고, 계방이 동생 되기도 어렵다."

2006.10.10

인생의 댓글

경남 사람들은 흔히 우열을 따지기를 좋아하는데 실상 각각 장단점이 다르기 때문에 어느 누가 더 낫고 못하다고 말하기 어렵다. 할아버지 말씀대로 모두 難兄難弟가 아닐까.

유순 할아버지 陳太丘는 이미 인간의 다름을 인정하는 지혜를 터득하셨던 현명한 분이라는 생각이 든다. 나이 먹으면서 '낫다, 못하다'라는 말은 사람에게 적용하기는 힘든 말임을 느낀다.

순희 지금 은경이가 옆에서 유식한 아줌마들이래… 여기서도 우열이 가려지네…

유순 순희 씨, 우열을 가릴 수 없음을 경남 싸부가 가르치시고 계신데… 우열이 가려진다 함은 어인 일인고?

순희 그러게 말이지… 무의식적으로 하는 말들이 계속 우열을 가리는 말들이 나오네…

선애 경남 싸부님 말씀이 백 번 옳아요. 더 낫고 못하고가 아니라 서로가 다른 것을… 그리고 구태여 결정할 것도 없는 것을…

건곤일척 乾坤一擲

乾:하늘 건 / 坤:땅 곤 / 一:한 일 / 擲:던질 척
하늘과 땅을 걸고 한 번에 내던짐.
곧 승패와 흥망을 걸고 마지막 결단을 내리는 것을 말한다.

'건곤(乾坤)'은 하늘과 땅이란 뜻이요, '일척(一擲)'은 한 번 던진다는 뜻이다. 다시 말해 이기면 하늘과 땅이 다 내 것이 되고, 지면 하늘과 땅을 다 잃게 되는 최후의 한판 승부를 가리킨다.

옛날 천하를 통일한 진(秦)나라가 망하자, 초(楚)나라의 항우(項羽)와 한(漢)나라의 유방(劉邦)이 다시 천하를 다투게 되었는데 홍구(鴻溝)를 경계로 해서 국경선을 긋게 되었다. 즉 홍구 동쪽은 초나라로 하고 서쪽은 한나라로 하기로 하여 휴전을 하니 억만창생들도 숨을 돌리게 되었다. 이때 유방의 부하들은 서쪽으로 돌아가려는 유방의 말머리를 돌리게 하여 항우와 천하를 놓고 최후의 한판 승부를 벌여 승리하였다.

이를 두고 당나라의 문장가 한유(韓愈)가 〈홍구를 지나며[過鴻溝:과홍구]〉라는 시에서 다음과 같이 읊었는데, 여기에서 오늘날 '사생결단(死生決斷)'이란 의미를 지니는 '건곤일척(乾坤一擲)'이 유래하였다.

龍疲虎困割川原(용피호곤할천원)　　용은 지치고 호랑이는 고달퍼 강과 벌판 나누니
億萬蒼生性命存(억만창생성명존)　　억만 창생의 목숨이 살아남게 되었네.
誰勸君王回馬首(수권군왕회마수)　　누가 임금에게 말머리 돌리기를 권했나

眞成一擲賭乾坤(진성일척도건곤)　　참으로 한 번 던져 하늘과 땅을 걸게 했도다.

인생의 댓글

경남 우리는 인생에서 때로 전부를 걸고 결단을 내려야 할 순간이 있다. 바른 판단으로만 결단한다면 어정쩡한 安住(안주)보다 삶을 한번 도약시킬 수 있는 계기가 되지 않겠는가…

유순 성경 속 에스더가 생각난다. '죽으면 죽으리라'는 심정으로 결단을 내려야 할 순간… 이제는 그럴 때에 내 판단으로 결정하지 않고 항상 그 분의 판단을 먼저 구하는 믿음을 가졌으면…

숙혜 'All in'…『우리는 왜 사소한 것에 목숨을 거는가』따위의 드라마와 책 제목이 생각납니다

동숙 유순이 말에 저도 동감입니다. 그럴 때 '나의 판단보다 그 분의 판단을 먼저 구하는 믿음을…' 공부 준비하기도 바쁘실 텐데 멋진 그림과 음악까지… 항상 수고해주셔서 감사!!

영혜 "나에게 자유를 달라, 그렇지 않으면 죽음을 달라"… '자유'를 위해서 목숨을 걸고 투쟁한 수많은 용사들을 생각케 하네요.

선숙 싸부님요, 건곤일척이라… 이건 스릴과 모험과 서스빤쓰(suspense)가 동반돼야 혀는 것 아닌감유? 그런 것이라믄 나가 이미 20년 전에 혀 본 것이구먼유… 요 우에 영혜 말 맨치루 '자유를 위해서 목숨을 걸고…' 뭐 목심꺼정이야 안 걸었지만서두유… '밴댕이 소갈머리'에서 빠져나오려구 망설임 없이, 거침없이 걍 단칼에 애들 둘을 꿰차구… (근디 이것이

108　인생에 댓글 달기

나 쪽에서 보믄 만세 만세 만만세 당연코, 기필코 승리인디, 남들이 보믄…
그건 나두 몰러…)

글과 함께 올려 주신 '군마도'가 맘에 쏘~옥 드네유. 젊은 날, 아니 철없
던 시절의 내 모습맨치루 물불 안 가리구 막 치달리네유… 에구, 나에게
두 그런 시절이 다 있었네…

경남 선숙 씨는 참 용기 있는 분이죠. 그래서 제가 존경한다고 했는데요.

선숙 근디 싸부요, 나가 넘 심했지라? 그래두 한때는 서방님의 연을 맺었었
는디… 싸부님, 엄숙하고, 건전하고 모범이 되는 공부방에 미꾸라지 한
마리가 온통 흐려놔서 이걸 어쩌면 좋을까요? 아무리 생각해도 제가 스
스로 자퇴를 해야 할까 봐요… 하여튼 공부 못 허는 것은 무신 티를 내두
낸다닝께…

경남 아유, 선숙 씨, 자퇴라니요. 무슨 기절할 말씀을… 제발 걍 다니세요.
놀래서 뒷골 땡기네…

동숙 선숙이 자퇴하면 나도 자퇴할려. 그러니 참아주… 너 없으면 네 글 읽는
재미 하나 줄잖여…

선애 선숙아, 니 글 보는 재미에 사는 사람 여기도 있다.

유순 선숙이, 여기도 니 팬 하나 있다. 괜히 자퇴니 뭐니 해서 우리 싸부님
심란하게 하지 마라~

충애 재미있네.

선애 건곤일척이 아무리 좋은 말이라도 내는 이제 그동안 살던 대로 그냥 살
고 싶네요. 건곤일척하는 마음으로 결단할 일 없이 가늘고 기~일게.
항상 기도하는 마음으로 조심스럽게.

명경지수 明鏡止水

明:밝을 명 / 鏡:거울 경 / 止:그칠 지 / 水:물 수
맑은 거울과 고요히 머물러 있는 물.
곧 티 없이 맑고 고요한 심경을 일컫는 말이다.

『장자(莊子)』〈덕충부편(德充符篇)〉에 다음과 같은 이야기가 전한다.

공자(孔子)의 고국인 노(魯)나라에 형벌을 받아 외짝 발만 있는 왕태라는 학자가 있었다. 그는 학식과 덕행이 매우 뛰어나 그 문하에 모여드는 제자들도 공자의 문하에서 배우는 사람의 수만큼 많았다. 공자의 제자인 상계(常季)는 속으로 그것을 다소 불만스럽게 생각하고 스승에게 그 까닭을 물었다.

"스승님 저 왕태는 어떤 인물입니까? 듣기로는 그가 몸을 닦는 데 있어서 자신의 지혜로써 자신의 마음을 알고, 그것에 의해 자신의 본심을 깨닫는다고 합니다. 그렇다면 이는 어디까지나 자기 자신만을 위한 공부이지 남을 위하거나 세상을 위하는 공부는 아니지 않습니까?"

그러자 공자는 이렇게 대답했다.

"그 분은 천지자연의 실상을 환히 들여다보고, 외물(外物)에 이끌려서 마음을 옮기는 일도 없으며, 만물의 변화를 자연 그대로 받아들여 도(道)의 본바탕을 지키는 분이니라."

상계가 다시 물었다.

"수양이 그렇게 깊다 하더라도 어떻게 그토록 많은 사람들이 그를 흠모하여 모여드는지는 알 수가 없습니다."

공자가 이에 다음과 같이 대답해 주었다.

"그것은 그의 마음이 무엇에도 흔들리지 않고 고요하기 때문이니라. 사람들은 제 모습을 물에 비추어 보려고 할 때에 흐르는 물보다 고요히 정지되어 있는 물을 거울로 삼는다. 왕태의 마음은 마치 그쳐 있는 물처럼 고요하기 때문에 사람들은 그를 거울 삼아 모여 들고 있는 것이다. 오직 언제나 변함없는 부동심(不動心)을 가진 사람이라면 다른 사람에게도 마음의 평안을 줄 수 있기 때문이니라."

여기에서 공자는 왕태의 고요하고 평정한 마음을 '고요히 그쳐 있는 물'에 비유하고 있다. 그리하여 맑고 고요한 심경을, 한 점 흐림도 없는 거울과 고요히 그쳐 있는 물에 비유하여 '명경지수(明鏡止水)'란 말을 사용하게 되었다.

2007.06.23

인생의 댓글

경남 〈莊子〉 '덕충부편'에서 孔子의 말씀으로 전하는 '明鏡止水'는 佛家(불가)에서도 많이 사용하는 문자이다. 곧 邪念(사념)이 없고 맑고 깨끗한 마음을 가리킬 때에 이 말을 사용한다. 오늘날과 같이 복잡하고 혼탁한 세상에서도 明鏡止水와 같은 마음을 과연 지닐 수 있을까…

동숙 아름다운 것은 아름다운 대로, 추한 것은 추한 대로 비출 수 있음은 맑고 비어 있음으로 인해서이겠지요. 무엇을 담아놓지 않고 항상 비워져 있는, 맑은 마음을 간직할 수 있으면 하는 바램입니다.

영혜 고요히 그쳐 있는 물같이 흔들리지 않는 왕태의 마음은, 뿌리가 깊어서 바람에 흔들리지 않는 나무, 根深之木에다 비유할 수 있을까요?

미순 '明鏡止水'의 마음을 가질 수 있다면 얼마나 좋을까요? 성령의 아홉 가지 열매를 맺으면 가능하지 않을까요?

"오직 성령의 열매는 사랑과 희락과 화평과 오래 참음과 자비와 양선과 충성과 온유와 절제니 이 같은 것을 금지할 법이 없느니라."

경애 딸아이 혼사를 치르며 이 말을 마음에 새겨 두었으면… 사랑, 오래 참음을 가지고 있었으면 혼사 후에 허전한 마음 대신에 화평한 마음이 주어졌겠지요. 좋은 말씀 감사!

혜현 내게 꼭 필요한 말씀이네요. 경남 선생님 고마워요.

선숙 명경… 허닝께… 옛날 거울이 거의 없다시피 헐 시절의 이야그…
어느 할아버지가 귀하디 귀한 거울을 갖게 되었지. 할아버지는 거울을 들여다보면서 너무 신기하여 보고 또 보고… 헌데, 행여나 할멈이 보면 그 귀한 거울을 자기가 갖겠다고 떼를 쓸까 봐 할멈 몰래 보고는 감추곤 하였지. 이를 수상히 여긴 할멈이 기회를 노리고 있다가 영감태기가 외출한 사이 감춰 놓은 거울을 꺼내 보았지… 거울 속을 들여다 보니 아니 이게 웬일이여?
"이노무 영감태기가… 아니, 나 몰래 웬 다른 할망구를 숨겨 놓구 그렇게 좋아서 날마다 들여다 봤단 말인가? 에이 괘씸한 영감태기라구…" 하면서 거울을 냅다 던져 깨뜨려 버렸다는 야그…

미순 나의 안 그랴 시스터, 선숙아 너의 재능이 참 아깝다! 이제라도 코미디 작가로 등단하는 것이 안 좋겠냐? 사부! 안 그래요?

혜성 나도 한 표 던집니다요. 선숙 씨 재주 무쵸(엘우에예 사는 사람은 다 압니다요. 무쵸로 말할 것 같으면 스페니쉬로 영어로는 much에 해당합니다요. 그러고 보니 쓰잘 데 없이 설명을 한 것 같네요. 베싸메 무쵸 모를 사람이 어디 있다고…) 아깝습네다.

중취독성 衆醉獨醒

衆:무리 중 / 醉:술 취할 취 / 獨:홀로 독 / 醒:술 깰 성
모두 취하여 있는데 홀로 깨어 있음.
곧 세상의 많은 사람들이 불의와 부정에 빠져있다 하더라도
자신은 홀로 깨끗한 삶을 사는 것을 비유하는 말이다.

  중국 전국시대 초(楚)나라 사람으로 지금까지 중국인들로부터 추앙을 받고 있는 굴원(屈原)은 애국 시인으로 유명하다. 그는 학식이 넓고 문학에도 뛰어나며 역대의 치란(治亂)에 밝아 초나라 회왕(懷王)의 신임을 받았고, 삼려대부(三閭大夫)의 지위에 올랐다.

  굴원이 회왕의 명을 받아 나라를 부강하게 하기 위해 법령을 기초하고 있을 때, 왕의 은총을 노린 상관대부(上官大夫)가 이를 자신의 공적으로 삼으려 하자 굴원이 거절하였다. 상관대부는 이에 굴원을 회왕에게 참소하였고, 현명치 못한 회왕은 모함하는 말만 믿고 굴원을 멀리하였다. 조정에서 쫓겨난 굴원은 머리칼을 풀어 흐트러뜨린 채 장강(長江) 주변을 방황했다.

  실의의 나날을 보낸 이때 굴원은 자신의 참담한 심경을 토로한 많은 작품을 남겼는데 〈이소(離騷)〉와 〈어부사(漁夫辭)〉는 바로 그의 대표작으로 꼽힌다. 〈어부사〉에는 굴원이 어부를 만나 나눈 대화 형식의 다음과 같은 이야기가 나온다.

  몸은 고목처럼 마르고 얼굴은 초췌하기 짝이 없는 굴원을 알아본 어부가 물었다.
  "아니, 삼려대부가 아니십니까? 어쩌다가 이런 곳에까지 왔습니까?"

이에 굴원은 이렇게 대답했다.

"온 세상이 혼탁하지만 나 홀로 맑고 깨끗하며, 모두가 술에 취해 있지만 나 홀로 깨어 있다네. 그래서 그들이 나를 쫓아냈다네.

그러자 어부가 물었다.

"어찌하여 세상 사람들이 하는 대로 따르지 않고 홀로 고상하게 살려고 하십니까?"

굴원은 이렇게 대답하였다.

"머리를 새로 감은 사람은 반드시 관을 고쳐 쓰고, 몸을 새로 씻은 사람은 반드시 옷매무새를 단정히 한다고 들었소. 어찌 깨끗한 몸으로 더러운 것들을 받아들이겠소이까? 차라리 상강(湘江)에 뛰어들어 물고기 뱃속에 장사지낼지언정 어찌 결백한 몸에 세속의 먼지를 뒤집어쓸 수 있겠소이까?"

여기에서 고사성어 '중취독성(衆醉獨醒)'이 나왔다.

조국 초나라가 진나라의 공격을 받아 수도가 함락된 소식을 들은 굴원은 나라의 앞날에 희망이 없음을 한탄한 나머지 분연히 〈회사부(懷沙賦)〉를 짓고는, 음력 5월 5일 돌을 품고 멱라수[汨羅水:호남성 상수의 지류]에 몸을 던졌다. 투신 자살한 멱라수 가에는 그의 무덤과 사당이 세워져 있다.

2007.07.28

인생의 댓글

경남 사람이 살다 보면 세상의 조류에 휩쓸려 자기 자신의 참 모습을 잃어버리기 쉽다. 세상이 온통 부귀영화와 권세만을 추구하여 부정과 부패가

만연하더라도 자신은 내 갈 곳이 아니라고 판단하여 깨어 있는 삶을 산다면 내가 진정 나의 주인이 되는 삶이 될 수 있을 텐데…

미순 영혜야, 나는 친구들의 사랑을 생각하면 가슴 깊은 곳에서부터 뜨거운 눈물이 솟구쳐 오른단다. 오늘도 고마워. 오늘도 건강하고 즐거운 하루 보내길…

미순 '새 술은 새 부대에 넣으라' 했듯이, 나의 올곧은 생각과 주장을, 마땅치 않은 그 어느 것과도 타협하지 않고, 정도를 지키며 살다간 굴원의 삶을 세인들은 불행하다고 하겠지만, 굴원 자신은 가장 마음 편하게 살다간 게 아닌가 싶네요. 마치 '빛과 어두움이 함께 할 수 없음'같이… 오늘도 귀한 말씀 감사하며 나 자신을 돌아보게 되네요. 사부, 오늘도 건강하시길 기도하며…

선숙 이 몸이 죽어가서 무엇이 될꼬 하니, 봉래산 제일봉에 낙락장송 되었다가, 백설이 만건곤할 제 독야청청하리라… 이 몸이 죽고 죽어 일백 번 고쳐죽어 백골이 진토 되어 넋이라도 있고 없고, 님 향한 일편단심이야 가실 줄이 있으랴… 윗글을 보니… 屈原, 이 사람의 성품이나 우리나라 성삼문이나 정몽주와 같은 성품인 것 같습니다.
주제: 일편단심, 임금에 대한 충절, 不事二君…(핵교 댕길 때 국어선생님께 노상 듣던 말씀)
싸부님도 지난 일들이 추억이 되어 생각나시겠네요~잉… 건강은 어떠하오신지요? 더운 날씨에 조심허시고, 언능 쾌차하시옵시기를… 저희 문하생들이 몹시 염려하고 있습니다~요.

선숙 싸부님, 이론은 빠싹헌디… 실행에서는 워찌 고로코롬 어렵디야? 핵교

칠판에서는 위 시조처럼 배웠지만 실제로는 그게 징~허니 어렵구먼요. 긍께 위 사람들맨치로 살다 간 사람들은 별나게 훌륭한 사람들이지요. 나부텀 편하게, 대충대충, 둥글둥글, 은근슬쩍, 스리슬쩍, 두루뭉실… 요로코롬 살고 잡은디… 이런들 어떠하리 저런들 어떠하리… 요로코롬 막걸리에 쌀뜨물을 탔는지, 쇠주에 맹물을 탔는지두 모르게 살구 있구먼유… 에구, 부끄러버서…싸부님 가르침에 뜨끔했어라우… 인자부텀 쪼까 고쳐볼 것이구먼요… 오늘 갈침 감사혀요.(나 이러다 모난 돌이 정 맞는다고… 정 맞아 죽으면… 우리 싸부님 심심허실 틴디… 안 그런다요?)

미랑 경남아, 너의 해박한 지식과 290여 회나 계속할 수 있는 끈기와 열정에 찬사와 경탄을 보낸다. 자세한 글자풀이와 너의 정성어린 설명은 고사성어나 한자에 대해 잘 모르는 나 같은 문외한도 잘 이해할 수 있어서 너무 좋다. 세상의 혼탁한 부정부패와 불의에 휩쓸리지 않고 고고하게 자신을 지킨 굴원의 삶을 본받을 수 있도록 노력해야겠다는 생각을 하게 된다. 경남아, 인생에 귀감이 되는 가르침 감사하고 건강하기를 기원한다.

은자 확고한 원칙(principle)이 없기 때문에 타협하고, 엉뚱한 일로 왕따 당하는 것이 세상 사람들의, 특히 젊은이들의 현실 같아요. 굴원의 삶은 그야말로 원칙에 살고 원칙에 죽은 삶이었네요. 미순이와 사부님의 건강이 어서 좋아지기를… 오늘도 감--사.

선숙 싸부님, 대부분의 사람들이… 화장실에 오래 앉아 있으면… 똥 냄새를 모른다는디… 屈原, 이 사람은 참맬로 훌륭한 삶을 살다 간 사람이군요. 이런 대쪽 같은 삶을 사는 게… 월매나 힘든 삶일까요? 에구… 전설의 고향에나 나오는 야그 같습니다.

선애 모두 취하여 있는데 홀로 깨어 있자니 삶이 얼마나 힘들었을까요. 먹을 가까이 하면 검은 물이 들기 마련인데 예나 지금이나 혼탁하기는 다를 바 없는 정치판에서 고고하게 살려다가 결국은 강물에 몸을 던지게 되었 군요. 다 취해 있는데 이렇게 홀로 깨어 바른 길을 가려는 사람들을 독불 장군이라거나 융통성이 없는 사람이라고 비난하지는 말아야겠지요. 그 가 좀 더 오래 살았더라면 중국 고대문학은 더 풍성해졌을 텐데요.

극기복례 克己復禮

克:이길 극 / 己:자기 기 / 復:돌아올 복 / 禮:예절 예
자기의 사욕(私慾)을 이겨 예(禮)에 돌아감.
곧 과도한 욕망을 누르고 예절을 따르도록 함을 이르는 말이다.

『논어(論語)』에 다음과 같은 이야기가 전한다.

공자(孔子)의 수제자인 안연(顏淵)이 '인(仁)'에 대하여 스승에게 묻자 공자께서 다음과 같이 말씀하셨다.

"자기의 사욕(私慾)을 이겨 예(禮)에 돌아감이 인(仁)을 실천하는 것이다. 하루 동안이라도 사욕을 이겨 예에 돌아가면 천하가 인에 돌아간다. 인을 실천하는 것이 자기 몸에 달려 있지 어찌 남에게 달려 있겠는가?"

안연이 다시,

"그 구체적인 내용을 듣고 싶습니다."

라고 청하자, 공자께서 다음과 같이 말씀하셨다.

"예가 아니면 보지 말고 예가 아니면 듣지 말며 예가 아니면 말하지 말고 예가 아니면 움직이지 말아야 한다."

공자께서는 『논어』에서 이 네 가지를 금하고 있는데, 이를 특히 '사물(四勿)'이라고 하여, 유학에서 인(仁)을 실천하는 세목으로 중시하고 있다.

2007.02.28

인생의 댓글

경남 우리 삶 속에서 '克己復禮'가 절실히 필요한데, 얼마나 실천하기 어려웠
으면 공자님께서 '네 가지 금지 사항'을 말씀하셨을까. 仁을 실천함은
바로 나로 말미암은 것이니 실천하지 않고 남 탓만 할 것이 없겠네…

선숙 싸부님요, 그동안 지가 결석을 며칠 동안이나 혀서 오늘은 핵교가 문을
열기두 전에 교문 앞에서 기두리구 있었지유… 며칠이지만 몇 년은 된
것 맨치루 이 핵교에 빨랑 오구 잡었구만이라… 친구들을 만나니 워매
참맬루 반갑소. 그라구 내 짝꿍 옥도정기야, 니 덕분에 그림허구 음악이
잘 나오게 됐구먼. 고마워서 어쩌까이? 싸부님 만나서 반가운 것은 두
말 혀면 입만 아프지라… 허벌나게 반갑소이~~~잉

경남 선숙 씨, 1등 축하❗ 축하❗ 교문 앞에서 기다린 성의가 결실을 맺었네요.

동숙 나도, 싸부도 니가 없는 동안이 얼매나 길~게 느껴졌는지 몰러. 니가
오니 활기차고 좋네.

선숙 동숙아, 나를 기다렸다니… 워매 고마워라. 이제는 컴이 되거나 말거나
다시는 고치러 안 갈껴… 싸부님허구 친구들이 보고 잡아서 눈이 다 짓
물렀구먼.

선애 싸부님, 오늘 공부는 너무 어렵네요. 四勿을 금하라니 속세에 살면서
그럴 수가 있나요? 우리가 좋은 학교 나온 덕에 孟子의 四端인 仁義禮智
는 반 이름에서 배워 알고 있는데 공자님의 仁과 禮는 뜻도 어렵거니와
실천하기는 도저히 불가능하겠네요. 一簞食一瓢飮한 안회 같은 사람이
나 실천할 수 있겠어요.

영혜 대부분의 사람들에게는 殺身成仁, 즉 仁人은 몸을 죽여서라도 仁을 이룩한다는 孔子님의 말씀은 따르기는 불가능할지 모르지만, 克己復禮를 지키는 四勿 중 非禮勿言과 非禮勿動을 못 지키는 것은 정말 자신밖에 탓할 사람이 없는 것 같으네요.

은자 보는 것, 듣는 것을 절제하지 않으면 마음이 복잡해지는 것을 느낍니다. 저에게는 四勿을 멀리할 수 있는 방법의 하나가 조용히 혼자 있는 시간을 늘리는 것 같습니다. 오늘도 모든 친구에게 감사, 감사.

영혜 은자야, 이제는 조용히 혼자 있는 시간을 가질 수 있는 것도 큰 복으로 생각되더라.

선숙 싸부요, 근디… 갈수록 어려운 말씀과, 실천하기는 더욱더 어려운 가르침만 주시니… 참말로 우리 공부방에 낙제제도가 없는 것이 천만 만만 다행이어라… 나가 예전에 공부헐 때는 공자 말씀이라면 '세 명이 길을 떠나면 그중에 반드시 스승이 있다' 요 말씀만 죽어라고 외우고 그 뜻만 일구월심 깨달으려구 노력했구먼유… 그려 그려 그 세 사람 중에 나보다 나으면 스승이요, 나보다 못 혀면 나는 그러지 말아야지… 하니 또 스승이여… 요것만 공부했어라.(요것도 비싼 등록금 내고 대학에서 배운 거여) 근디 우리 싸부는 모든 학생 장학금으루 낙제 제도두 없이 갈치시니, 감사는 헌디… 나가 실천허기는 대머리에 꽃핀 달기여라.

유좌지기 宥坐之器

宥:용서할, 도울 유 / 坐:앉을 좌 / 之:어조사 지 / 器:그릇 기
항상 곁에 두고 스스로 반성을 삼는 도구.
곧 마음가짐을 중용에 두라는 뜻을 새기기 위해 늘 곁에 두고 보는 그릇을 이르는 말로
속을 텅 비우지도 말고 너무 가득 채우지도 말아 적당한 선에서 조절할 줄 알아야 함을 가리킨다.

『공자가어(孔子家語)』에 다음과 같은 고사가 전한다.

공자(孔子)가 주(周)나라 환공(桓公)의 사당을 찾아 간 일이 있었다. 사당 안에는 의식 때 사용하는 그릇인 의기(儀器)가 놓여 있었다. 그것은 저절로 기울어질 수 있도록 그릇을 매달아 놓은 기구였다. 이것을 본 공자가 사당지기에게 물었다.

"이것은 무엇에 쓰는 그릇입니까?"

사당지기가 이렇게 대답하였다.

"항상 곁에 두고 보는 그릇입니다."

공자는 고개를 끄덕이며 이렇게 말했다.

"나도 들은 적이 있습니다. 이 그릇은 속이 비면 기울어지고 가득 채우면 엎질러지는데, 알맞게 물이 차면 바로 선다고 하더군요."

이 그릇은 성군이었던 환공이 평소에, 속이 비면 이리저리 기울고 가득 채우면 엎질러지고 적당하게 물을 채워야만 중심을 잡고 잘 서있는 유좌지기를 보면서 자신이 어떻게 마음을 잡고 욕망을 다스려야 하는가의 교훈을 얻곤 하였던 것이다.

무엇보다 어느 쪽으로 치우치는 일이 없는 중용(中庸)의 도를 강조한 공자에

게 있어, 환공의 유좌지기야말로 자신의 사상을 대변하는 그릇이었던 것이다. 그리하여 그 의기(儀器)가 주는 교훈에 공감하고 고개를 끄덕인 것이었다. 따라서 그것은 사람이 마음을 어떻게 간수해야 하는가를 가르쳐 주는 상징적인 그릇이라 하겠다.

최인호의 소설 『상도(商道)』에도 '유좌지기(宥坐之器)'와 유사한 성격의 '계영배[戒盈盃:가득 참을 경계하는 잔]'라는 술잔이 등장한다. 소설의 관련 대목은 다음과 같다.

주인공 임상옥은 스승이었던 석숭 스님에게서 그 잔을 받는다.
"이 잔이 너의 마지막 위기를 잘 벗어날 수 있도록 도와줄 것이다. 이 잔이 너를 전에도 없고 앞으로도 없을 전무후무한 거부로 만들어 줄 것이다."
수수께끼와 같은 석숭 스님의 말씀. 먼 훗날, 조선 최고의 거상(巨商)으로 우뚝 선 임상옥은 스님의 그 말씀을 상기하고, 그 교훈을 깨닫는다. 가득 채우면 어느새 한 방울의 술도 남아있지 않고 7부 정도 채워야만 온전한 계영배. 그뿐인가. 억지로 가득 채우려 하면 술독의 술은 물론 한강의 물을 전부 쏟아 붓는다고 해도 채울 수 없는 술잔, '가득 채움을 경계하는 잔'이라는 의미를 가진 계영배……. 모든 고통의 근원이 바로 모든 것을 가득 채우려는 욕망에서 비롯된 것임을 알았다. 그러므로 가장 큰 욕망은 무욕(無慾)이며 가장 큰 만족은 바로 자족(自足)임을 깨달았던 것이다.

2007.10.18

인생의 댓글

경남   사람은 자신의 마음을 알맞게 적정선으로 유지하기가 쉽지 않다. 감정의 기복에 따라 너무 지나치거나 부족하기 쉬워 평상심을 지니기가 어려우므로 좌우명을 정해 두고 마음을 다스리려고 하기도 한다. 앉은 자리 옆에 두고 보는 '유좌지기'도 좌우명과 같은 구실을 하는 儀器이다. 속이 비면 이리저리 기울고 가득 채우면 엎질러지고 적당하게 물을 채워야만 중심을 잡고 잘 서있는 宥坐之器를 보면서 마음을 다스렸던 옛 성군처럼 내 마음의 중심을 알맞게 다스려 나갈 수 있다면 얼마나 좋으랴…

영혜   宥坐之器는 過猶不及의 중요성을 상기시키네요.

경남   영혜 씨, 1등 축하❗ 과연 '과유불급'이지요. 그것이 지키기가 참 어려워 문제이고요… 감사❗

영혜   미순아, 오늘 내가 쓴 한문은 너무나 익숙하지?

미순   너무도 좋은 한자 성어이기도 하고… 오늘도 수고❗🖤愛

경애   『상도』라는 소설에서 나왔던 '계영배'가 떠오르네요. 상관이 있는가 하는 생각도 하면서…

신숙   님짐노, 보자람도 다 문제를 일으키는군요. 적당히 비울 줄도 알고 적당히 채울 줄도 알아야 하는데… 이론은 빠삭한데 실전에는 왜 그리도 약한지요…

선숙   상도의 '계영배'는 위대한 스승이자 스님이 임상옥에게 주어 일깨워 줬던 술잔이고… 우리 어머님께서 우리가 아주 어릴 적부터 가르쳐주신 말씀과 그릇이랄까… 조롱박을 우리에게 주시면서

"이 조롱박이 예쁘냐?"

"엄마는, 그럼 이쁘고 말구요."

"예쁜 조롱박이지만 이 박처럼 살면 안 된다."

우리는 영문을 몰라서,

"아니, 왜요?"

"이 조롱박을 보거라… 뽈록 뽈록, 짤룩 짤룩, 인생이 이러면 안 된다. 많이 있다고 펑펑 쓰고 없다고 쫌스럽게 쓰면 안 된다. 있을 때나 없을 때나 한결같이 써야 한다. 있을 때 아껴쓰고 수입이 없다고 못 써서 추해지지 말거라. 돈을 쓸 때 항상 조롱목 없이 써야 한다."

하시던 교훈의 조롱박… 그리운 어머니의 귀한 말씀이여.

세월 지나고 보니 어머니의 그 말씀이… 내가 젊어서 수입이 좀 있을 때에 아껴 썼더니 지금 백수, 아니 반백인가, 완백(완쭌한 백수)인가, 불백인가(불쌍한 백수) 이 지경인데도… 남에게 꾸러 가지 않고 입 안에 거미줄 치지 않고 있으니… 어렸을 때 들었던 어머니 말씀이 나이 들어가면서 더욱 귀하게 깨달아집니다.

우리 애들한테도 가끔씩 그 말을 해주는데…(나는 외할머니 말씀 덕분에 지금 너희들한테 부담주지 않고도 먹고 산다. 그러니 너희들도…) 세대가 다른 탓인지 그렇게까지 실감을 못하고 있군요. 모든 게 풍부한 시대와 또 물자가 풍부한 이 지역이 많이 좌우를 하고 있네요.

원심 귀한 말씀이네요. 속이 비면 이리저리 기울고 가득 채우면 엎질러지는 그릇. 늘 마음에 새기겠습니다.

숙혜 이건 꼭 새겨두고 싶은 교훈이군요. 넘치지도 모자라지도 않은 삶… 유식한 말로 sense of equilibrium이라고나 할까…

방약무인 傍若無人

傍:곁 방 / 若:같을 약 / 無:없을 무 / 人:사람 인
곁에 사람이 없는 것 같음.
곧 의분에 넘쳐 행동하거나, 주변 사람을 전혀 의식하지 않은 채 제멋대로 마구 행동함을 가리킨다.

『사기(史記)』〈자객열전(刺客列傳)〉에 다음과 같은 이야기가 전한다.

중국 전국시대에는 세상이 어지러웠는데, 이때 '선비는 자기를 알아주는 사람을 위하여 죽는다'라고 하여 자객들이 다방면에서 활약을 하였다. 이들 자객 중의 한 사람으로 위(衛)나라 사람 형가(荊軻)가 있었다.

그는 칼을 좋아하고 글을 좋아했으며 또한 술을 좋아하였는데 위나라에서 등용되지 않자, 여러 나라를 두루 돌아다니다가 연(燕)나라로 들어가서 그 곳의 어진 이들과 호걸들을 사귀었다. 또한 그는 도축하는 사람들과 거리에서 술을 마시고, 또 축[筑:대나무로 만든 거문고와 비슷한 악기]의 명연주가인 고점리(高漸離)를 만나 아주 가깝게 사귀었다. 의기투합한 두 사람은 시장에서 매일 어울려 술을 마셨다. 술에 취하면 고점리는 축을 연주하고 형가는 노래로 화답하며 즐겼다. 그러다가 감회가 북빈치면 함께 목을 놓아 울기도 하였다. 그 노는 모습이 마치 곁에 아무도 없는 것 같았다.

얼마 뒤에 형가는 진(秦)나라로부터 치욕을 받은 연나라 태자 단(丹)의 청탁을 받고, 진왕(秦王) 정[政:훗날의 진시황]을 암살하기 위하여 진(秦)나라로 떠나게 되었다. 형가가 출발하는 날 태자와 빈객들은 역수(易水) 물가에 나와 그를 전송했다. 고점리가 축을 연주하고 형가는 이에 화답하여 다음과 같이 비장한 노래

를 불렀다.

$$風蕭蕭兮易水寒_{(풍소소혜역수한)} \qquad 바람은 쓸쓸하고 역수는 찬데$$
$$壯士一去不復還_{(장사일거불부환)} \qquad 장사 한 번 가면 다시 오지 못하리.$$

　사람들은 이 비장한 노래를 듣고 눈물을 흘리며 포악한 진나라를 증오하였다. 진나라로 들어간 형가는 진왕을 배알하고 지도에 감추었던 비수로 찔렀지만 결국 실패하여 죽임을 당하고 말았다.

2007.08.03

인생의 댓글

경남　거침없는 사람들은 자칫 주변을 전혀 의식하지 않고 말이나 행동이 자기 멋대로이기 쉽다. 자객인 형가도 고점리와 어울려 감정이 격해지면 마음대로 큰 소리로 웃고 울고 하였다. 그러나 단지 감정을 다스리지 못해서가 아니고 마음 속에 품은 의분 때문이었다. 오늘날 옆에 아무도 없는 것처럼 언행이 제멋대로인 사람을 두고 흔히 '傍若無人'이란 말을 쓰지만, 과연 그것이 넘치는 의분에서 비롯된 것인지는 의문이네…

영혜　형가가 '장사 한 번 가면 다시 오지 못하리.'라는 비장한 노래를 부르고 진나라로 떠났다니, 背水之陣이라고, 죽을 각오로 마지막 승부에 임한 것 같네요.

미순　'바늘과 실'처럼 가까이 지내며 '풍소소혜역수한 장사일거불부환'하며 고점리가 축을 연주하면 형가는 그에 맞춰 노래하며 시름을 달래곤 하는 모습에, 세인들이 '방약무인'이라 했으니 그들의 모습이 가히 짐작이 가네요. 형가의 진시황 암살행은 영영 돌아오지 못하는 '咸興差使'가 되었네요. 비록 자객이었지만 풍류를 아는 인물이었는데 아깝군요. 아프간에 억류되어 있는 21명이 무사히 돌아오기를 기도하면서… 사부 오늘도 건강하시고 유쾌한 하루 보내세요.

선숙 싸부님, 뜻은 조금 다른 의미로 쓰이지만… 眼下無人이나 眼中無人이란 표현도 비슷한 뜻이 아닌지요? 또 獨不將軍도 같은 뜻으로 쓰이는 것이 아닐까요? 당당한 태도로 쓰였던 말 같은데… 요즈음에는 무례함이나 교만한 사람 보고 이런 말을 쓰는 게 더 어울리지나 않는지요… 에구, 나는 곁에 사람이 없어두 있는 것 맨치루 쫄아드는디… 이런 사람들은 뭔 배~짱을 가졌디야? 그 배~짱, 뚝심이 징~허니 부럽구먼이라…

선숙 배짱 아줌마 씨리즈 1탄.

초보운전 아줌마가 운전하다가 접촉사고가 났다.

　　남자: 에이, 여편네가 운전도 못하면서… 집구석에서 밥이나 하지 뭣
　　　　　하러 차는 끌고 나와?

　　여자: (열 받아서) 야! 쌀 떨어져서 쌀 사러 나왔다. 뭐가 잘못됐냐?

배짱 아줌마 2탄.

초보 운전하는 아줌마가 그랜저를 타고 가다가… 앞에서 티코를 운전하는 남자의 차를 들이받았다.

　　남자: 아니, 이 여편네가… 운전도 제대로 못하는 주제에… 집구석에서
　　　　　애나 보구 밥이나 할 것이지… 어떡할 거야?

이에 화가 끝까지 치민 아줌마… 다시 차 속으로 들어가더니… 빠꾸로 갔다가… 이번에는 앞으로 쎄게 돌진하여 티코를 묵사발 만들었지… 남

자는 너무 어이가 없어서

"아니, 이 아줌마가 미쳤나?"

그때 이 배짱의 아줌마가 핸드폰을 착 꺼내더니…

"야, 김 비서 난데… 지금 티코 한 대 새로 뽑아와."

남자: &@#$%$*&^%@(%*#%…

순희 그동안 교통사고 등… 여러 가지 일을 겪으면서… 자신을 돌아보니… 내가 얼마나 방약무인했던가… 오호 통재라…

은자 교통사고? 괜찮아요?

순희 괜찮구요… 그러나 범사에 우연은 없고, 범사에 감사하라 하셨기에… 주님의 뜻을 분별하며 가는 중입니다. 평생에 없던 교통사고가 한 달에 두 번이나 났으니… 은자 씨… 고맙습니다.

경남 순희 씨, 그 동안 고생 많이 하셨습니다. 지금은 많이 좋아지셨지요? 굳건한 믿음과 정신력에 박수를!!!!!

은자 형가는 칼, 글, 술 거기다 음악 등 다방면에 능했다고 하니 일단 흥이 나거나, 감정이 북받치면 傍若無人이었겠네요. 壯士一去不復還… 죽음을 예상하고도 거침없이 길을 떠난 용감무쌍한 자객이군요.

상선약수 上善若水

上:위 상 / 善:착할, 잘할 선 / 若:만약, 같을 약 / 水:물 수
최상의 善은 물과 같음.
이는 노자사상(老子思想)의 표현으로, 이 세상에서 물을 최선의 표본으로 여기어 이르는 말이다.

상선약수(上善若水)는 노자(老子)의 『도덕경(道德經)』에 나오는 말이다.

최상의 선은 물과 같다.

물은 만물을 잘 이롭게 하고도 그 공을 다투지 않고

모든 사람이 싫어하는 낮은 곳에 처하므로 도에 가깝다.

거처함은 낮은 곳에 두고

마음은 깊은 곳에 둔다.

베풂은 어짊에 맞게 하고

말은 믿음 있게 한다.

정사(政事)는 다스림에 맞게 하고

일은 능률적으로 하며

행동은 때에 맞게 한다.

무릇 공을 다투지 않으므로 허물이 없도다.

2006.12.31

인생의 댓글

경남 2006년은 친구들을 만나 참 보람 있고 행복했다. 우리도 노자가 말한 물과 같이 만물에 덕이 되는 삶을 살기를, 또한 모두 모두 행복하기를 기원하며 이 글을 올렸어. '벗을 만난 세상 더는 소원 없어~~' Happy New Year!!

동숙 경남 싸부의 마음이 내 마음이요, 우리 친구들의 마음이리라 믿어요. 마음은 깊은 곳에… 말은 믿음 있게… 이 글을 마음에 새겨봅니다. 저도 싸부와 친구들을 만나 웃으며 대화하고 즐거웠어요. Happy New Year.

원심 또 한 가르침 감사해요. 마음에 새기며 살도록 노력하겠습니다. 새해엔 경남에게 건강의 축복을 빌어 봅니다.

유순 '거처함은 낮은 곳에 두고 마음은 깊은 곳에 둔다.' 새해에는 이런 자세로 하루하루를 살기를 소망합니다. 경남 싸부, 다시 한번 열과 성을 다하여 이 서당을 가꾸어 온 싸부의 노력에 감사를 드립니다. 새해에는 완전히 건강해져서 좋은 곳에 MT도 갔으면 좋겠어요^^ Happy New Year! 명상 곡을 들으며 복 주머니에 예쁜 아가들의 세배도 받으니 행복하네요.

순희 '새해 아침'에 '새해 인사'… 경남 선생님 새해에 더욱 건강하고, 여전히 변함없이 물과 같은 마음으로 우리에게 가르침을 줄 것을 기대합니다…

선애 노자 도덕경의 하일라이트라는 '上善若水'로 새해의 시작을 여는 싸부님의 단어 선택, 놀랍습니다. 모든 것을 감싸 안는 물처럼, 아량과 양보와 끈기로 결국은 모든 것을 이루는 물처럼 새해를 살자는 말씀으로 받겠습니다. Happy New Year.

영혜 최선의 선은 불이 아닌, 물이라는 말씀, 불 타는 듯이 붉게 솟아오르는 해와 함께 대조적인 조화(?)를 이루네요… 담겨진 그릇에 맞추어서 융통성 있게 모습은 변해도 그 순수한 본질은 한결 같은 물… 항상 경우가 바른 물. 최선의 표본이네요. Even Happier New Year than 2006!

숙혜 물은 맑고 부드럽고, 적응력이 뛰어나 높고 낮은 곳에도, 세모 네모 그릇에도 다 어울리지요. 나에게도 그런 융통성과 수용력이 있었으면… 싸부님 늘 좋은 가르침 감사하고, 늘 그 자리에 있어 주는 벗으로 내 마음에 자리하옵니다. 새해에는 부디 조금만 더 건강하시옵소서…

민선 높은 곳에서 아래로 흐르는 물, 결코 거꾸로 흐르지 않으며, 네모지면 네모나게, 둥글면 둥글게, 그렇게 생활적응에도 따를 자 없으며, 믿음, 순서, 능력에서도 물을 따를 자 없으며, 큰 바위가 앞을 막으면, 그 바위를 돌면서 흐를 줄 아는 지혜도 겸비하였으니, 과연 최상의 선은 물과 같지요.(The highest good is like water.) ^^* 노자의 애매모호한 글 중 그래도 가장 쉽게 이 아둔한 자의 가슴에도 와 닿았던 장… 좋은 말씀 다시 기억케 해 준 싸부님께 감사~~! Happy, Happy New Year~~!

선숙 싸부님!! 새해에 복 많이 받으세요. 특히나 새해에는 엔돌핀으로 모든 병이 다 치료되실 줄 믿습니다. 이렇게 좋은 말씀으로 가르쳐 주시니 감사×100만 배옵니다. '물' 하니 생물의 생존에 제일 필요한 것으로 가장 흔하면서도 가장 귀한 것이 아닌지요. 우리의 인생이 그저 물 흐르는 대로 산다면 그것이 최상의 가르침이겠지요. "물이 깊어야 고기가 모인다", "물이 깊을수록 소리가 없다", "물이 아니면 건너지 말고 인정이 아니면 사귀지 말라"라는 속담이 생각납니다요. 그저 물과 자연을 최상의 선상님으로 알구 싸부님의 가르침으로 남은 인생을 살겠습니다. 좋은 말씀 감사를 드리구 지각을 용서해 주시와요.

2부

사랑

가도사벽 家徒四壁

家:집 가 / 徒:다만 도 / 四:넉 사 / 壁:바람벽 벽

집에 다만 네 바람벽만 있음. 곧 집이 너무 가난한 것을 가리킨다.

『사기(史記)』〈사마상여열전(司馬相如列傳)〉에 다음과 같은 이야기가 전한다.

중국 한(漢)나라 때의 사마상여(司馬相如)는 시문에 능하고 거문고의 명인으로도 유명한 인물이다. 그가 젊은 시절에는 뜻을 이루지 못하여 빈한하고 불우하였다.

한번은 그가 부호인 탁왕손(卓王孫)의 잔치에 친구와 함께 초대되어 탁왕손의 딸인 탁문군(卓文君)을 만나 보고는 그녀의 빼어난 미모에 한눈에 반해 버렸다. 그래서 짝을 찾는 내용인 〈봉구황(鳳求凰)〉을 거문고로 연주하여 문군(文君)을 향한 연정을 전하였다.

문군은 일찍 남편과 사별하여 친정에 와 있었는데, 평소 사마상여의 출중한 풍도와 재능을 익히 알고 있었던 터라, 아비지 몰래 사마상여와 함께 도망쳐 나와 성노(成都)에 있는 사마상여의 집에 당도하였다. 와 보니 그 집은 너무 가난하여 집에 다만 네 벽만 있을 따름이었다. 탁문군은 부잣집에서 유복하게 자랐으나 사마상여를 사랑하였으므로 가난쯤은 문제가 되지 않았다. 살기 힘들어지자 직접 술집을 차리기까지 하면서 사랑을 이루었다.

뒤에 사마상여도 문장의 뛰어남이 알려져 관직을 제수 받고 이름을 크게 떨치게 되었다. 사마상여와 탁문군의 부귀빈천을 뛰어 넘은 재자가인(才子佳人)의

사랑 이야기는 이후로도 많은 작품의 제재로 널리 쓰이게 되었다.

인생의 댓글

경남 재능 있는 남자와 빼어난 미모의 여인 간의 사랑 이야기는 동서고금을 막론하고 사람들의 사랑을 받는다. '家徒四壁'에서도 가난을 두려워하지 않는 순수한 사랑의 위대함을 느끼게 된다.

영혜 영어 표현으로, '머리 위에 지붕이 있다'는 표현이 있는데, '네 바람벽만 있음'은 처음 들어보네요. 사마상여와 탁문군의 사랑의 이야기는 해피 엔딩이라서 더욱 좋구요.

선애 음악으로 여자 꼬시는 전통은 길기도 하네. 가난이고 뭐고 생각할 겨를 없이 따라나설 만한 남자를 만난 게 탁문군에겐 행운이었겠지. 그런 행운 못 만나고 대충 조건 맞춰 하는 결혼도 얼마나 많은데… 싸부님, 바깥 분은 뭘로 꼬시던가요?

경남 저도 노래지유~ 등산 가서 가파른 바위에 올라 '♪바~람이 불면 산 위에 올라 노래를~ ♬ 띄우리라 그대 창까지…♪♬' 하는디 뿅 갔지유 ~~ 에휴, 이 노래 제목이 '사랑이 메아리 칠 때'라나 뭐라나… 근디 김 마담은 뭘로?

선애 우리 남편은 음치의 세 가지 조건을 모두 갖춘 사람이라 그런 복은 없었 네유. 첫째, 음이 가끔 맞는다. 둘째, 가사는 정확히 부른다. 셋째, 3절 까지 부른다.

선숙 예전에 우리 오마니 말씀이, 사람이 중요하지 돈은 차후 문제라구 했지요. 사람이 좋으면 여자가 허리춤에 참빗 하나 껴 차고 가두 잘살구, 지 팔자가 사나울라면 맨션을 얹혀서 시집 보내두 맨손이 된다구 했습니다. 요즈음에는 너무 물질 위주로 가문 위주로 짝을 찾는 것 같은 경향이 있는데 위 글을 읽으니 순수한 사랑 이야기가 너무나도 아름답습니다. 근디, 요즈음 아그들은 가난을 못 참구 서로 노력두 안 하구 짜증만 내는 아그들두 많아서 그게 문제지요. 맞아요, 사랑 이야기는 항상 해피엔딩이 가장 아름답지요. 가슴 애린 것은 싫구만이라…

향순 오랜만에 순수한 사랑이야기에 마음이 맑은 물같이 깨끗해지는 것 같네. 오늘 아침 일찍 양평에 있는 수종사에 올라가 마음을 비우고 내려오니 인생의 행복은 마음에 있다는 생각이 새삼스럽다.

혜숙 요즘 세상에, 순수한 사랑이야기… 우리 싸부님 사랑 얘기도 듣고, 선숙이 어머니 말씀처럼 사람 따라 가서 팔자대로 살고… 언제나 사랑이야기는 아름다워라.

유순 해피엔딩으로 끝나는 사랑 이야기로 올해의 마지막 날을 맞으니 '해피'하네요. 2007년도 색동옷 입고 '아름다운 인생길'을 가보자고요, 싸부님. 올해 이렇게 훌륭한 서당을 만드시느라 수고 많이 하셨어요. 감사드립니다.

문희 경남아, 신고식 한다. 내년에는 자주 놀다 갈게. 사부님 계속 수고하는데 피곤치 않도록 주님께 기도, 더불어 나 위해 기도, 나아가서 세계 평화를 위해 기도. 하하 기도 실력이 늘겠다. 이것을 사자성어로 뭐라고 하지?

경남 문희야,  자주 들러서 얘기하다 보면 16세로 휙 가버린단다. 마법

의 카페지. 너도 매일 들러서 더 젊어지면 좋겠다. Happy New Year❣❣

*^^*

반의지희 斑衣之戲

斑:얼룩 반 / 衣:옷 의 / 之:어조사 지 / 戲:놀 희
알록달록한 색동옷을 입고 놂.
곧 늙어서도 부모에게 효도한다는 말이다.

『몽구(蒙求)』〈고사전(高士傳)〉에 다음과 같은 이야기가 전한다.

춘추시대 노(魯)나라 사람 노래자(老萊子)는 중국의 뛰어난 효자 24명 중 한 사람이다. 그는 70세의 백발노인이 되었어도 알록달록한 색동옷을 입고 부모 앞에서 재롱을 피웠다. 부모님들은 노래자의 천진난만한 어린 아이 같은 재롱을 보면서 지내니 아주 건강하였고, 자신들의 나이를 잊고 지낼 수 있었다. 노래자 또한 연로하신 부모님께 자신의 나이를 알리지 않았다.

노래자는 하루 세 끼 부모님 진지를 늘 직접 갖다 드렸고, 부모님이 진지를 모두 드실 때까지 마루에 엎드려 있었다. 이것은 갓난아이가 부모 옆에서 칭얼 대며 울고 있는 모습을 흉내 낸 것이다. 물을 들고 마루로 올라가다가 일부러 사빠져 마룻바닥에 뒹굴면서 앙앙 우는 모습을 보여 드리기도 하였는데, 부모님 들로 하여금 아들이 아기일 때 모습을 연상케 하여 즐겁도록 하기 위함이었다. 이러한 노래자의 극진한 효성은 하루도 빠짐이 없었다. 이에 주위의 모든 사람 들이 감복하여 칭찬이 그치지를 않았다.

2007.01.17

인생의 댓글

경남 부모와 자식 간의 관계는 끊으려야 끊을 수 없는 천륜이다. 노래자 같은 효성을 행하기는 극히 어려우나, 오늘날처럼 전통적인 효 사상이 무너져가는 상황에서 어버이에 대한 효성이 무엇인가를 한번쯤 함께 생각해 보자고 이 고사성어를 올렸습니다.

숙혜 우리 옛날에 들은 효자 이야기로는 삼년상이 지날 때까지 무덤 앞에서 통곡하던 아들 이야기가 있지. 그때는 세상에… 그렇게 비효율적인 생각이 있나 했는데… 적어도 그 마음은 평가해야겠지.

보세요, 싸부님… 후원회장님. 이거 개인 메일로 해야 하는데 그냥 여기에 쓴다. 가영이가 7월 12일에 금호 초청연주에 초대되었단다. 실지로는 서울 데뷔 무대인 셈이야. 회장님께서 좌우당간 책임져유… 올해는 미국 동·서부와 서울을 뻔질나게 다녀야겠네. 자신 없는데…

유순 숙혜야, 축하한다. 금호 초청 연주는 실력 있는 젊은 연주자들의 등용문인데 가영이가 점점 무대가 넓어지는구나. 딸이 인정받아서 여기저기 다녀야 되면 바람같이 가벼이 날아다닐 수 있지. 뭐가 자신 없어?

동숙 오! 숙혜 씨. 이보다 반가운 일이 어디 있나. 입이 귀에 걸린 게 보이는구먼. 너무 잘됐어. 여기 친구들이 손에 손잡고 가서 보고… 친구 딸이 성공하여 훨훨 나니 너무 기쁘도다.

영혜 숙혜야, 네 딸 가영이는 그야말로 쟁쟁한 인물이라고 항상 느꼈지. 그 엄마에 그 딸 아니겠는가? 축하한다. 연주에 참석하지 못하는 게 안타까우나, 연주 음악이라도 듣게 되는 복을 기대해 본다… "미국 동·서부를 뻔질나게" 다닐 때 중부에서 잠시 휴식을 취하는 것도 피로를 푸는 한 방법이라는 것을 상기시키고 싶구나.

경애 숙혜야, 정말, 너무 좋겠다! 또 얼마나 자랑스러워, 멋있는 가영이가! 이 가르침을 가영이가 자—알 하고 있구면.

숙혜 경애가 확실히 외도를 잘하고 있다. 범생이가 아첨도 느는 걸 보니… 푸하하하… 땡스… 친구들… 그대들이 있으니 이렇게 든든하구료…

선애 숙혜야, 광화문에 있는 금호 아트홀에서 하는 거니? 가영이 연주 기대된다. 꼭 초대해 줘.

원심 가영이의 서울 데뷔 무대 진심으로 축하한다. 꼭 가서 손이 빨갛도록 박수 치고 가영이 부라보!

윤화 사부님, 효에 대한 가르침 고맙습니다. 오랜만에 연로하신 시어머님, 친정어머님께 전화 한 통 드려야겠네요. 정말 노래자는 하늘이 내린 효자네요.

혜숙 윤화야, 부럽다. 어머님 두 분이 다 생존해 계시니… '반의지희' 가르침으로 자주 전화 드리세요.

유순 싸부, 자식에게 효도 받기를 원하기 전에 우선 내가 부모한테 효도해야겠다는 다짐을 다시 합니다. 좋은 글 올려주셔서 감시!

선애 노래자가 칠십까지 살면서 그렇게 효성을 보였으면 그 부모는 대체 몇 살까지 산 거야? 그땐 평균수명도 짧았을 텐데. 효자 아들을 두어 그렇게 장수하셨나? 부모 자식 모두 서로 '한결같은 사랑'을 해서일까?

영혜 자식들은 아무리 나이가 많아도 부모 앞에서는 항상 '아이들'이라는 말에 효도의 의미를 안겨주는 새로운 표현이네요…

선숙 이제 철이 쬐끔 들어서 효도를 하고 싶은데… 기다리시지를 못하시고 먼저 가셨으니 난 왜 이렇게 항상 뒤늦은 후회와 통탄만 하고 있는지… 부모님께서 살아 계신 친구들이 너무 부럽네요… 철이 없을 때에는 부모님을 제치고 나 혼자 잘났다고 설친 것이 지금 가슴을 찢고 있습니다. 싸부님, 이리도 좋은 가르침을 우리끼리만 배우는 것이 너무 아깝습니다. 신문에 대문짝만하게 올렸으면 월매나 좋을까이… 이 말씸을 보니 '♬그러니께 잘혀, 있을 때 잘혀…♬' 이 노래가 증말로 명곡 중의 명곡이군요.

오조사정 烏鳥私情

烏:까마귀 오 / 鳥:새 조 / 私:사사로울 사 / 情:뜻 정
까마귀가 자라면 그 어미에게 먹이를 물어다 먹인다는 말에서 유래.
그처럼 자식이 부모에게 효양(孝養)하는 정을 이르는 말이다.

진(晉)나라 사람 이밀(李密)은 늙으신 할머니를 봉양하기 위해 무제(武帝)가 내린 관직을 사양하였다. 이에 무제가 이밀의 관직 사양을 불사이군(不事二君)의 심정이라고 크게 화내면서 엄명을 내리자 이밀은 황제에게 다음과 같은 〈진정표(陳情表)〉를 올렸다.

"저는 조모가 안 계셨더라면 오늘에 이를 수 없었을 것이며, 조모께서는 제가 없으면 여생을 마칠 수 없을 것입니다. 저는 금년 44세이고, 조모 유씨는 96세이니, 제가 폐하께 충성을 다할 날은 길고, 조모에게 은혜를 보답할 날은 짧습니다. 까마귀가 어미 새의 은혜에 보답하려는 마음으로 조모가 돌아가시는 날까지만 봉양하게 해 주십시오."

이밀은 어려서 아버지를 잃고 어머니 하씨가 개가하자, 할머니의 손에서 자랐다. 할머니에 대한 효심이 두터웠던 이밀은 늙은 할머니의 병간호를 위해 황제가 내린 관직을 물리친 것이었다.

까마귀는 부화된 뒤 60일까지는 어미가 먹이를 물어다 주지만 그 뒤는 자란 새끼가 어미에게 먹이를 가져다 주기 때문에 '반포조(反哺鳥)'라고 일컫고, 이처럼 반포(反哺)하는 효성을 '반포지효(反哺之孝)'라고 하는데 이는 '오조사정(烏鳥私情)'과 같은 말이다.

2006.12.05

인생의 댓글

경남 까마귀도 어미의 은혜를 아는데, 하물며 사람이 부모의 은혜를 몰라서야 어찌 만물의 영장이라 할 수 있으랴…

유순 까마귀 하면 우리는 보통 불길한 새로 알고 있었는데… 사람보다도 기특한 데가 있네. 이런 것 보면 사람이 만물의 영장이라고 불리는 것이 부끄럽네요. '마음에 향기를 담고' 살고 싶네요.

선애 우리나라에서는 까마귀를 불길한 새로 알고 까치를 길조로 아는데 외국에서는 다른 것 같애. 독일에서는 까치를 아주 안 좋은 새로 생각하고 까치 같은 사람이라고 하면 신용 없는 사람을 가리킨다고 해. 내가 아는 독일 사람 하나는 우리나라에 처음 와서 까치 마크가 여기저기 보이길래 알아봤더니 은행 로고더래.(예전에 국민은행이 까치를 상표로 했던 적이 있었어) 은행에 신용 없고 사기꾼 같은 사람을 상징하는 상표를 쓴다고 너무 우스워하더라.

유순 그렇구나. 새삼 문화의 차이를 느낀다.

영혜 유순아, 서당에 학생들이 넘쳐서 나는 몇 번 왔다가 맨 뒷자리에서 잠깐 귀동냥만 했는데, 내 짐작에 네가 스승님이 특별히 애지중지하시는 제자들 중의 한 명인 것 같으니, 서당에 자리 비는 날 가끔 너 따라 가도 괜찮을지 스승님께 좀 여쭤 봐 줄래?

유순 영혜야, 싸부가 대환영이시란다. 지금 서당의 방도 많이 넓혀 놓았으니 언제든지 와도 앞자리에 앉으란다. 그리고 이 서당의 제일 우수학생은 선애야. 난 그냥 젯밥에 관심이 있어 매일 출석은 하는데 성적은 시원치 않단다.

순희 "네 부모를 공경하라"… 하나님의 말씀, 십계명에도 있듯이… 부모를 공경함이 인간의 도리이거늘 오죽 부모에게 잘못했으면 까마귀에게 비교했을까… 정말 부끄럽구나…

선애 오죽 부모에게 잘못했으면 까마귀에게 비교했을까… 명언이다.

선애 딸 노릇, 며느리 노릇, 무에 그리 잘했다고 이 글 읽으면서 어떻게 하면 젊은 애들에게 이걸 가르칠까부터 생각했네… 내가 생각해도 한심하다 한심해.

숙혜 까마귀가 사람보다 낫네…

백유읍장 伯兪泣杖

伯:맏 백 / 兪:점점 유 / 泣:울 읍 / 杖:지팡이 장
백유가 매를 맞으면서 욺.
곧 매를 드는 데도 늙고 쇠약해진 어머니의 모습을 보며 슬퍼한, 지극한 효심을 가리키는 말이다.

『설원(說苑)』〈건본편(建本篇)〉에, 중국 한(漢)나라 때 효자로 유명한 한백유(韓伯兪) 이야기가 전한다.

백유가 잘못을 저질러 그 어머니가 매질을 하자, 백유가 울었다. 그러자 어머니가 물었다.

"다른 날에 매를 맞을 때는 일찍이 운 적이 없었거늘, 네가 지금 우는 까닭은 무엇이냐?"

백유가 대답하였다.

"제가 전에 죄를 지어 매를 맞을 때는 언제나 그 매가 아팠습니다. 그런데 지금은 어머니의 힘이 쇠약해져 매가 저를 아프게 하지 못합니다. 이런 까닭으로 울었습니다."

한백유는 부모가 늙지 않았을 때는 매질이 아무리 매섭고 아파도 자식을 걱정해 때리는 부모의 마음을 헤아려 자신의 안색을 바꾸지 않았다. 그러나 부모가 늙고 쇠약해져서 매를 들어도 때리는 힘이 약해 전혀 아프지 않자, 부모의 늙음이 안타깝고 서러워 자신도 모르게 눈물이 흘러 내렸던 것이다.

'백유읍장(伯兪泣杖)'은 여기에서 유래된 말이며 같은 뜻의 '백유지효(伯兪之孝)' 또는 '백유지읍(伯兪之泣)'이라는 말 또한 같은 데서 유래하였다.

2007.10.21

인생의 댓글

경남 역사상 수많은 효자 효녀들이 있었지만 한백유도 남다른 효심을 지니고 있었다. 부모님이 젊었을 때는 때리는 매가 몹시 아파도 자신을 위해서 드는 매라고 여겨 안색을 바꾸지 않았다. 그러다가 부모님이 늙어 기운이 쇠해져 때리는 매가 아프지 않자 이번에는 그것이 슬퍼서 울었다고 한다. 오늘날에도 이렇게 부모의 마음을 헤아리고 부모의 쇠약해짐을 슬퍼하는 자식이 있을까…

숙혜 아, 그러네요. 이 이야기로 보아 백유는 부모뿐 아니라 사람들에게도 한 치 더 깊이 배려할 사람 같습니다.

영혜 强弩之末이라고, "강한 활에서 튕겨나온 화살도 '마지막'에는 힘이 떨어져 비단조차 구멍을 뚫지 못한다"니, 힘이 떨어져 매가 자기를 아프게 하지 않는 데서, 한백유는 자기 어머니의 인생의 '마지막'을 직감해서 슬퍼했던 것 같으네요.

선숙 백유의 효심은 나이 70의 백발이 되었음에도 색동옷을 입고 애기처럼 뒹굴며, 일부러 넘어져 앙앙 울면서 애기 흉내를 내어 부모님을 나이도 잊은 채 마냥 젊은 줄 알게 해 드렸다는 노래자의 효심에서 나온 斑衣之戲를 생각나게 합니다. 하루 세 끼를 손수 갖다 드리며 식사하실 때 옆에서 엎드려 있었다는 세상 보기 드문 효자의 얘기… 요즈음 애들은 부모님 수발은커녕, 같은 시간에 한 상에서 밥 먹기도 힘들더라구요…

선숙 전에 혜현이가 '우리들의 이야기' 난에 올린 『어머니와 함께 한 900일간의 소풍』이란 책이 제일 먼저 떠오르네요. 99세의 어머니와 74세의 아들이 손수 만든 자전거수레에 어머니를 태우고 900일간 3만km를 여행

한 이야기… "어머니가 행복해 하시는 모습이 내가 볼 수 있는 지상 최고의 행복이었다."고 말하는 세상에 다시없는 효자… 현대판 노래자, 백유라고 할 수가 있겠습니다.

경애 어머니가 살아 계신 친구들은 복되도다! 부럽소이다. 아…

선숙 그러게 말이다. 철없어서는 그저 만만한 대상이 엄마라고 엄마한테 가슴에 못 박는 말도 막 해댔는데… 철이 조금 들어 부모의 마음을 헤아릴 나이가 되니까… 부모님들이 기다리고 계시질 않으시는구나. 세상에 다시 고쳐 못할 게 불효한 일이구나… 나도 경애 말을 빌려… "부모님이 살아계신 친구들은 복되도다!! 부럽소이다. 아…"

유순 이 글을 보니 쇠약해져 가는 엄마에게 다정한 말 한마디 제대로 못 해주는 내 자신을 돌아보게 되는군요. 마음은 살아 계실 때 잘해 드려야지 하면서 막상 실천이 안 되니… 보니 가슴이 찡하군요. 오늘도 감사!

풍수지탄 風樹之嘆

風:바람 풍 / 樹:나무 수 / 之:어조사 지 / 嘆:탄식할 탄
나무가 조용히 있고자 하나 바람이 그치지 않음을 한탄함.
곧 부모에게 효도를 하려 하나 이미 돌아가시고 안 계심을 한탄한다는 뜻이다.

『한시외전(韓詩外傳)』에 다음과 같은 이야기가 전한다.

공자가 뜻을 펴기 위하여 천하를 주유할 때였다. 어느 날 발걸음을 재촉하고 있는데 구슬피 우는 소리가 들려 왔다. 울음 소리 나는 곳을 찾아가 보니 어떤 이가 슬피 울고 있었는데 이름을 물으니 고어(皐魚)라고 하였다. 공자가 슬피 운 이유를 묻자, 고어는 다음과 같이 대답하였다.

"저에게 세 가지 깊이 한스러운 일이 있습니다. 첫째는, 공부한다고 오래 집을 떠나 있다가 고향에 돌아와 보니 부모는 이미 돌아가셨습니다. 둘째는, 저의 포부를 받아줄 만한 군주를 끝내 만나지 못하였습니다. 셋째는, 아주 절친하던 친구와 그만 사이가 멀어졌습니다."

그는 한숨을 쉬며 말을 이어 갔다.

"나무가 고요히 있고자 해도 바람이 그치지 않고 자식이 부모를 봉양하고자 하나 부모가 기다려주지 않습니다. 이미 돌아가신 부모를 다시 뵈올 수는 없으니 저는 여기서 그대로 죽고자 합니다."

공자는 고어의 말을 듣고 제자들에게 말씀하셨다.

"이 사람의 말을 명심해 두어라. 교훈으로 삼을 만하지 않은가?"

공자의 제자 여러 사람이 이 일에 깊은 감명을 받아 바로 고향으로 돌아가

부모를 섬겼다고 한다.

　여기에서 유래한 고사 '풍수지탄(風樹之嘆)'을 다른 말로 '풍목지비(風木之悲)'라고도 한다.

2007.03.05

인생의 댓글

경남　젊어서는 살아가는 일에 바빠서 부모를 생각하지 못하다가 나이 들어서 이제 부모 봉양을 하려 하니 부모가 기다려 주시지를 않는구나… 다행히 팔순이 지난 아버지가 계시니, 내일로 미루지 말고 바로 오늘 전화 한 통화라도 드려야겠다…

선숙　싸부님, 위의 글을 보니 우리 국민학교 6학년 때 외웠던 정철의 시조가… 1)어버이 살아실제 섬기기를 다하여라. 지나간 후면 애닯다 어이하리. 평생에 고쳐 못할 이, 이뿐인가 하노라… 2)이고 진 저 늙은이 짐 벗어 나를 주오. 나는 젊었거니 돌인들 무거울까? 늙기도 설워라커늘 짐을 조차 지실까?… 에구, 그러길래 철들자 망령 난다는 말이 괜히 나왔을라구… 근디 싸부요, 이 외운 것이 맞기는 하나? 하두 오래 돼 놔서… 부모님 계신 친구들아, 기회 있을 때마다 잘해 드려. 기회가 없으면 기회를 만들어서 잘혀 드려… (♬있을 때 잘혀, 암만 ♬)

선숙　싸부요, 또 한 시는… 반중 조홍감이 고와도 보이나니, 유자이 아니라도 품음즉 하다마는, 품어 가 반길 이 없으니 글로 설워하노라…(이거 우리 고등학교 때 배웠나? 이인섭 선생님한테?) 쟁반에 있는 홍시감을 보며 부모님 생각을 한다고 배운 것도 같은데…

에구, 부모님이 좋아하시던 과일이나 과자를 보면… 긍께 친구들아, 느그들은 잘혀 드려. 연세 드시면 신 것보담은 달짝지근한 것도 좋아하신다닝께… 발렌타인데이에 초코렛 받으려구만 하덜 말구 무시루 맛있는 것 사 들구 찾아가서 용돈두 드리구… 옛날 어머니가 잘 하시던 것 먹구 싶다구 말혀봐… 노인네들 신바람 나서 맹긴다닝께… 우리들은 우리 애들한테 안 그러냐?

영혜 나도 선숙이처럼 이제 부모님이 안 계시지만, 아직도 부모님이 살아계신 친구들이여… 老萊子처럼 하루 세 끼 부모님 진지를 늘 직접 갖다 드리고, 부모님이 진지를 모두 드실 때까지 마루에 엎드려 있지는 못할망정, 부모님 앞에서 斑衣之戱하는 게 어떨지? 그러면, 부모님께서, 老萊子의 부모님들같이, 자신들의 나이를 잊고 건강하게 오래 사실지도…

은자 斑衣之戱는 올해 1월 17일 공부한 것임을 찾아보았음. 제까닥 제까닥 배운 것을 인용하는 너의 응용력을 보니 왜 변호사의 길을 택했는지 알고도 남음이 있구나. 네 말을 듣고 보니 알록달록 옷을 입어 볼까 싶다. 복습 감사.

영혜 은자야, 찾아서 그대로 옮긴 말이니, 응용한 게 아니지… 하여튼 고맙다 친구야. 그래, 서울 가서 너의 부모님 만날 때 일록달록한 옷 입고 가서 좀 어리게(?) 보이는 것도 효도하는 방법인 것 같구나. 너의 부모님께 내 안부도 전하고 즐거운 시간 갖기 바래.

일일여삼추 一日如三秋

一:한 일 / 日:날 일 / 如:같을 여 / 三:석 삼 / 秋:가을 추
하루가 3년 같음.
한 해에 가을이 한 번뿐이므로 '삼추(三秋)'란 곧 삼 년을 말한다. 누구를 애타게 만나고 싶어하거나,
참기 어려운 고통을 겪을 때 비유로 쓰는 말인데, 특히 사모의 정이 애틋함을 이르는 말이다.

이 말은 『시경(詩經)』 〈왕풍(王風)〉 '채갈(采葛)'이란 시에 나오는 말로, 다음과
같은 3장으로 된 노래에 근거한다.

彼采葛兮(피채갈혜)   저 칡을 캐러 가세.
一日不見(일일불견)   하루라도 보지 못하면
如三月兮(여삼월혜)   석 달이나 된 듯하네.

彼采蕭兮(피채소혜)   저 쑥을 캐러 가세.
一日不見(일일불견)   하루라도 보지 못하면
如三秋兮(여삼추혜)   세 가을이나 된 듯하네.

彼采艾兮(피채애혜)   저 약쑥을 캐러 가세.
一日不見(일일불견)   하루라도 보지 못하면
如三歲兮(여삼세혜)   세 해나 된 듯하네.

이 말과 유사하게 쓰이는 '일각여삼추(一刻如三秋)'라는 말이 있다. 일각은 15
분으로 매우 짧은 시간을 뜻하는 말이다. 즉 매우 짧은 시간인데도 삼 년이나

되는 것처럼 느껴지니 시간이 빨리 지나기를 간절히 기다리는 마음을 표현하는
말이다.

2006.09.02

인생의 댓글

경남 가을을 맞아, 이 말이 생각나서 올렸어. 우리들 젊었을 때 사랑 얘기
생각난다.

순희 그래… '일일여삼하'나 '일일여삼춘'이라든지 '일일여삼동'이라 하지 않
고 '일일여삼추'라 한 것을 보니 분명 가을이 여러 가지로 생각 키우는
계절임에 틀림없나 보다. 이제 그 가을이 눈앞에 다가왔으니… 경남이
가 이번에는 어떤 단어를 내 놓을까 하며 기다리는 마음 일일여삼추라
하면 지나친 표현일까… 감사 감사…

혜숙 어머니 생각이 납니다. 자주 이 말을 쓰셨는데, 아마도 나은 미래를 기
다리는 고통의 마음이었던 것 같아요. 후딱 떠나버린 여름 뒷자락에 어
머니가 보고 싶네요.

연리지 連理枝

連:이을 연 / 理:결 리 / 枝:가지 지
한 나무의 가지가 다른 나무의 가지와 맞닿아서 결이 서로 통한 것.
처음에는 지극한 효도를 나타냈으나, 후에는 부부간이나 남녀간의 지극한 사랑을 비유하는 말로도 쓰인다.

『후한서(後漢書)』〈채옹전(蔡邕傳)〉에 다음과 같은 이야기가 전한다.

중국 후한(後漢) 말기의 채옹(蔡邕)은 문인학자로서도 뛰어난 사람이었지만 효성으로도 유명한 인물이다. 늙은 모친이 오랫동안 병상에 눕게 되자, 그는 3년 동안이나 옷을 벗지 않고 극진히 간호해 드렸다. 그러한 정성에도 불구하고 모친의 병세가 나아질 기미를 보이지 않자 백일 동안을 아예 잠자리에 들지도 않고 곁에서 정성을 다하였다. 그러다가 모친이 돌아가시자 그는 무덤 곁에 초막을 짓고 시묘(侍墓)살이를 했는데, 예의범절에 한 치도 어긋남 없이 정성껏 상을 치렀다.

그런데 어느 날 그 초막 옆에서 싹이 두 개가 돋아났다. 싹은 점점 자라 나무가 되더니 어느새 가지가 서로 붙어서 결이 이어지고 마치 한 나무처럼 되었다. 세상 사람들은 이 기이한 모습을 보면서 채옹의 효행으로 이런 현상이 일어났다고 하면서 칭찬하였고, 원근 각처에서 구경하러 모여 들었다. 이로부터 가지가 서로 붙어 하나의 결을 이룬 것은 자식의 부모에 대한 지극한 효성을 상징하는 것으로 여겼다. 즉 부모와 자식이 한 몸, 한 나무가 되어 있다는 것이다.

후에 당나라의 시인 백낙천(白樂天)이 〈장한가(長恨歌)〉에서 당현종(唐玄宗)과 양귀비(楊貴妃)의 사랑을 다음과 같이 노래한 후로는 부부간의 깊은 애정을 말하는 데에도 이 말을 쓰게 되었다.

在天願作比翼鳥(재천원작비익조)　　원컨대 하늘에서는 비익조가 되고
在地願爲連理枝(재지원위연리지)　　원컨대 땅에서는 연리지가 되기를

비익조(比翼鳥)는 날개가 하나뿐이어서 두 마리가 붙어서 날아야 두 날개를 갖추게 되어 날 수 있다는 전설 속의 새인데 여기에서는 '연리지(連理枝)'와 같은 뜻으로 쓰였다.

2007.07.05

인생의 댓글

경남　連理枝가 처음처럼 지극한 효성을 의미하거나 뒤에처럼 부부간의 지극한 사랑을 의미하거나 간에 두 나무 가지가 합하여 하나의 결을 이룬다는 것은 참 신비한 사랑의 표상이네… 우리도 살아가면서 부모 자식 사이에서나 부부 사이에서 또한 친구 사이에서 이런 아름다운 사랑을 나눈다면 얼마나 좋을까…

동숙　오늘도 좋은 공부 감사. 우리도 40년의 세월을 지낸 친구들이니 더욱 아름다운 우정의 꽃이 피어 이름만 들어도 미소가 지어지는 사이가 되었으면 합니다.

선숙　우리 이화 정원의 모든 친구들… 아니 이화의 모든 친구들이 이렇게 연리지가 되어 아름다운 우정을 계속 나누기를 소망합니다. 친구들아, 우리 죠~ 우에 있는 낭구맨치루 서로 서로 나란히 어깨동무하며 즐겁게

지내자. 40여 년을 이어온 우정인데 4천 년인들 못 이어갈쏘냐? ♬우리들의 우정, 길이 간직하자♬…

선숙 친구들의 우정은 요로코롬 아름다운디… 부부간의 애정에서는 나가 또 초 치는 야그를 혀야 허는디… 아고고, 싸부님 날마다 공부방 분위기를 흐려놓께, 쥐송혀서 어쩔까이?…

어떤 남편이 아내의 사진을 지갑 속 제일 잘 보이는 곳에 넣고 다녔어.

    감동한 부인: 어머, 자기야… 내가 그렇게 사랑스러워?
    남편: 당신 사진을 보면 내가 용기가 생기거든.
    부인: 어머나!! 내가 그렇게 신비하고 감동적이야?
    남편: 당신 사진을 보면… 이렇게 골치 아프고 문제투성이인 사람도 데리구 사는데… 뭐 그까짓 일쯤이야… 하면서 용기가 생기거든…
    부인: ¿¿¿¿ …

아고고… 요런 것을 惡連理枝라고 혀면 될랑가 ?????

미순 나가 또 가만 있을 수 없제! 저~ 우에 있는 연리지 같은 부부는 가물에 콩 나기여! 오죽하면 "전생에 웬수지간이 이생에 부부로 만난다"고 혀잖남!!!

선숙 미순아… 그려 그려… 가물에 콩두 그것보다는 더 많이 난다닝께… 옛 속담에 원수는 외나무 다리에서 만난다고 허는디… 요즈음 속담은, "웬수는 매일 밤 침대에서 만난다"로 바뀌었잖여…

선애 결혼식 주례사에서 들은 얘긴데 連理木은 두 뿌리의 나무가 아예 한 나무로 자라는 것이고 連理枝는 각각 다른 두 나무의 가지가 맞닿아서 자라는 나무라고 하더라구요. 연리목이 부부 어느 한 쪽의 희생이 전제되어 하나가 되는 것이라면 반대로 연리지에는 부부간의 사랑에도 거리와 간격이 필요하다는 메시지가 담겨 있다고.

미순 그것도 말 되네. 어찌 보면 겉으로는 평생 금슬 좋게 사는 부부도, 연리목처럼 한 쪽의 희생이 전제되는 것이라고 봐도 좋을 것 같아 연리지의 교훈이 더욱 두드러지네. 연리목에 대한 얘기를 듣고 보니···

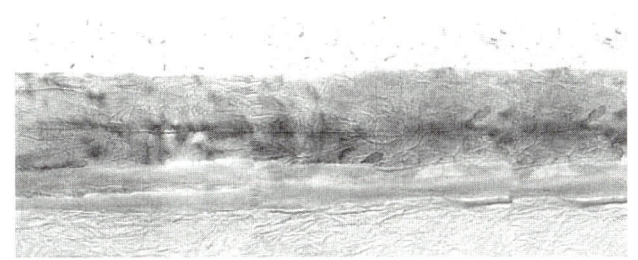

조강지처 糟糠之妻

糟:지게미 조 / 糠:겨 강 / 之:어조사 지 / 妻:아내 처
고생을 같이 한 아내.
술지게미와 쌀겨로 끼니를 이어 가며 가난한 살림을 해 온 본처를 두고 사용하는 말이다.

『후한서(後漢書)』〈송홍전(宋弘傳)〉에 다음과 같은 이야기가 전한다.

후한(後漢) 광무제(光武帝)에게 호양공주(湖陽公主)라는 누이가 있었는데 과부가 되었다. 이를 안타깝게 여긴 광무제는 누이에게 재혼의 의향을 물었다. 호양공주는 다음과 같이 뜻을 밝혔다.

"송홍(宋弘) 같은 분이라면 남편으로 우러러 보고 살 수 있겠지만 그밖에는 원치 않습니다."

송홍은 성품이 중후하고 정직하기로 널리 알려진 사람으로 대신의 지위에 있는 사람이었다. 그러나 송홍에겐 본부인이 있었다. 광무제는 조용히 송홍을 불러 이렇게 말했다.

"속담에 말하기를 '지위가 높아지면 친구를 바꾸고 집이 부자가 되면 아내도 바꾼다'고 하는데 그대 생각은 어떠하오?"

이 말을 듣자 송홍은 정색을 하며 대답하였다.

"신은 가난하고 천했을 때의 친구는 결코 잊어서는 안 되며, 술지게미와 쌀겨를 먹으며 고생을 함께한 아내는 버려서는 안 된다고 생각합니다."

송홍의 단호한 답변을 들은 광무제는 누이에게,

"아무래도 일이 어긋난 것 같습니다."

라고 말했다. 아무리 황제일지라도 누이를 시집보내기 위해 송홍의 조강지처(糟糠之妻)를 저버리게 할 수는 없었기 때문이었다.

2006.10.23

인생의 댓글

경남 황제의 위엄으로도 어쩔 수 없었던 宋弘의 마음이 糟糠之妻의 고사를 낳게 했네.

선애 아내라는 게 버리고 줍고 하는 건 아닌데… 오랜만에 아는 것 나와 무척 반갑네.

유순 그렇게 많이 쓰는 糟糠之妻라는 말인데… 지게미 糟, 겨 糠이라는 건 오늘 알았어요. 싸부, 그러고 보니 안다고 매일 쓰는 단어도 사실은 잘 알지도 못하고 쓰네요… 물론 나만 그렇겠지만. 매일 깨우쳐 줘 고마워요.

순회 유순아 나도 몰랐어… 좀 부끄럽지만…

영혜 지위가 높아지고 부자가 된 후에도 糟糠之妻를 버리지 않는 송홍의 마음은 가난한 시절에 고생을 함께한 아내에게서 느끼는 同憂相救 같은 감정에서일까요?

단기지교 斷機之敎

斷:끊을 단 / 機:베틀 기 / 之:어조사 지 / 敎:가르칠 교
짜던 베를 자른 가르침.
곧, 맹자(孟子)가 수학 중도에 돌아 왔을 때, 그 어머니가 칼로 베틀의 베를 끊어서 훈계하였다는 데서
유래한 말로 '단기지계(斷機之戒)' 또는 '맹모단기(孟母斷機)'라고도 한다.

유향(劉向)의 『열녀전(烈女傳)』에 다음과 같은 이야기가 전한다.

가난한 선비의 집에 태어난 맹자는 아버지가 일찍 돌아가시어 홀어머니 밑에서 자랐다. 맹자는 소년 시절에 집을 떠나 멀리 유학을 가게 되었는데 떠난 지 얼마 되지 않아 어느 날 갑자기 집으로 돌아왔다. 베틀에 앉아 베를 짜고 있던 어머니는 아들을 보고도 반기는 표정 없이 이렇게 물었다.

"공부는 어떻게 끝을 마쳤느냐?"

"어머님이 뵙고 싶어 잠시 다녀가려고 왔습니다."

어머니는 아무 말 없이 옆에 있는 칼을 들어 짜고 있던 베를 잘라 버렸다. 이것을 본 맹자는 소스라치게 놀랐다.

"아니, 어머니 그 베는 왜 끊어버리십니까?"

그러자 어머니는 침착한 목소리로 다음과 같이 말하였다.

"네가 공부를 중도에 그만 둔 것은, 내가 짜던 베를 다 마치지 못하고 끊어버리는 것과 같다. 군자(君子)는 모름지기 학문을 배워 이름을 세우고 모르는 것은 물어서 앎을 넓혀야 하느니라. 여자가 그 생계의 방편인 베 짜기를 그만 두고, 남자가 덕(德)을 닦는 것에서 멀어지면 장차 무엇이 되겠느냐? 도둑이 되지 않는다면 심부름꾼이 될 뿐이다."

눈앞의 광경과 어머니의 뼈에 사무친 교훈의 말씀에 깊이 깨달음을 얻은 맹자는 그길로 곧 다시 배움의 길을 떠나 공자의 손자인 자사(子思)의 문하에 들어갔다. 그리고 열심히 학문에 전념하여 마침내 공자의 학통을 잇는 큰 학자가 되었다.

2007.01.02

인생의 댓글

경남 우리에게 '孟母三遷之敎(맹모삼천지교)'로 알려진 맹자 어머니의 또 다른 가르침이 있어 올렸어요. 어머니의 올바른 가르침이 자식에게 얼마나 중요한가를 다시 한번 일깨워 주네요…

유순 맹자 어머님 이야기를 들을 때마다 항상 부끄러워지네요. 아이들에게 이런 바른 가르침을 준 적이 있나 생각하면 엄마로서 너무 부족했단 생각이 들고…

선애 맹자 어머니의 이야기를 들으니 한석봉 어머니 생각이 나네. 어머니의 가르침이 자식에게 주는 영향을 단적으로 드러낸 예들. 그러나 자식 가르치기는 예나 지금이나 어렵고 어머니 책임만도 아닌 것을.

선숙 세상에 마음대로 안 되는 일이 자식들 일이라는 말이 있는데 그건 어머니의 교육과 훈계가 모자란 탓도 있겠지요? '한석봉 어머니' 하니 생각나는 야그가 있는데… 이러한 심오하고 생각 깊은 자리에 또 실없는 말하다 싸부께 쫓겨날라…

〈잘난 척하다 글도 못 써보고 쫓겨난 한석봉〉

석봉: 어머니 제가 돌아왔습니다.

어머니: 그럼 불을 *끄*거라.

석봉: 어머니는 떡을 써시고 저는 글을 쓰는 거지요?

어머니: 그걸 어떻게 알았느냐?

석봉: 이미 책에서 읽었습니다.

어머니: 그렇다면 알아서 집을 떠나거라.

순희 자식이 잘못하는 것을 보고, 또 알 때에 그럼에도 불구하고 자식의 눈치를 보느라 할 말을 제대로 못하는 못난 에미의 모습이 아닌가 멈칫해진다…

복수불반분 覆水不返盆

覆:뒤집힐 복 / 水:물 수 / 不:아니 불 / 返:돌이킬 반 / 盆:동이 분
한번 쏟아진 물은 동이에 다시 담을 수 없음.
곧 이미 저지른 일은 다시 되돌릴 수 없다는 뜻이다.

『습유기(拾遺記)』에 다음과 같은 이야기가 전한다.

주(周)나라의 문왕(文王)이 어느 날 사냥을 나갔다 짐승은 한 마리도 잡지 못하고 헤매다가 위수(渭水)에 이르렀다. 강변에는 행색이 남루한 어떤 노인이 낚시질을 하고 있었다. 문왕이 함께 이야기를 나누어 본 뒤 그의 뛰어난 식견에 감탄하여 모시고 와서 스승으로 삼았다. 이 노인이 바로 여상(呂尙)이었다. 그는 문왕의 아버지였던 태공(太公)이 주(周)나라를 일으키기 위해 바라던 인물이라는 뜻으로 태공망(太公望)이라 불리었으며, 강태공(姜太公)이라고도 칭해졌다.

여상의 보좌를 받은 문왕은 천하의 인심을 모았고, 그의 아들 무왕(武王) 때에 이르러 마침내 은(殷)나라를 무너뜨리고 주나라가 천하를 통일하게 되었다. 천사가 된 무왕은 여상의 공로를 지하하여 제나라 제후로 봉했는데, 그때 젊은 시절 여상을 버리고 도망갔던 아내 마씨(馬氏)가 찾아 왔다.

여상이 젊은 시절, 끼니조차 잇기 어려운 가난한 서생으로 책만 읽으며 생계는 아랑곳하지 않자 그 아내 마씨는 구차한 살림에 견디지 못하고 일찌감치 친정으로 돌아가 버렸던 것이다. 오랜 세월이 흐른 뒤 여상이 제후가 된 소식을 듣고서야 돌아와 말했다.

"전에는 너무 가난해서 떠났으나, 이제 귀히 되었으니 다시 아내로 맞아 주십

시오."

아내의 말을 들은 여상은 잠자코 있다가 동이에 물을 떠 가지고 와 마당에 쏟아 부었다. 그리고 마씨에게 말하였다.

"어디, 저 물을 다시 그릇에 담아보시오. 한번 쏟아진 물은 다시 그릇에 담을 수 없소. 마찬가지로 한번 헤어지면 다시 같이 살 수는 없는 것이오."

이 말은 '복수난재수(覆水難再收), 복수불수(覆水不收), 반수불수(反水不收)' 등으로도 쓰이는데, 강태공은 오늘날 흔히 낚시하는 사람을 말하기도 한다. 또한 그는 '전팔십 후팔십(前八十 後八十)'이라 하여 문왕을 만나기까지의 80년과 이후의 80년, 도합 160년을 살았다고 전해진다.

2007.04.26

인생의 댓글

경남 여상은 젊은 시절, 신의를 저버리고 떠난 부인 마씨가 먼 훗날 그가 출세하자 다시 찾아왔을 때 엎어진 물은 되담을 수 없다며 받아들이지 않았다. 고생스러울 때 함께 고통을 나누어야 좋을 때 기쁨도 함께 할 수 있겠지… 비록 쏟아진 물을 되담을 수는 없지만 여상이 마씨를 받아들였다면 어떠했을까…

선애 그런 아내를 받아들일 정도의 그릇이었으면 文王의 브레인에 그치지 않고 자신이 나라를 세웠겠지요. 여상 자신이 가족의 생계를 아랑곳하지 않고 책만 읽어 아내가 떠났으니 원인 제공자임에 틀림없는데 떠난 책임을 아내에게만 물으니 밴댕 씨(선숙 버전)네요. 옛말에 夫唱婦隨요 손바닥도 마주쳐야 소리가 난다고 부부 어느 한 사람만의 노력으로 가정이 유지될 수는 없지요.

혜현 소크라테스의 부인이 악처로 소문이 났다고 들었는데, 같은 맥락이 아닐까 싶다. 젊은이들을 이끌고 다니며 인생사 토론이나 하고 다녔으니 가세가 빈궁했을 것이고 부인이 들어오는 그에게 물바가지 세례를 줬겠지. 소크라테스도 저 자신을 알았으면, 가장임을 알았으면 가족들이 좀 더 행복했을 것 같은데.

선숙 선애야, 맞어 맞구말구… 呂尙이 제후가 됐응께 근사하게 묘사됐지만, 쌀독은 바닥이 났구, 지붕은 비가 줄줄 새구, 옷은 누덕누덕 깁고 또 기웠는디, 싸나이가 가족들 생계는 '나 몰라라' 허구 아랑곳허지두 않았는디, 그 당시 여자가 무신 전문 직업 여성이라구 생활비를 몽땅 마련헐 수가 있었겠능감? 그걸 이해혀야지, 물 담긴 동이를 댕강 깨뜨리구 다시 주워 담으라니… 그려, 밴댕이 소갈딱지에 쫌팽이지. 그때 부인헌티, "여보, 모든 게 내 불찰이었소. 내가 가족들 책임을 못 졌응께. 다 이해하리다. 돌아와 주었으니 이 얼마나 고마운지요. 오히려 나를 용서허시오." 이랬다면? 아휴 꿈 같은 이야그지…

민선 반갑게 보았어요~~! 먹고 살 수 없어 친정에 간 아내도 이해가 되고, 깨진 독에 물 딤아 보라고 트집(!) 잡는 여상노 이해가 되고… 후회할 일이 없을 수 없는 인생이란 없을 수 없는 것이니… (지가 무슨 공자 맹자라고… ㅋㅋ) ^^

은자 사회적으로도 성공하고, 가정적으로도 완벽한 남자가 예나 지금이나 희귀한 듯…
어느 요술사가 한 부인에게 딱 한 가지 소원을 들어주겠다고…

여자 왈

"이 세상에 전쟁이 없고 평화만 있었으면…" 하니까,

"그건 좀… 다른 것은?" 하고 물으니,

"다정하고, 돈 잘 벌고, 가사 일 돕고, 애들 잘 챙기고… 그런 남편을 원한다"고…

요술사가 대답하기를

"아니, 아니. 먼저 소원을 들어주겠소" 했다더니…

사부님 무리하지 마세요.

혜숙 다시 공부방이 열려 반갑지만… 사부님 건강이 염려 되네요.

이제는 '覆水不返盆' 같은 언행이 없도록 살았으면 합니다.

선숙 깨진 물동이의 물을 다시 주워 담으라니… 그것두 참맬로 힘든 일이구면…

헌디, 오늘 나가 동창회 2군데를 댕겨왔지.(O.C. 친구들 모임허구 LA 친구들) 저녁을 먹구 여담 시간에, 박영애가 중머리에 핀 꽂기가 제일 어려운 일이라나? 그래서 나가 가만 있었겠냐?

"영애야, 중이 머리를 기르면 핀이야 얼마든지 꽂을 수가 있지, 더 어려운 건 대머리에 꽃핀 달기다."

(싸부님요, 가르침은 뒷전이고 요런 말만 늘어 놓응께, 아고, 쥐송허구 면목 없구면요)

월하빙인 月下氷人

月:달 월 / 下:아래 하 / 氷:얼음 빙 / 人:사람 인
결혼을 중매하는 사람을 이르는 말.
'월하노인(月下老人)'과 '빙상인(氷上人)'이 합해서 이루어진 말로
천생연분(天生緣分)을 찾아 맺어 주는 중매인을 가리킨다.

『속유괴록(續幽怪錄)』에 다음과 같은 이야기가 전한다.

당(唐)나라 때에 위고(韋固)라는 총각이 여기저기를 여행하던 중 송성(宋城)이라는 곳에서 한 노인을 만나게 되었다. 노인은 주머니 하나를 옆에 놓고 휘영청 밝은 달빛 아래 앉아 책장을 펼쳐 보고 있었다. 위고는 궁금히 여겨 무슨 책이냐고 물었다. 그 노인은 웃으면서 대답했다.

"이 세상의 혼사에 관한 책이라네."

위고가 또 물었다.

"그렇다면 그 주머니 속의 빨간 끈은 무엇입니까?"

"이 끈은 부부의 인연을 맺어주는 끈이라네. 일단 이 빨간 끈으로 남녀의 발을 한번 매어 놓으면 아무리 깊은 원한이 맺힌 원수지간이나 아무리 멀리 떨어진 곳에 사는 사이라 하더라도 반드시 맺어지게 된다네."

"그럼 제 처가 될 사람은 어디에 있나요?"

"자네의 처는 이 송성에 있지. 저 북쪽에서 채소를 팔고 있는 진(陳)이라는 노파가 안고 있는 어린 아이일세."

위고는 대수롭지 않게 생각하고 그 자리를 떠났다.

그로부터 14년이 지난 뒤 그는 상주(相州)의 관리가 되었고, 그곳 자사인 왕

태(王泰)의 열일곱 살 된 딸과 결혼하였다. 어느 날 위고가 아내의 신상을 자세히 알고 싶어서 물었더니 그녀는 이렇게 대답했다.

"저는 사실은 태수의 딸이 아니옵고 양녀입니다. 친아버지는 제가 갓난아기 때 송성에서 벼슬하다 돌아가셨지요. 유모가 있어 송성 북쪽에서 채소를 팔아 가며 저를 길러 주셨는데 지금도 송성 북쪽의 진 할머니를 가끔 생각한답니다."

위고는 '월하노인(月下老人)'의 말이 딱 들어맞음을 알고 속으로 놀라고 감탄하였다.

한편, 『진서(晉書)』에 실려 있는 '빙상인(氷上人)'의 이야기는 다음과 같다.

진(晉)나라 때 점을 잘 치던 색탐(索耽)이라는 이가 있었다. 어느 날, 그에게 영고책(令孤策)이라는 사람이 꿈 해몽을 하러 왔다.

"꿈속에서 나는 얼음 위에 서 있으면서 얼음 밑에 있는 사람과 이야기를 나누었는데 이것이 무슨 뜻인가요?"

"얼음 위는 곧 양(陽)이요, 얼음 밑은 음(陰)이니 곧 음양(陰陽)과 관계된 일이오. 당신이 얼음 위에서 얼음 밑의 사람과 이야기를 했으니 이는 음양의 어떤 일을 매개하는 것이지요. 당신은 곧 결혼 중매를 서게 될 것이고, 얼음이 녹을 때쯤이면 그 혼인이 성사될 것이오."

과연 그 후 얼마 안 되어 영고책은 태수 전표(田豹)의 부탁으로 그의 아들과 장씨의 딸을 중매하여 결혼을 성사시켰는데, 때는 바야흐로 얼음이 녹는 봄이었다.

2007.05.07

인생의 댓글

경남 남녀의 인연은 억지로 이루어지는 것이 아니라 하늘에서부터 정해져 있어 흔히 천생연분이란 말을 쓴다. 아무리 서로 멀리 떨어져 있거나 나이 차가 크거나 상관없이, 심지어 원수지간일지라도 하늘에서 맺어진 것이면 피할 수 없다고 한다. 자신의 배필이 어디에 있는지 또 누구인지 알 수 없기에 붉은 끈으로 맺어진 자신의 반쪽을 찾으려고 애쓰고 그리워하는 것이 아닐까…

선숙 싸부님, 안녕허신지요? 며칠 결석을 혀서… 쥐송혀서 어쩔까이? 근디, 그 노인네가 지를 빨간 끈으로 묶어 줄 때 잠깐 졸았는갑쇼~잉… 궁께… 저의 아이들 인연을 묶어 줄 때는 좋은 인연으로 묶어 주십사 허구 간청을 혀야겠어라우…

민선 맞아요. 꼭 델파이(델피) 신전에서 받는 예언처럼… 그렇게 되게끔, 일이 꼬여지는 것처럼… 배필도 이미 정해져 있다는 것이죠? 플레이토(Plato)의 『향연』에서 아리스토파네스(그리스의 희극 작가)의 얘기가 생각나요. 사람이 원래 남녀를 함께 갖추고 있다가 둘로 떨어지게 된 이야기… 언젠가 신화방에 올릴 예정인데… 암튼, 재밌는 얘기 감사해요 ~~! *^^*

미순 사부! 우리 아들의 월하빙인은 어디 있을까요? 때가 아직 안 되어서인가 보네요. '천생연분' 하늘이 맺어준 인연, 그 누가 예측하리오…

선숙 천생연분 허닝께… 텔레비죤 프로에 나온 할아버지와 할망구… 게임은 한 사람이 말하면 빨리 그 답을 맞혀야 이기는 게임…

할아버지: (열심히 할머니한테 설명한다) 할멈, 그거, 우리 같은 사이를 뭐라구 하지?

할머니: (망설임도 없이 담박에) 웬수…

할아버지: 아니 할멈, 그게 아니고 네 자로 된 것…

할머니: (단번에) 평생 웬수…

정답은 '천생연분' 인데, 할머니는 왜 '평생 웬수'라고 했을까이? 길쎄… 고거야 내레 어케 알갔나? 기리니끼니 부부 사이는 부부 외에는 알 재간 이 없다… 기렇구 말구디…

민선 선숙아, 요건 나도 예전에 듣고 기절하게 웃었던 것인데, 넌 어쩜, 그때 그때 잘도 기억하니? 네가 기억력 하난 기막히게 좋은가 보다.(아님, 기억력이 가장 떨어지는 자질인데, 이 정도인 건가…?!) ^^*

은자 선숙아, 반갑다. 선돌핀 덕분에 한문방이 웃음으로 꽉 찼구나.

사돈 査頓

査:떼 사 / 頓:머리 조아릴 돈
등걸나무에서 머리를 조아림.
혼인한 양가의 부모들끼리, 또는 양가의 같은 항렬이 되는 친족끼리 서로 부르는 말이다.
혹은 혼인 관계로 서로 인척이 되는 사람을 이르기도 한다.

윤관(尹瓘)과 오연총(吳延寵)은 모두 고려 예종 때의 학자이며 명장이다. 윤관이 도원수로 여진 정벌을 수행함에 있어, 부원수 오연총과 힘을 합하여 아홉 개의 요지에 성을 쌓고 고려족을 옮겨와 살게 함으로써 여진의 난동을 잠잠하게 하고 나라의 근심을 풀어버린 공이 크다. 여진 정벌을 마치고 개경에 개선하고 난 후에도 두 사람은 평생을 돈독한 우의를 나누었다. 그리하여 자녀를 서로 혼인시켰고, 자주 만나 술로 서로의 안부를 물으며 회포를 푸는 것을 낙으로 삼았다.

어느 날인가 술이 잘 빚어진 것을 본 윤관은 오연총의 생각에 술동이를 하인에게 지게 하고 오연총의 집으로 향했다. 개울을 건너가려는데 오연총도 윤관의 생각에 술을 가지고 냇물 저 편에 와 있는 것이 아닌가?

그런데 간밤의 소나기로 냇물이 불어 건너갈 수 없었다. 이에 윤관이 제안하였다.

"서로가 가져온 술을 상대가 가져온 술이라 생각하고 마십니다."

그래서 둘은 냇물을 사이에 두고 마주보며 냇물 이편 저편의 등걸나무[사(査)]에 걸터앉았다. 그러고는 이쪽에서 술잔을 들고 머리를 숙이며[돈수(頓首)],

"한잔 드시오."

하면, 냇가 저편에서 한잔을 들고, 저쪽에서 머리를 숙이며,

"한잔 드시오."

하면 이쪽에서 한잔을 들며 서로 즐겼다. 그렇게 하여 두 사람은 더더욱 정이 깊어졌다.

이 운치 있는 일이 소문이 나자 당시 풍류객들 사이에 널리 좋은 이야깃거리가 되었다. 그리하여 당시 사람들은 이 일에 빗대어서 서로의 자녀를 혼인시키는 것을 '우리 서로 사돈[査頓:서로 등걸나무에 앉아 머리를 조아린다]을 해 봅시다'라고 하였다. 이로부터 전해 내려와 사돈이라고 하면 양가 인척간을 지칭하는 말이 되었다.

또 다른 설은 이러하다.

모르는 두 사람이 우연히 만나 우정을 쌓았는데 어찌하다 보니 서로 자녀끼리 결혼하게 되었다. 이에 두 사람은 서로에게 감사하며, 처음에 만난 등걸나무에 앉아 서로에게 머리를 조아렸다.

2007.08.12

인생의 댓글

경남 윤관과 오연총은 북방 여진족을 정벌하여 영토를 개척하고 나라의 근심을 없앤 명장들이다. 두 사람이 서로 합심하여 이러한 큰 공적을 세웠을 뿐더러, 더 나아가 서로의 자녀들을 혼인시키며 우의를 지속하였다. 서로가 얼마나 정이 깊었으면 술이 익자 함께 마시려고 찾아 나섰겠는가. 두 사람이 서로를 바라보며 술을 권하는 정겨운 모습이 눈앞에 그

려진다. 이들 두 사람의 얘기에서 '査頓'이라는 말이 나왔으니, 사돈간에는 누구나 이러한 우의가 이어졌으면 참 좋겠네…

은자 이처럼 운치와 정이 넘치는 고려 때 명장들의 이야기가 사돈이란 말 뒤에 있는 줄 처음 알았어요. 부모가 정해 준 대로 혼인하던 시절엔 어른들의 우정 보고 짝을 맞추어도 별 탈이 없었겠네요.

미순 자녀 결혼에 부모들의 관계가 참 중요하지… 아무래도 자라 온 환경이 비슷하니까 결혼생활에 서로 잘 화합이 될 수가 있겠지. 그러나 본인들의 금슬은 아무도 모르지, 하나님 외에는. 그래서 하나님께서 '천생연분'으로 맺어 주셔야 되는 것 같아. 그리고 '月下氷人'의 중매도 필요하겠지…

미순 "자식은 여호와의 주신 기업이요 태의 열매는 그의 상급이로다. 젊은 자의 자식은 장사의 수중의 화살 같으니 이것이 그 전통에 가득한 자는 복되도다.(시 127:3~5)" 우리에게 자식은 하나님의 축복인데 자식들의 혼인으로 서로 자식을 하나씩 더 나눠 가졌으니, 얼마나 기쁘고 복된 일이겠는가. 그러니 사돈이 얼마나 가까운 사이겠어요.

경애 사돈에 그런 고사가 있었군요. 자식을 나눠 가진다 했는데 이 몸은 혼사가 지난 지 얼마 안 되어 그런가, 지금은 허전하고 떠나보낸 거 같은 마음뿐이네요. 나도 생각지 못했던 마음이라 혼자 당황스러워하고 있네요. 기다려야겠지요. 자식을 나누어 가졌다는 마음이 올 때까지…

혜현 경애야, 다 끝났구나. 딸들은 금방 돌아오지, 짝지까지 데불고. 그래도 내 얼라가 더 이상 내 얼라만이 아니니까 섭한 마음 들지. 나눈다는 것이 참 어렵더라.

선숙　경애야… 처음에는 딸 가진 부모 마음이 섭섭하겠지… 일단 내 딸이 저쪽 집으로 시집을 갔으니… 근데 조금 지나면 짝지까지 대불구 뻔질나게 다니러 올 것이니… 너무 섭허게 생각 말어… 이제 조금 지나면 남자 쪽 부모들이 허전한 마음이 들 때도 올 거야… 긍께 서로 아들을 얻었다구, 딸을 얻었다구 생각하면 섭한 마음이 바뀌겠네…

숙혜　'사돈' 우리가 흔히 쓰는 이 말이 그렇게 아름다운 사람 관계를 말하는 것이라니 행복해집니다. 사람들의 관계가 하나하나 이렇게 맺어진다면 어찌 풍요로운 삶이 아니 될쏜가?

미순　'사돈'이란 좋으면서도 가장 어려운 사이이기도 하지요, "처가와 거시기는 멀수록 좋다"는 말도 있듯이. 그래서 세상사 요지경이라니… 다 자기 할 나름이라고 보아야겠지요.

선숙　죠~ 우에 있는 글을 공부형께… 처음에는 사돈관계가 뭐 그렇게 큰 격차가 있었던 것은 아닌 것 같은디… 우리나라에서는 원제부텀 아들 가진 쪽의 사돈이 고로코롬 큰 유세를 헌디야? 글쿠… 아니 딸 가진 쪽은 뭘 그리 모든 걸 참는디야? "나가 고것이 못마땅허다"… 뭐 요런 TV 프로는 없다요?… 에구, 아들을 가지면 '수사돈'이고 딸을 가지면 '암사돈'이 되는디… 아들과 딸이 다 있는 사람들은 뭘 고로코롬 허세를 부린다요?… 이런 경우 저런 경우를 생각혀서… 서로간에 쬐꼼씩 양보허면서 지내면 사돈관계가 아름답게 될 턴디… 긍께… 며느리들을 못마땅허게 생각허지 말구, 수사돈 티 내지 말자구…

암만… 요 일에서는 유순이가 우리들의 선상님이여… 며느리를 딸보다 예뻐 함시롱 앞장 세워 해외 여행을 댕기구 있으니… 그것두 시에미는 다 가본 곳을 며느리를 위하여 또 갔으니… 우리가 유순이헌티 배워야

헌다닝께… 워떠키 허는 것이 시어머니 노릇 잘 허는 것인지를…

유순 이런 저런 잡생각에 잠이 안 와 야심한 밤에 공부방에 들어와 봤더니… 왜 나 없는 데서 내 얘기를 하고 있다냐? 선숙아, 니 얘기를 남이 들으면 내가 뭐 세상에도 없는 '시에미'인 줄 알겠다. 민망하데이. 여행 한번 같이 간다고 그게 뭐 그리 대단하다고… 다 내 좋아서 한 건데…

우의대읍 牛衣對泣

牛:소 우 / 衣:옷 의 / 對:대할 대 / 泣:울 읍
소가죽을 걸치고 쳐다보며 욺.
곧 가난한 부부가 가난과 병고로 어려운 삶을 살아감을 가리킨 말이다.

『한서(漢書)』〈왕장전(王章傳)〉에 다음과 같은 이야기가 전한다.

서한(西漢)시대, 산동(山東) 태안현(泰安縣)에 왕장(王章)이라는 선비가 있었다. 그는 젊어서 벼슬에 올라 점점 승진하여 간의대부(諫議大夫)가 되었는데 그는 학문과 덕망이 높을 뿐만 아니라 조정에 있을 때에는 과감히 직언하는 것으로 이름이 높은 선비였다.

왕장이 벼슬에 오르기 전, 그는 아주 가난했다. 어느 해 추운 겨울, 그는 병으로 드러눕게 되었는데 가정 형편이 매우 어려웠던 까닭에 의원을 불러 치료할 돈도 없었고, 집안에는 깔고 덮을 이부자리도 없었다. 왕장은 중병에 걸린 몸에 소가죽 하나만을 걸치고 추위를 막으며 병을 견디어내야만 했다. 가난과 질병에 심신이 지친 왕장은 자신이 더 이상 살지 못할 것이라 생각하고 비통함에 잠겼다. 그리하여 소가죽을 뒤집어쓴 채 아내를 바라보고 슬피 울었다.

왕장의 아내는 매우 어질고 지혜로운 사람이었다. 남편이 이렇게 우는 것을 보고는 성을 내며 이렇게 말하였다.

"여보, 운다고 무슨 소용이 있겠습니까? 대장부가 병이나 어려움 때문에 좌절해서 되겠습니까? 생각해 보십시오. 현재 조정의 존귀한 관리들 가운데 누가 과연 당신보다 뛰어난 학문과 능력을 가지고 있습니까? 지금 그대가 질병과 고

난에 처하여 스스로 힘을 내어 분발하지 않고 도리어 슬피 우니 얼마나 비루합니까? 당신은 큰 뜻을 품으신 분이니, 결단코 중도에 포기해서는 안 됩니다."

왕장은 아내의 이 같은 지적과 격려에 힘을 얻어 빠르게 건강을 회복하였다. 그리고 학문에 더욱 정진하여 마침내 조정의 대신에까지 올랐다.

2007.08.15

인생의 댓글

경남 아무리 뜻이 높은 사람이라도 지나치게 가난하거나 병고에 시달리다 보면 자칫 상심하여 좌절하기 쉽다. 이럴 때에는 누군가가 격려하여 뜻을 살려 주고 힘을 내게 하는 것이 꼭 필요하다… '牛衣對泣'에 나오는 이야기처럼 아내가 남편의 인물됨을 알아 격동시키기도 하고 위로하기도 하여 위축된 상태에서 다시금 일어설 수 있게 한다면 한 가정을 위해서나 한 나라를 위해서나 얼마나 귀한 일이랴! 이런 면에서 본다면 王章의 아내는 참 지혜롭고도 어진 여인이었네.

영혜 王章의 아내야말로 아무리 王章이 성공해서 王이 된다고 해도 버려서는 안 될 糟糠之妻라고 할 수 있겠네요.

미순 "糟糠之妻" 말만 들어도 가슴이 아려 오고 눈이 시려오지 않니? 어려울 때 같이 허리띠를 졸라 가며 고생을 행복으로 여기며 살아온 것을 생각하니… 친구도 힘들고 어려울 때 곁에서 말로라도 위로해 주고 힘이 되어 준 친구는 평생 잊을 수가 없는데… 일심동체인 아내야 말할 것도 없지.

은자 지난번 한국의 IMF 위기 때 王侯의 아내 같은 젊은 부인들이 출현, 많은 남편들이 재기했다고 읽고, 들었습니다. 그래서 결혼식 서약은 들을수록 새로운가 봐요. 덧붙여, 남편이 잘나갈 때나, 못 나갈 때나… 못 나갈 때 더욱 더…

선숙 남편이 어려울 때… 아내가 지혜롭게 격려하고 지적하는 말이 남편에게 큰 힘이 되겠지요. 그래서 지혜로운 여자를 얻으면 3代가 행복하고 편안하다는 말이 있을 정도로요. 이런 일이 작게는 한 가정을 살리고 크게는 한 나라를 살리는 일인데… 근디요, 싸부님… 그것도 남자들이 들어 줘야 가능헌 게 아니다요? 지적과 격려를 혔더니… 아녀자가 주제넘게 건방지다구 싫어허는 졸장부 남자들도 있던디요. 긍께, 들을 줄 아는 남자도 만나야 허고, 또 어려움이 있을 때 현명하게 말허는 여자도 만나야 허고… 다 짝이 맞아야 가능헌 일이지요.

가난했지만 뜻을 이룬 선비야그…

옛날 조선 시대에… 가난한 선비가 있었어. 너무 가난하여 아무도 시집 올 처녀가 없었는데… 한 양반집에서 규수가 어찌나 말괄량이인지 들어오는 혼담마다 직접 나서서 선을 보고는 퇴자 놓기를 몇 삼 년… 그러다가 아주 늙어 혼기를 놓친 걱정이 태산인 양반집. 이 선비가 그 집에 청혼을 하였지. 그 집에서는 가난하지만 그래도 이게 웬 횡재냐 하면서 서둘러 혼사를 시켰지.

혼인 초야에 남자는 술병 하나를 몰래 갖고 갔어. 드디어 밤이 되자 남자는 부인에게 술을 진탕 먹이고 잠을 자는데… 늦은 아침이 되어도 신혼 방에서 아무런 기척이 없자 초조한 신부 엄마가 들어가 보았지. 어머나, 세상에… 사위는 간 곳 없고, 딸은 술에 취해 자는데… 이불에 똥까지… 낙심천만의 신부와 부모들… 소박맞은 부인은 할 수 없이 친정에서 재물을 퍼다가 가난한 시어머니를 봉양하면서 한 삼 년을 살았어. 똑똑했던 딸이 소박을 맞고 남편 없는 시집살이 하는 것에 땅을 치건만… 산 속으로 들어간 남편은 죽어라 공부를 하면서 자기의 뜻을 이뤘지. 그리고 장원급제하여 벼슬에 오르고… 그 부인은 초야에 똥 싼 소문이 날까봐 평생을 부끄러워 죽은 듯이 지내며 현모양처로 싹 바뀌었지. 이게 좋은 뜻으로 조작된 선비의 계획이었어.

후에 영의정까지 오른 남편… 하루는 그 집에서 연회를 베푸는데… 누군가가 물었지. 영상은 어떻게 부인을 길들였냐구. 여차저차… 초야에 몰래 똥이 담긴 술병을 갖고 가 부인이 싼 것처럼… 그래서 어머니를 부인에게 부탁하고 공부를 했노라고… 이 말은 들은 부인…

"그럼 그렇지, 아니 내가 똥을 싸?"

이러면서 상 끝에서 비호처럼 날아가 남편의 수염을 획~ 잡아 뽑았어. 그 성질이 그대로 남아서…

다음날 어전회의에서 수염이 뽑힌 영상…

"영상은 어인 일로 수염이 없어졌는고? 이실직고하시오."

"상감… 여차저차…"

"아니 이런 무엄한 부인이 있나? 부인은 들으시오, 감히 내 총애하는 영상의 수염을 뽑다니…"

임금은 그 부인의 버릇을 고친다며 유배를 보냈지. 유배를 간 부인… 임금은 사흘 뒤에 포졸을 보내 다짐을 받았어. 다시는 안 그런다는. 유배까지 갔다 온 부인, 다시는 성질을 안 부리겠다고 상감마마하고 약속까지 하고, 그 후로는 어질고 착한 부인으로 바뀌었고, 남편은 영의정까지 하고…

너무 똑똑하고 도도하여 들어오는 혼사마다 직접 남자를 대면하여 퇴자를 놓아 혼기를 놓쳐 부모를 애태우던 부인. 가난하여 어머니조차도 봉양하기 어려워 공부를 못 하던 선비… 그 선비의 지혜로운 전략으로 모두가 다 행복하게 잘 되었다는 이야그지… 이런 야그가 고전판… '말괄량이 길들이기'… (재미난 野史 중에서…)

동숙 王詡처럼 현명한 아내를 둔 사람이 뒤에 큰 인물이 된 사람도 꽤 있지요. 누가 되었든 곁에서 바르게 지적을 하여주고 격려해 주는 어진 사람이 있다는 건 복 받은 사람이네요.

민선 아내의 말 한 마디가 그렇게 힘이 있네요~~! 그러니까, 남자는 마누라를 잘 맞아야 하는데…! 장가 안 간 아들이 둘이나 있다 보니… ㅎㅎ ^^*

문전작라 門前雀羅

門:문 문 / 前:앞 전 / 雀:참새 작 / 羅:그물 라
문 앞에 새 그물을 침.
곧 권세를 잃거나 가난해지면 문 앞에 참새 그물을 쳐 놓을 수 있을 정도로
방문객의 발길이 뚝 끊어진다는 말이다.

『사기(史記)』〈급정열전(汲鄭列傳)〉에 다음과 같은 이야기가 전한다.

한(漢)나라 무제(武帝) 때 급암(汲黯)과 정당시(鄭當時)라는 두 어진 신하가 있었다. 그들은 학문을 좋아하고 의리를 소중히 여기는 사람들로서 찾아오는 손님들을 평소 극진히 대접하였다. 높은 벼슬자리에 올라서도 사람들의 귀천을 가리지 않고 겸손하게 반겨 맞으니 그들의 집 문 앞은 찾아오는 손님들로 늘 문전성시(門前成市)를 이루었다.

그러나 그들의 벼슬길은 순탄치가 않았다. 급암은 임금에게 직언하기를 서슴지 않다가 무제의 미움을 사 중앙 관직에서 밀려나 먼 회양군의 태수로 좌천되기도 하였다. 정당시 역시 자신이 돌보아 준 사람의 죄에 관련되어 서민이 되었다가 뒤에 여남군 태수로 관직을 마쳤다. 두 사람이 좌천되거나 관직에서 물러나 집안 형편이 나빠지게 되자 평소와는 달리 찾아오는 사람이 날로 줄고, 마침내 방문객의 발길이 뚝 끊겼다. 이들의 열전(列傳)을 쓴 사마천(司馬遷)은 그 말미에 다음과 같이 평을 달았다.

"대개 급암과 정당시 같은 현인이라도 세력이 있을 때에는 찾아오는 손님이 열 배로 늘어나고, 세력을 잃게 되니 모두 떠나가 버렸다. 그러니 보통 사람의 경우라면 더 말할 나위도 없다. 또 적공(翟公)의 경우를 보더라도 그가 정위(廷尉)

의 벼슬에 있을 때에는 찾아오는 손님들이 문 앞을 가득 메웠다. 그러나 그가 벼슬에서 물러나자 대문 밖에 참새를 잡는 그물을 쳐도 될 정도로 찾아오는 손님들의 발길이 끊겼다. 그러다가 적공이 다시 정위 벼슬에 오르게 되자 손님들은 다시 예전처럼 들끓게 되었다. 이를 본 적공은 다음과 같이 대문에 써 붙였다.

'한번 죽고 한번 삶에 곧 사귐의 정을 알고, 한번 가난하고 한번 부함에 곧 사귐의 태도를 알며, 한번 귀하고 한번 천함에 곧 사귐의 정이 나타나네. 급암과 정당시 역시 이와 같으니 어찌 슬픈 일이 아니랴.'

이로부터 '문전작라(門前雀羅)'는 권력의 부침에 따라 변하는 인정과 세태를 가리키는 말로 쓰이게 되었다. 같은 뜻으로 '문외가설작라(門外可設雀羅)', '문전가설작라(門前可設雀羅)', '문가라작(門可羅雀)', '문가장라(門可張羅)'라는 표현을 사용하기도 한다.

2007.08.14

인생의 댓글

경남 우리 속담에 '정승집 개가 죽으면 문상객이 문 앞을 채우지만 정승이 죽으면 문상객이 끊긴다'는 말이 있다. 이처럼 세상 인심은 가벼워서 이해득실에 따라 모이고 흩어지기를 잘한다. 이 같은 세태를 잘 반영하는 말이 '門前雀羅'요, 또 '門前成市'이다. 그래서 한결같은 마음과 사랑, 의리, 우정으로 사귀는 우리 梨花 친구들이 더욱 소중하다 하겠네.

미순 솔로몬은 당대에 최고의 부를 누리며 후비 칠백과 빈장 백을 거느리며 세상 향락을 더할 수 없이 누렸지만, 말년에 그의 고백은 "전도자가 가로되 헛되고 헛되도다. 모든 것이 헛되도다.(전 12:8)"이었지요. 세상에

만족함이 없고 부귀와 권력도 변하지 않는 것이 없으니, 이것을 잡으려고 발버둥치는 것은 바람을 잡으려는 것과 다를 바가 없지요… 그래서 인생사 '새옹지마'라고도 하고요…

선애 벼슬길에 있을 때에는 찾아오는 사람이 문전성시를 이루다가 벼슬을 떠나자 문에 참새 잡는 그물을 칠 정도로 찾아오는 사람이 없는 게 바로 炎凉世態겠지요. 우리가 배우고 익히는 게 모두 한결같은 마음으로 마음에 거리낄 게 없이 살자는 것들인데 실생활에서는 어려웠던 게 어제 오늘 일만은 아니었던 것 같습니다.

선숙 싸부님, 오늘도 지각을 했으니… 친구들이 필요한 말, 좋은 말들을 다 했습니다. 누구나 다 똑같이 느끼는 마음이지요. 꼭 권세가가 아니더라도, 빈부귀천을 떠나서… 우리 친구들은 고로코롬 얄팍한 마음을 가진 자 누가 있겠습니까? 그리고 좋은 일에도 물론 문전성시를 이루며 가서 축하를 해야 되겠지만, 힘든 일, 어려운 일, 난처한 일을 당했을 때 이럴 때는 꼭 문전성시를 이루어야겠습니다.

제가 서울에 있을 때… 우리의 친구가 천국 가던 날… 그때에 친구들이 문전성시를 이루니… 마음 아픈 중에도 감사했습니다. 그러니 특별히 어려움이 있을 때는 만사를 제쳐두고 가서 위로해야 되겠지요.

남에게 위로의 말이라도 따뜻하게 하고, 서로의 마음을 나누며, 남의 아픔, 고통을 함께할 때… 진정한 친구가 되겠지요. 만약에 이러지 못한 사람들은… 그 사람들이 어떠한 일을 당하더라도… 그때는 門前雀羅는 커녕…

에구, 참새는 크기나 허지… 개미 한 마리, 파리 한 마리도 얼씬 허질 않을겨… 안 그랴?

유순 선숙아, 현숙이 천국 가던 날… 다시 생각케 하네. 너무 일찍 보낸 것이 마음 아프지만 그렇게 많은 친구들에게 사랑받으며 천국 가는 걸 보니 친구들에게 감사한 마음도 많았어. 이제 천국에서 빙그레 웃으며 우리 이 세상에서 노는 걸 보고 있겠지.

선숙 그래, 나도 많이 깨달았지. 너무 일찍 우리 곁을 떠난 것은 매우 가슴 아픈 일이었지만 그래도 그 많은 친구들이 다들 너무 마음 아파하고 남은 유가족들을 위로하고… 또 손위 시누이까지도 우리를 붙잡고… "우리 올케는요… 이런 천사도 없었어요…"
정말 평소에 현숙이가 쌓아 놓은 여러 가지 아름다운 일들을 생각케 했단다. 정말 진심어린 마음으로 남을 배려하는 마음을…

지음 知音 · 지기지우 知己之友

知:알 지 / 音:소리 음 / 己:자기 기 / 之:어조사 지 / 友:벗 우
소리를 알아들음.
곧 자기의 속마음을 알아주는 친구를 이르는 말이다.

『열자(列子)』〈탕문편(湯問篇)〉에 다음과 같은 이야기가 전한다.

중국 춘추시대에 거문고를 잘 연주하는 유백아(俞伯牙)라는 사람이 있었다. 그런데 그에게는 그의 연주를 누구보다도 잘 이해해 주는 종자기(種子期)라는 친구가 있었다. 종자기는 백아가 연주를 하면 백아가 그리고 있는 악상을 그대로 이해해 내는 친구였다. 백아가 마음속으로 태산을 생각하며 연주를 하면 종자기는,

"높고 높은 태산의 기상이여, 훌륭하도다!"

라고 하였고, 황하를 떠올리며 연주를 하면 종자기는,

"도도하게 흐르는 강물이여!"

라고 하였다.

당시에 백아는 높은 벼슬아치였고 종자기는 평범한 나무꾼이었지만, 두 사람은 의형제를 맺고 다시 만날 것을 약속하고 헤어졌다. 그러나 백아가 종자기를 다시 찾아 왔을 때는 안타깝게도 종자기가 이미 죽은 후였다. 백아는 종자기의 죽음을 몹시 슬퍼하며 거문고를 연주한 후, 거문고의 줄을 끊어 버렸다. 사람들이 그 연유를 묻자 백아는 다음과 같이 말하였다.

"내 소리를 진정으로 알아주는 사람은 종자기 하나뿐이었다. 이제 그가 없으

니 세상 그 누구도 내 마음을 알아줄 수 없을 것이다. 그러니 나는 이제 연주하지 않겠다.”

이 이야기에서 비롯되어 마음이 통하는 절친한 벗의 죽음을 ‘백아절현(伯牙絕絃)’이라고 표현하게 된 것이다. 또 자기를 진정으로 알아주는 친구를 가리켜 ‘지기지우(知己之友)’ 또는 ‘지음(知音)’이라고 한다.

2006.08.10

인생의 댓글

동숙 싸부가 저녁마다 공부를 시키네. 별일 없으면 이 시간에 들어오는 내가 첫 수강생이고. 근데 오늘의 한문은 싸부와 나 사이를 말하는 것 같은 뎀…

경남 동숙 씨 눈치를 누가 당할까? 제일 착실한 학생이라 상 줘야겠네.

유순 나도 2등으로는 들어오니까 상 줘. 싸부님은 여기 들어오는 학생이 다 자기를 종자기로 생각토록 만드는 오묘한 힘을 가지신 것 아닐까?

민선 경남아, 정말 오랜만이다. 애들은 몇? 서울에서 사니? 난 며칠 전, LA(정확히 Irvine)에서 경애 만나서 무지 반가웠어. 우리의 이 싸이트가 없었다면, 생각도 못할 일이지… 그 점에서 특히 선애한테 감사한다, 그치? 암튼 너무 반갑다. 고등학교 때, 내가 좀 많이 수줍어해서 너하고 얘기도 한번 못 건네 봤다. ㅋ 지금 생각하니, 좀 바보 같다… ㅎㅎ 이젠, 그리 수줍어 안 한다… (장족의 발전? ㅋ) 자주 보자~~ *^^*

경남 그래, 너하고는 국민학교 때부터 친구였는데… 너 정말 장족의 발전한 것 같다. 애들은 딸만 둘, 큰딸은 결혼해서 영국에 산다. 벌써 10년 됐네. 둘째는 아직 미혼! 너는? 나 서울에 살아. 선애랑 같은 아파트에. 선애에게 늘 고마움을 느낀다. 반갑다!!!

민선 딸 하나, 아들 둘. 딸은 5년 전에 결혼했는데, 작년에 손녀 봤어. 손녀는 지금 8개월 반. 아들 둘은 아직 총각. 난, 오하이오, 컬럼버스 가까이에 살고 있고… 혹시 김경숙 소식 아니? 이대 영문과 졸업했는데… 대학 졸업 후 두어 번 만나고는 소식 끊겼거든.
넌 지금 뭐하니? 난 놀아. 누가 화백이래. 화려한 백수라나…? ㅋㅋ 그냥 백수라 하면 미안하니까 요즘은 그렇게 불러 준대나? 허긴, 그런 건 서울 사는 네가 더 잘 알겠구나. ^^* 반갑다~~!

경남 경심아❗ 나는 손자 하나, 손녀 하나. 손자는 3살 손녀는 9개월. 손자 낳을 때 영국 가서 엄청 앓고 와서, 손녀 낳을 때는 못 갔는데 맘이 짠해. 나도 화백 된 지 6년 됐네. '김경숙'이 얼른 떠오르지 않네. 요새 기억해 내려면 한참 걸리니… 근데 언제 '민선'으로 바꿨니❓

민선 경남아, 넌 할머니로는 나보다 선배네?! 요즘 애들 엄마 없이 너무 잘하니까, 짠해 할 거 없어. 난 사실 화백이라고 하긴 좀 그렇다. 평백(평생배수)이니까…
김경숙은 우리랑 함께 이화에 온 동창. 민선은 고1 때부터 집에서 부르던 이름이었는데, 호적 정리는 고졸과 대입 사이였나 봐. 대학 입학은 민선으로 되어 있어. 고등학교도 호적등본 제출했는데, 나중에 보니, 안 고쳐졌더라. 귀찮아서 그냥 놔뒀어. *^^* 신기하다, 이렇게 얘기하니까…

영혜 종자기와 백아는 높은 신분의 장벽을 뛰어 넘어, 두 사람만이 진정으로 '아는' 예술의 세계에서 동등했을 뿐 아니라 가장 절친한 사이였네요. 진정으로 알아주는 관객이 없으니 더 이상 거문고를 연주할 마음이 없었던 연주자, 백아의 심정을 이해할 만하네요.

혜현 거기서 만나자 해서 거기가 어딘가 했더니 여기네. 역시 범생 영혜가 제일 먼저네. 같이 조용히 앉아서 흐르는 구름만 바라보아도 맘이 통하면 얼마나 좋을까. 어느 노부부가 있는데, 남편이 '여보!' 하고 부르면 그때마다 부인이 필요를 채워주는 것을 보고 이것이 사랑이고나 했다고 하더라.

영혜 그 노부부는, 여자가 "여보!" 하고 부르면?

선숙 서로 마음이 통하는 절친한 친구라면… 신분의 높고 낮음이 무슨 상관이 있을까요? 거문고 연주하는 음을 들으면 그 친구의 마음속까지 다 꿰뚫어 알고 있으니… 이런 사이가 진정한 친구이겠습니다. 이렇게 잘 알아주고 이해해 주는 친구가 죽었으니… 거문고의 줄을 끊어버린 그 마음을 알 것도 같습니다. 근데 싸부님, 제가 싸부님 하고 부르면… 무슨 마음으로 불렀는지 아시겠지요?

금란지교 金蘭之交

金:쇠 금 / 蘭:난초 란 / 之:어조사 지 / 交:사귈 교
친구 사이가 아주 친밀하여 그 사귐이 쇠보다도 굳고, 그 향기가 난초와 같음.
두 사람 간에 마음이 서로 맞고 교분이 두터워서 아무리 어려운 일이라도 함께해 나갈 만큼
깊은 우정이 있는 사이를 이른다.

『주역(周易)』에 다음과 같은 구절이 들어 있다.

공자(孔子)님이 말씀하셨다.

"군자의 도(道)는 혹은 나가 벼슬하고 혹은 물러나 집에 있기도 하며, 때로는 침묵을 지키지만 때로는 분명히 말하기도 한다. 두 사람이 마음을 하나로 하면 그 날카로움이 쇠를 끊고, 마음을 하나로 하여 하는 말은 그 향기가 난초와 같다."

매우 친밀한 사이를 '금란지교(金蘭之交)'라고 하는 것은 여기에서 나온 것이다.

한편 백낙천(白樂天)의 시구에서는 친구 사이의 사귐이 굳은 것을 '금란지계(金蘭之契)'라고 표현하였다. 또한 대홍정(戴洪正)이라는 사람이 친구를 얻을 때 이를 장부에 기록하고 '금란부(金蘭簿)'라고 이름을 붙인 데에서 유래하여, 친구의 주소와 성명을 기록한 것을 '금란부(金蘭簿)'라고도 일컫게 되었다.

2006.10.28

인생의 댓글

경남 요즘 친구들의 사랑을 받으며 감사한 마음 가득하다. 우리들의 사귐이

金蘭之交가 되도록 나 자신부터 힘써야겠네.

순희 경남 사부님 … 힘쓰지 않으셔도 됩니다. 이미… '金蘭之交'의 길로 가고 있으니까요…

유순 경남 싸부, 한문 공부 첫 회 기억나네요. 金蘭之交와 같이 찐한 우정에 관한 竹馬故友, 莫逆之友 등, 한꺼번에 일곱 개 올리셨던가… 그래서 우리가 진도 천천히 나가라고 한 것이 엊그제 같은데… 벌써 70회가 되었다니 놀랍네요. 싸부님, 수고하셨어요.

선애 순희 말이 맞다. 우린 이미 金蘭之交를 맺고 있는 거야.

일반천금 一飯千金

一:한 일 / 飯:밥 반 / 千:일천 천 / 金:쇠 금
밥 한 그릇에 천금.
곧 작은 은혜를 잊지 않고 후하게 보답함을 가리키는 말이다.

『사기(史記)』〈회음후열전(淮陰侯列傳)〉에 다음과 같은 이야기가 전한다.

한신(韓信)은 진(秦)나라 말기로부터 한(漢)나라 초기에 걸쳐 활약한 뛰어난 장수였다. 그는 유방(劉邦)을 도와 한나라를 건설하는 데 혁혁한 공훈을 세운 '한초삼걸[漢初三傑:소하, 장량, 한신 세 사람을 일컬음]'의 한 사람이다.

그는 회음[淮陰:지금의 강소성] 출신으로 어릴 때 부모를 모두 여의고 가난한 환경 속에서 어렵게 공부하면서 병법을 익혔다. 한신은 얼마나 집이 가난하였던지 먹을 것이 없을 때는 이웃집에 가서 찬밥을 얻어먹기도 하고, 회수(淮水)에서 낚시질로 생계를 이어가기도 하였다.

특히 하향[下鄕하향:회음의 속현]의 남창(南昌) 정장[亭長:당시의 마을 촌장]의 집에서 자주 밥을 얻어먹었는데, 여러 달씩이나 신세를 진 적도 있었다. 그러자 한신을 귀찮게 여기던 정장의 아내는 아침밥을 지어 몰래 먹어 버리고 한신이 가도 음식을 주지 않자, 한신은 더 이상 그곳에 가지 않았다.

어느 날, 한신은 회수에서 낚시질을 하다가, 마침 물가에서 빨래를 하고 있던 노파들을 보았다. 그들 중 한 노파가 굶주린 한신의 처량한 모습을 보고 그에게 밥을 주어 먹게 하였다. 이에 한신은 크게 감격하여 말하였다.

"제가 언젠가 반드시 이 은혜에 후하게 보답하겠습니다."

그러자 노파가 말하였다.

"대장부가 스스로 벌어먹지 못하니 가엾게 여겨 밥을 드렸을 뿐인데, 내가 어찌 보답을 바라겠습니까?"

이렇게 고생을 하며 병법을 익힌 한신은 뒤에 빼어난 장수가 되어 한나라를 세우는 데 큰 공을 이루니, 유방은 한신을 초(楚)나라 왕으로 삼고 하비에 도읍하게 하였다. 한신은 고향 회음에 새로운 봉국(封國)을 얻게 되자, 먼저 자신에게 밥을 주었던 그 노파를 찾아 천금(千金)을 주고, 정장에게는 일백전(一百錢)을 주었다.

2007.08.08

인생의 댓글

경남 우리는 흔히 다른 사람에게 무엇인가를 베풀려면 가진 것이 많아야 한다고 생각한다. 그러나 다른 사람을 돕는 일은 반드시 풍족한 물질이 있어야만 가능한 것은 아니다. 가뭄으로 물이 말라가는 물고기에게는 한 동이의 물만 있으면 살 수 있듯이, 때로는 다른 사람에게 주는 한 번의 격려, 칭찬, 미소가 그를 실의에서 벗어나게 할 수도 있기 때문이다. 韓信의 고사에서 나온 '一飯千金'은 넉넉하지 않은 사람이라도 누구나 다른 사람에게 은혜를 베풀 수 있음을 일깨워 주네…

선숙 사람 됨됨이를 알려면… 그 사람의 돈 쓰는 법, 그 사람이 하고 있는 쾌락, 그 사람이 늘어놓는 불평을 보면 알 수가 있다고… 그렇군요. 남에게 밥 한 그릇, 맹물 한 그릇이라도 베풀 땐 정이 있는 마음이 중요하지요. 남 보란 듯이 생색을 내려고 하는 사람은 몇 번 하지도 못하고 금방 본심이 탄로가 나게 마련입니다. 진심어린 밥 한 그릇은 일천금으로 보답을 받고, 마음이 담겨져 있지 않은 여러 날의 밥은 백전으로 보상을 받았군요. 우리들도 남헌티 베풀 때는 진정한 마음이 전혀 없이 형식만 가득한 기름진 갈비찜, 고기구이보담 국시 한 그릇이라두 정이 듬뿍 담겨있는 것이 더 맛있구 고마운 것이 아니겠어?

유순 선숙아, '정이 듬뿍 담겨있는' 국시 한 그릇 항상 대접해 줄게. ㅎㅎ

선숙 에구, 여편네가 워떠키 하느냐에 따라 남편의 출세도 달라진다닝께… 亭長의 여편네두 그렇지… 있는 밥상에 숟갈 하나 더 놓으면 되는 것을 뭔 고로코롬 쬐꼼을 아낀다구 즈그 식구들끼리 홀랑 먹구 상을 치웠디야? 배고픈 설움이 워떤건디… 그때 한신의 마음이 월매나 서글펐겠어? 뭘 그렇게 잘 먹었다구. 밴댕이 소갈딱지의 여편네… 그때 쬐꼼만 韓信 헌티 잘했더라면 낭중에 韓信이 亭長을 나몰라라 하며 그냥 촌구석에서 촌장이나 하게 했겠어? 긍께 우리들두 남에게 베풀 때는 지헌티 쓰는 것을 쪼까 줄이구 진심어린 마음으루 베풀어 보자구… 근디 베푸는 자는 지헌티 쓸 것조차두 없구, 지헌티 펑펑 쓰는 자는 못 베풀더라구.

민선 그래, 선숙아, 내 맴이 네 맴이다. 자기 밥을 좀 나누어 주지는 못할망정 그 잘난 밥 한 그릇 아끼나니… 째째하게스리, 안 그랴? 더군다나, 촌장이었다면, 밥 굶는 집은 아니었을 텐데… 백전이든 천금이든 그게 문제가 아니라, 맴이 문제지, 안 그래?

선숙 옴마나, 민선아… 오랫동안 못 보았네… 아고고 반가워라. 그려 그려… 촌장이면 적어두 밥은 안 굶는 집구석이었을 틴디… 째째하게 쫌스럽게 밥 한 그릇에 아까워 발발발, 벌벌벌 떨었디야… 고런 맴이 워디 있디야? 에구, 사람이라구 다 똑같겠어?

미순 사람의 욕심이 한이 없어서 유순이 어머님 말씀처럼 아홉 가진 놈(쪼개 양해하쇼)이 하나 가진 사람의 것을 뺏아 자기 것을 열개를 채운다고 했듯이, '다다익선'이라나 뭐라나 함시롱… 그래서 돈이 많다고 구제하는 것이 아니라고라.

유순 미순아, 우리 엄마 말씀이 아니고 우리 할머니 말씀… 그리고 '아홉 가진 놈'이 하나 가진 사람 것을 뺏는다면 그래도 괜찮은 편인데… 아홉이 아니고 아흔 아홉 가진 ×이야… ㅋㅋ

은자 외양으로 무력하고 처량하게 보이는 한신에게 그래도 '대장부'라 일깨워 준 그 노파가 훌륭하네요. 아마도 그 노파는 그 선행을 까맣게 잊었을 거에요. 감-사.

선숙 은자야, 맞어… 선행을 한 사람은 그 일을 까맣게 잊고 지내는 벱이지. 넘헌티 쬐꼼 베푼 사람은 항시 생색을 냄시롱 떠벌리구 댕기구… 또 그 사람이 쪼까 잘 되면 홉으로 주고도 섬으로 되돌려 받으려구 기두리구 있는 벱이여.

영혜 汲水功德이라더니, 물가에서 빨래를 하던 노파가 그리 힘들지 않게 준 밥 한 그릇이 한신에게는 천금의 가치가 있었군요. 그리고 밥 얘기가 나오니, 열 사람이 한 술씩 보태면 한 사람 먹을 분량이 된다는 표현, 十匙一飯이 생각나네요.

형제투금 兄弟投金

兄:형 형 / 弟:아우 제 / 投:던질 투 / 金:황금 금
형제가 금덩이를 강물에 던짐.
재물보다 형제간의 우애를 더 소중히 여김을 뜻한다.

『신증동국여지승람(新增東國輿地勝覽)』에 다음과 같은 이야기가 전한다.

고려 공민왕 때에 백성 가운데 한 형제가 있어 함께 길을 가다가 아우가 황금 두 덩이를 주웠다. 그는 그중 한 덩이를 형에게 주었다. 공암(孔巖) 나루터에 이르러서 형제가 배를 함께 타고 건너다가, 아우가 문득 금덩이를 강물에 던지거늘, 형이 괴이하게 여기어서 어쩐 일이냐고 물으니 이렇게 대답하였다.

"제가 평시에 형을 사랑하는 마음이 돈독하였는데 지금 금덩이를 나누어 주고 보니 문득 형님을 꺼리는 마음이 생겼습니다. 이는 이 물건이 상서롭지 아니한 것이기 때문이니, 저 강물에 던져서 이를 잊는 것만 같지 못합니다."

"너의 말이 참으로 옳다."

그러고는 형도 또한 금덩이를 강물에 던져 버렸다. 그때에 배를 같이 탔던 사람들이 모두 어리석은 백성들이어서 그들 형제의 성명과 사는 고을 이름을 물어 보지 아니하였다 한다.

이 이야기는 고려 말 명망 있는 학자요, 충신인 이조년(李兆年) 그의 형 억년(億年)과의 이야기로 알려져 있기도 하나 정확하지는 않다.

2006.09.21

인생의 댓글

경남 拜金思想에 찌든 오늘 날, '兄弟投金' 같은 옛 이야기가 맑은 샘물처럼 신선하게 느껴져서 올렸어. 우리들도 재물에서 해방되어 여유로운 마음으로 살면 얼마나 좋을까…

유순 금을 돌 보듯 할 수 있는 형제애… 아름다운 이야기네. '그때에 배를 같이 탔던 사람들이 모두 어리석은 백성들이어서 그들 兄弟의 성명과 사는 고을 이름을 물어보지 아니하였다' 하니 그것이 참 안타깝구려.

선애 재물은 바닷물과 같은 거라잖아. 마시면 마실수록 더 목이 마르는.

시도지교 市道之交

市:저자 시 / 道:길 도 / 之:어조사 지 / 交:사귈 교

시정(市井)에서 장사하는 사람같이, 이해득실에 따라 모이고 흩어지는 사귐을 이르는 말이다.

『사기(史記)』〈염파인상여열전(廉頗藺相如列傳)〉에 다음과 같은 이야기가 전한다.

중국 전국시대 조(趙)나라에는 여러 전쟁에서 나라를 구한 염파(廉頗)라는 명장이 있었다. 염파 장군을 중용했던 혜문왕(惠文王)이 죽고 그 아들 효성왕이 즉위하자, 진(秦)나라가 조나라를 침략하면서 첩자를 보내 다음과 같은 유언비어를 퍼뜨렸다.

"조나라의 염파 장군은 늙어서 싸움을 하기 두려워하므로 두렵지 않으나 다만 혈기왕성한 조괄(趙括)이 대장이 될 것을 두려워하고 있다."

이 유언비어를 들은 조나라의 효성왕은 인상여(藺相如)의 충간을 무시하고, 명장인 염파 대신 조괄을 종사령관에 임명했다. 평소 전쟁에 나가 승리하고 돌아오면 염파 장군은 곧잘 식객들에게 술자리를 베풀고 함께 즐겼다. 그러나 염파 장군이 벼슬에서 물러나자 그의 식객들은 염파를 떠나버렸다. 평소 병법 이론에만 밝았던 조괄이 전쟁에서 참패하게 되자 효성왕은 염파를 다시 등용하였다. 그러자 뒤도 돌아보지 않고 뿔뿔이 떠났던 식객들이 다시 몰려들었다. 염파는 그들 식객들이 역겨워 쫓아내려 하였다. 그때 어느 식객이 말했다.

"그렇게 화를 내실 일이 아닙니다. 무릇 세상 사람들은 자신에게 이익이 되는

곳에 붙게 마련입니다. 그래서 천하의 사람들은 시장 길에 모여듭니다. 당신께서 권세가 있으면 우리는 당신을 따를 것이고, 권세가 없어지면 떠나갈 뿐입니다. 이것은 진실로 당연한 이치인데 무슨 원망을 가질 것이 있습니까?"

이 말을 듣고 염파는 탄식하며 말했다.

"이것이야말로 시도지교(市道之交)로구나."

한편, 〈맹상군열전(孟嘗君列傳)〉에는 다음과 같은 이야기가 전한다.

맹상군이 제(齊)나라에서 면직(免職)되어 쫓겨났다가 복직되어 다시 돌아오는 길이었다. 한때 3,000여 명의 식객을 거느리면서 천하에 이름을 떨쳤던 그에게도 이런 어려운 때가 있었던 것이다. 담습자(譚拾子)가 국경까지 마중 나가 모시면서 물었다.

"귀군(貴君)께서는 당신을 저버린 제나라 사대부에게 아직까지 원한을 품고 있으십니까?"

맹상군이 '그렇다'라고 말하자, 담습자가 말하였다.

"그렇다면 그들을 꼭 죽여서 분풀이를 하실 생각이십니까?"

맹상군이 다시 '그렇다'라고 하자, 담습자는 다음과 같이 말하였다.

"세상 일에는 '반드시 이른다'는 '필지(必至)'라는 것이 있고, '반드시 그럴만한 것'이라는 '필연(必然)'이라는 것이 있는데 귀군께서는 그걸 아십니까?"

"그게 무슨 말이오?"

"필지라는 것은 죽음입니다. 또 필연이라는 것은 부귀해지면 따라다니고 빈천하게 되면 떠나가 버리는 것이어서 당연한 이치지요. 저잣거리에 비유해 보겠습니다. 저잣거리는 아침에는 넘치지만 저녁이 되면 텅 빕니다. 그것은 아침에는 저잣거리가 좋고 저녁에는 저잣거리가 싫어지기 때문이 아닙니다. 그러므로 귀군께서는 모이고 흩어지는 사람들에 대한 원한을 덮어두셔야 합니다.”

맹상군은 이 말을 듣고는 원한을 품어 제거하려던 사람의 명단을 적어두었던 첩(牒)을 칼로 잘라 없애버리고 다시는 이를 말하지 않았다.

2007.07.29

인생의 댓글

경남 세상에는 이해타산에 매달려 사람을 사귀는 경우가 많다, 그래서 참된 사귐을 생각하는 사람들에게 상처와 원한을 남기게 되는데, ‘市道之交’에서는 그것이 바로 세상 사람들이 흔히 지니게 되는 삶의 태도로 받아들일 것을 권하고 있다. 세상이 그렇게 흘러간다 해도 우리는 이해를 넘어 참된 우정을 나누고 있으니 얼마나 아름다운가…

숙혜 자신의 이익을 따라 줄서기 하는 것을 살아오면서 수도 없이 보고 그것 때문에 상처받는 사람들을 보아 왔는데… 그것이 세상의 이치라고 이 고사성어는 가르치는군요. 그러나 과연… 그것이 우리의 본성일까요? 우리의 약함을 탓하며 이해하는 눈으로 보아야 한다…? 싸부님 오랜만에 뮤아드리옵니다. 더위에 옥체 무탈하시온지요?

은자 재력, 권력을 가졌던 남편이 돌아가신 두 부인의 말에 의하면 그 많이 따르던 사람들의 발길이 끊기고, 몇 사람만 여전히… 남편들은 必至에 이른 것이고, 그 남편들을 따르던 대부분의 사람들은 必然에 이른 것이네요. 사부님 말씀대로 ‘이해를 넘어 참된 우정을 나누고’ 있는 이 공간이 한층 돋보이는 날입니다.

미순 세상사 ‘새옹지마’라, 좋은 날이 있으면 궂은 날이 있고 궂은 날이 있으면 좋은 날이 있다고… 한 가문의 가세를 알아볼라치면, 그 집 대문에 들고나는 객을 보면 알 수 있다고 하듯이, 가세가 넉넉하고 흥할 때는 '門前成市'를 이루던 친척 친지들이, 가세가 몰락하면 발걸음이 뚝 끊어져 쓸쓸하기 그지없는 것이 세상 인심인 것이지요! 성경에 '사람이 잔칫집에 가는 것보다 초상집에 가는 것을 더 기뻐하라.'고 했듯이… 오늘도 귀한 말씀, 감사!

선숙 세상 인심이라는 게… 정승네 개가 죽으면 문상객이 끝도 없이 이어지는데… 막상 정승이 죽으면 아무도 얼씬하지도 않는다고… 간사한 게 사람들이라 권력을 좇아 불에 나방이 몰리듯 몰리는 게 세상 인심이니… 에구, 역겹네요… 우리 이화 정원은 권력, 실력, 재력, 능력, 학력, 부귀, 명예, 언변, 인물 생김, 옷매무새, 몸무게, 각종 소지품, 장신구, 헤어스타일 등등등…을 싸그리, 몽조리, 아예, 휘~익 무시하고 순수한 우정으로 이루어진 곳이니… 이곳이야 말로 막역지우, 관포지교, 지란지교, 금란지교, 문경지교, 수어지교…가 이루어지는 곳이라 하겠습니다.

미순 그랴서 우리는 영원한 '이화 시스터즈' 아닌가벼. 듣기만 해도 가슴이 뭉클한 '이화'. 거기에 사랑하는 친구들… 할렐루야.

선숙 어느 국어 시험시간에 있었던 일…
문제) 아주 가까운 친구사이를 4자로 된 말로 아는 대로 쓰시오…
학생들의 각종 답안)… 막역지우, 관포지교, 지란지교, 수어지교…
근데, 한 학생이 도무지 쓰지 못하고 머리만 쥐어짜다가 드디어 답을 쓰고 답안지를 제출했는데… 선생님이 보시고는 놀라 자빠지실 뻔했어 ~ ~ ~
답) 붕알 친구

미랑 시도지교라… 이해득실에 따라 이합집산하는 우리나라 정치판에 꼭 맞는 표현이네. 여고시절의 순수한 감정으로 이렇게 한문공부도 하고, 국악감상도 하고, 시도 읽고, 여행사진도 보고… 우리 이화친구들의 순수한 우정은 얼마나 아름다운가!!!! 행복하다. 경남아, 오늘도 고마워. 건강하기를…

간담상조 肝膽相照

肝:간 간 / 膽:쓸개 담 / 相:서로 상 / 照:비출 조
간과 쓸개를 서로 꺼내 보임.
즉 깊이 감추어 둔 속마음을 서로 알려서 통한다는 말로, 허물없는 우정이나 절친한 사이를 뜻한다.

한유(韓愈)와 유종원(柳宗元)은 당(唐)나라 시대를 대표하는 문장가로 흔히 '한유(韓柳)'라고 함께 불린다. 그들은 고문을 부흥시키려고 노력한 동지요, 깊은 우정을 나눈 벗이었다.

당나라 헌종(憲宗) 때에 유종원은 보수파와의 정쟁에서 밀려 유주자사로 좌천되었다. 그런데 그의 시 동료인 유우석(劉禹錫)도 마침 변경인 파주자사로 좌천되자 유종원은 눈물을 흘리며 이렇게 말했다.

"파주는 매우 궁벽하고 먼 땅이어서 몽득 같은 사람이 살 만한 곳이 못된다. 그는 늙은 어머니를 모시고 있으니 내 차마 그대로 가는 것을 두고 볼 수 없다. 내가 대신 파주로 지원해야겠다."

유종원이 황제에게 이를 간절히 청원하여 유우석은 형편이 좀 나은 연주(連州)로 가게 되었다. 이처럼 친구를 위해 마음 쓰는 유종원의 진실한 우정에 감동한 한유는, 유종원이 죽자 그의 묘지명 〈유자후묘지명(柳子厚墓地銘)〉에 다음과 같이 기록하였다.

"사람은 역경에 처하였을 때 참다운 절의가 나타난다. 평상시에는 서로 아껴 주고 놀아 주고 사양하고 손을 맞잡기도 한다. 그뿐만 아니라 죽어도 배신하지 말자고 '쓸개와 간을 서로 꺼내 보이며' 맹세한다. 그러나 일단 조금이라도 이해

관계가 엇갈리면 눈을 부릅뜨고 마치 모르는 사람처럼 대한다. 함정에 빠져도 손을 내밀어 구원할 생각을 하지 않고 도리어 상대방을 함정에 밀어 놓고 돌을 던지는 인간이 많다. 이러한 행위는 짐승도 차마 하지 못하는데 그런 자들은 스스로 잘했다고 자부한다. −중략− 유종원은 친구의 어려움을 자신의 어려움으로 알아 대신하고자 했으니 그 우의가 참으로 아름답다.”

2007.03.30

인생의 댓글

경남 한유의 말대로 어려운 시절에 참다운 우정을 보여준 유종원이야말로 훌륭한 문인일 뿐만 아니라, 진정한 인간이라 할 수 있겠다. 이해 관계를 넘어서서 한결같은 우정을 가꾸어 가는 친구 관계야말로 가장 아름다운 '肝膽相照'의 모습이 아닐까…

동숙 모든 것은 어려움을 당했을 때 알 수 있지요. 어려울 때 슬며시 사라졌다가 좋아지면 나타나는 게 일반적인 데 반해, 가장 어려울 때 보여준 우정이야 말로 참되군요. 관중도 '나를 낳아준 분은 부모지만 나를 알아준 사람은 포숙아다'라고 말했듯이 우리두 서로 알아주는 사이가 되면 좋겠네요. 감사!

영혜 肝膽相照는 管鮑之交 같은 깊은 우정을 뜻하는 말이네요. 특히 관중에게 老母가 계신 것을 안 포숙아는 관중이 전쟁터에 나가 세 번 모두 도망쳐 왔을 때에도 관중을 겁쟁이라고 하지 않은 일이 있었다는데, 유우석에게 老母가 계신 것을 생각해서, 유종원이 유우석 대신 형편이 나쁜 파주로 지원해서, 유우석이 형편이 좀 나은 연주에서 老母를 모시게 되었다니, 포숙아와 유종원은 둘 다 우정도 깊고 효심도 깊은 사람들이었네요.

영혜 사부님, 이 세상에 이런 우정보다 더 바랄 게 없지요. 오늘도 아름다운 우정 이야기로 즐거운 시간 마련해 주신 것 대단히 감사합니다.

은자 방금 Jeanne Davis라는 이곳 친구로부터 작은 노트의 편지를 받았어요. 학교 친구들과 나누라고요. 오늘의 우리의 공부 내용을 미리 안 듯이… "FRIENDS DIVIDE OUR GRIEF AND SHARE OUR JOY."

영혜 은자야, 네 친구 말, '친구'를 잘 묘사했구나. 특히 오늘 공부에 적절하게…

혜현 맞아, 슬픔은 나눌수록 작아지고 기쁨은 나눌수록 커진다고 하지요. 누구와 나누겠어요, 친구지.

숙혜 우리는 간 쓸개를 다 내어 준다는 말을 부정적으로 써 왔는데… 모든 것이 보는 눈에 따라… 이런 표현이 있네. 오늘도 하나 배우고 갑니다.

도리불언하자성혜 桃李不言下自成蹊

桃:복숭아 도 / 李:오얏 리 / 不:아니 불 / 言:말씀 언 / 下:아래 하 / 自:스스로 자 / 成:이룰 성 / 蹊:지름길 혜

복숭아 나무나 오얏 나무는 말을 하지 않아도 그 아래로는 길이 절로 생김.
곧 복숭아와 오얏의 꽃, 향기, 열매에 이끌려 그 밑으로는 사람들이 자주 찾게 되어
없던 길이 새로 생기게 되듯, 좋은 것에는 절로 마음이 이끌림을 말한다.

『사기(史記)』〈이광장군열전(李廣將軍列傳)〉에서 태사공[太史公:사기의 저자인 사마천]은 이렇게 말하였다.

"세상에 전하기를, '자기 몸이 바르면 명령하지 않아도 시행되고, 자기 몸이 바르지 못하면 명령을 해도 따르지 않는다'고 한다. 이것은 이광 장군에게 해당하는 말일 것이다. 내가 이 장군을 본 적이 있는데 말솜씨가 뛰어나지는 않았지만 성실하고 소박한 인품이었다. 그가 죽자 천하 사람들은 그를 알건 모르건 모두들 그를 위해 충심으로 슬퍼하였다. 그의 충실한 마음씨가 진정으로 사대부들을 믿게 만들었던 것이다. 속담에 보면, '복숭아나무나 오얏나무는 말을 하지 않지만 그 나무 밑에는 저절로 길이 생긴다'는 말이 있다. 이 속담은 비록 적은 것을 말했으나 실상은 큰 비유를 담고 있나 할 것이다."

2007.01.07

인생의 댓글

경남 우리 '梨花 카페'도 아름답고 향기 나는 모임이 되어서 앞으로도 더 많은
친구들이 함께 즐기며 어울릴 수 있는 마당이 되었으면 하는 소망을 담

아 이 말을 올렸어요. 처음 카페를 열어 준 선애에게 감사하며, 함께해 준 여러 친구들에게도 고마움을 전합니다. !(^_^)!(^_^)v.

백경 경남아! 회복되었다니 기쁘다! 병은이 딸 결혼식에서 아프다는 소식 듣고 걱정했는데…

요즈음 자주 못 들어와 인사가 늦어 죄송합니다, 사부님!… 오늘은 이곳저곳 모두 잔치상이니 경사로다! 경사로다! 우리 카페가 이렇게 量과 質이 모두 날로 날로 발전하니, 찾아오는 친구들도 더욱 많아지리라 생각합니다… 싸부님, 이것이야말로 충분히 桃李不言下自成蹊라 할 수 있지요! 앞으로도 무리하지 마시고, 이 제자들도 생각해 숙제 밀리지 않도록, 쉬엄쉬엄 가르쳐 주소서…

향순 벌써 '이화 카페'가 일 년이 되었다니 정말 돌잔치를 해야 되겠네. 여러 유능한 친구 덕에 공부도 많이 하고 잊고 있었던 감성도 많이 찾은 것 같아. 오늘의 한자는 세 며느리를 둔 시어머니인 나에게 지혜롭고 바르게 잘 행동하라고 충고하는 것 같아.

선애 우리 카페 첫돌 잔치에 딱 알맞은 말씀을 올려 주셨네요. 우리 카페가 오얏나무와 복숭아나무가 되도록 우리 모두 함께 가꾸어 갑시다.

민선 이 방에 오면, 한국 정취가 물씬물씬～～ 실은 어려운 한문 공부보다 그 맛에 오는데… (싸부님, 못 들은 척해 주세요～옹～ ^^) 에이브러험 링컨 말싸미, 인격은 나무요 명성은 그림자인데 우린 그림자를 실체로 착각한다고… 우리 카페는 그림자보다 나무에 충실하자요～～ ㅎ..ㅎ

막역지우 莫逆之友

莫:없을 막 / 逆:거스릴 역 / 之:어조사 지 / 友:벗 우
거슬림이 없는 친구.
곧 더할 나위 없이 친한 친구를 이른다.

『장자(莊子)』〈대종사편(大宗師篇)〉에 다음과 같은 이야기가 전한다.

자사(子祀), 자여(子輿), 자리(子犁), 자래(子來) 이 네 사람이 서로 이야기하며 말했다.

"누가 능히 무(無)로써 머리를 삼으며, 삶으로써 등을 삼고, 죽음으로써 엉덩이를 삼겠는가? 누가 사생존망(死生存亡)이 한 몸인 것을 알겠는가? 우리는 더불어 벗이 되자."

이렇게 말하고는 네 사람이 서로 바라보며 웃었다. 마음에 거슬림이 없어서 드디어 서로 더불어 친구가 되었다.

자상호(子桑戶), 자금장(子琴張), 맹자반(孟子反) 이 세 사람이 서로 이야기하며 말했다.

"누가 능히 서로 사귀지 않는 속에서 사귀고, 서로 하는 일이 없는 가운데 행함이 있겠는가? 누가 능히 하늘에 올라 안개 속에서 놀고, 무한한 우주 속을 돌아다니며 삶을 잊고 무한을 즐길 수 있겠는가?"

이렇게 말하고는 세 사람이 서로 바라보며 웃었다. 마음에 거슬림이 없어서 드디어 서로 친구가 되었다.

결국 '막역어심(莫逆於心)'이란 서로가 마음속에 조금도 거슬림이 없다는 데서

한 마음 한 뜻이란 것을 말하고, 서로 흉허물 없는 친구를 '막역지우(莫逆之友)'
라고 일컫게 되었다.

2006.09.10

인생의 댓글

경남 나이를 먹으면서 점점 친구의 존재가 귀하게 여겨진다. 뜻을 같이 하고,
흉허물 없는 莫逆之友를 가진 우리들은 얼마나 행복한가!!!

유순 질문: "누가 능히 하늘을 올라 안개 속에서 놀고, 無限한 우주 속을 돌아
다니며 삶을 잊고 無限을 즐길 수 있겠는가?"
답: "우리같이 조금도 거슬림 없는 莫逆之友"

영혜 管鮑之交에서와 같이 관중의 '흉허물'에도 불구하고 그를 '흉허물 없는
친구'로 받아준 포숙아와 같은 친구라면, 莫逆之友라고 할 수 있겠지요.

선숙 막역지우… 아~하!! 그 소리만 들어도 가슴이 징~허게 뭉클해지네요.
어릴 적부터 친구는 40년이라는 세월도 금방 뛰어넘어 막역지우가 되는
군요. 근데, 어른이 되어서 만난 사이는 막역지우가 되기가 왜 고로코롬
어려운지 모르겠습니다. 아마도 어릴 적에 만난 친구는 순수한 마음에
서 사귀었기 때문이겠지요.

수어지교 水魚之交

水:물 수 / 魚:물고기 어 / 之:어조사 지 / 交:사귈 교
물고기가 물을 만난 것과 같은 사귐.
아주 친밀하여 떨어질 수 없는 사이를 일컫는다.

『삼국지(三國志)』〈제갈량전(諸葛亮傳)〉에 다음과 같은 이야기가 전한다.

중국 천하가 조조(曹操), 손권(孫權), 유비(劉備) 세 사람에 의해 삼분(三分)되어 있던 시대의 일이다. 처음 이 셋 중에서 유비가 가장 약했었다. 그에게는 관우(關羽), 장비(張飛), 조운(趙雲) 등의 용장은 있었으나, 같이 일을 도모할 만한 책략가가 없었다.

그 점을 통감한 유비가 기대를 걸고 모셔 오려고 한 인물이 바로 제갈공명(諸葛孔明)이었다. 당시 제갈공명은 전란의 세상을 피해 융중산 와룡강이라는 곳에 초가를 짓고 은둔해 있었다. 유비는 제갈공명을 모셔 오려고 예의를 다해 세 번이나 찾아가는 정성을 보여서, 마침내 제갈공명을 모셔 오는 데 성공하였다.

이후 그는 제갈공명이 제시하는 정책에 따라 한나라를 부흥시키는 일을 진행시켜 나갔다. 유비는 제갈공명의 인품과 지혜에 반하여 그를 스승으로 모시며 기거를 같이 하였고, 제갈공명도 자기를 알아주는 군주에게 충성을 바쳤다.

처음에는 관우와 장비가 젊은 제갈공명에 대한 예우가 너무 지나치다고 불평한 적이 있었다. 이에 유비는 관우와 장비에게 다음과 같이 말했다.

"내게 있어 공명은 물고기의 물과 같은 사람이다. 물이 없다면 물고기가 어떻게 살 수 있겠느냐? 앞으로 너희들은 두 번 다시 나와 공명의 사귐에 대하여

불평하지 말라."

2006.08.14

인생의 댓글

경남 내가 물고기라면 물이 되어 줄 수 있는 사람을 찾아내어 깊은 사귐을 나누는 것이야말로 삶의 큰 보람!

순희 그래… 마음 놓고 즐길 수 있는 것도…

유순 순희야, 오랜만에 카페에 왔네. 반갑다. 더위에 잘 지내지? 그래 네 말 같이 나도 맑고 깨끗한 물이 되어 어떤 물고기든지 와서 놀 수 있었으면 좋겠다. 그런데 물이 너무 맑으면 고기가 못 산다고 했던가.

선애 나도 누군가에게 물이 되고 싶다… (이거 어디서 많이 들은 시구 같은데?)

선숙 유비의 훌륭한 인품이 돋보이는 장면이군요. 인재를 모셔 올 때는 나이에 상관없이 깍듯한 예우를 했으니 말입니다. 『삼국지』를 읽다 보면 약간의 과장도 있겠지만… 제갈공명의 활약은… 그게 바로 신출귀몰한 계략이 아닌지요?

관포지교 管鮑之交

管:대롱 관 / 鮑:절인 고기 포 / 之:어조사 지 / 交:사귈 교
관중(管仲)과 포숙아(鮑叔牙)의 사귐처럼 매우 친한 친구 사이를 말한다.

『사기(史記)』〈관중열전(管仲列傳)〉에 다음과 같은 이야기가 전한다.

관중(管仲)과 포숙아(鮑叔牙)는 춘추시대 제(齊)나라 사람이다. 그들은 같은 고장에서 자라서 어렸을 때부터 친구 사이였다. 포숙아는 관중의 재능을 일찍이 알아보고 가난했던 관중을 늘 도와주곤 하였다.

둘은 함께 장사를 하였는데 이익을 나눌 때면 항상 관중이 많은 몫을 차지했으나 포숙아는 탓하지 않았다. 관중의 집안이 가족이 많고 가난하다는 것을 알고 있었기 때문이었다. 또 포숙아를 위해 일을 처리하려다 잘못되어 도리어 그를 궁지에 빠뜨린 일이 있었지만 관중을 어리석다고 비난하지 않았다. 때에는 이로움과 불리함이 있다는 것을 알고 있었기 때문이었다. 또 관중이 몇 번씩 벼슬에 올랐다가 쫓겨날 때도 그기 무능하다고 여기지 않았다. 관중이 지혜가 모자라서 그런 게 아니라 아직도 때를 만나지 못했기 때문이라고 하였다. 또한 관중이 전쟁터에 나가 세 번 모두 도망쳐 왔을 때에도 그는 관중을 겁쟁이라고 하지 않았다. 그에게는 노모가 계신 것을 알고 있기 때문이었다.

더욱이 공자 규가 죽었을 때 함께 그를 모시던 소홀(召忽)은 그를 따라 죽었는데, 관중은 욕되게도 죄인을 자처하여 압송되었지만 포숙아는 관중을 보고 염치없는 인간이라고 비난하지 않았다. 관중이 작은 절개를 지키지 못하는 것을 부

끄러워하기보다 공명을 천하에 날리지 못하는 것을 부끄러워함을 알아주었기 때문이다.

훗날 관중은 아주 훌륭한 재상이 되었다. 그때 관중은 이렇게 말했다.

"나를 낳아준 분은 부모님이지만 나를 알아준 이는 포숙아다."

그리하여 이 두 사람의 깊은 사귐과 같은 교우관계를 뒤에 '관포지교(管鮑之交)'라 이르게 되었다.

2006.08.11

인생의 댓글

경남 우리는 누구나 포숙과 같은 친구를 만나기를 원한다. 그러나 중요한 것은 내가 먼저 포숙과 같은 이해심 많은 친구가 되어야 하지 않을까? 아는 것과 실천은 나에게서는 늘 어긋나니 부끄러울 따름.

유순 싸부님, 나날이 가슴에 새겨두어야 할 말들로 채워주시니 백골난망(이건 또 어찌 쓰더라?)이로소이다. '내가 먼저'의 그 길은 왜 제게는 이리 멀게만 느껴질까요.

영혜 관중에 대한 포숙의 이해심은 부모의 사랑에 비유할 만큼 넓고 깊네요. 관중이 포숙아를 知我者라고 불렀다니, 知己之友라는 말처럼 역시 자기를 '알아주는' 사람이 '친구'네요.

혜현 부모는 부모와 자식 관계에서만 나를 보지만, 친구는 같은 입장에서 봐주니 더 동질감을 나눌 수가 있겠지요. 남편 사정 남편이 알고, 시어미 사정 시어미가 알고, 며느리 사정 며느리가 알고… 같은 시기를 살아가는 친구가 서로 형편을 살펴주기 쉽겠지요.

선숙 배울수록, 들을수록, 가슴이 찡해지는 내용입니다. 진정한 친구 사이인 '관중과 포숙아'는 우리의 부러움의 첫 번째 대상이군요.

영국 출판사에서 '친구'에 관한 글을 공모했다는데… 모든 좋은 내용 중에 1등으로 뽑힌 내용은… '친구란 온 세상 사람이 내 곁을 떠났을 때, 나를 찾아오는 그 사람이다.' 참으로 좋은 말이지요?

영혜 선숙아, '참으로 좋은 말'이구나…

물이유취 物以類聚

物:만물 물 / 以:써 이 / 類:무리 류 / 聚:모일 취
사물은 서로 비슷한 것끼리 모임.
곧 같은 부류끼리 서로 어울림을 가리킨다.

『주역(周易)』〈계사편(繫辭篇)〉에 다음과 같은 말이 나온다.

"하늘은 높고 땅은 낮아, 하늘과 땅의 구별이 정하여졌다. 낮은 것과 높은 것이 벌려 있어서 귀한 것과 천한 것이 각기 자리를 얻게 된다. 움직임과 고요함이 일정한 법칙이 있어서 강한 것과 유순한 것이 결정된다. 삼라만상은 같은 종류끼리 어울리고, 만물은 무리를 지어 나누어지니, 이로부터 길함과 흉함이 생긴다.

이 말이 더욱 유명해진 것은 『전국책(戰國策)』〈제책(齊策)〉에 실려 있는 순우곤(淳于髡) 이야기 때문이었다.

전국시대 제(齊)나라에 순우곤이라는 사람이 있었는데, 왜소한 체구였지만 언변이 뛰어났다. 그는 본시 노예였으나 데릴사위가 되어 장인의 집에서 살다가 제나라 위왕(威王)의 신임을 얻게 되었던 사람이었다. 위왕이 죽은 후, 선왕(宣王)이 즉위하였다. 한번은, 선왕이 유능한 인재들을 초빙하고자 한다는 말을 듣고, 순우곤은 한꺼번에 7명을 추천하였다. 선왕은 이 소식에 몹시 놀라 말하였다.

"인재를 찾아낸다는 것은 쉬운 일이 아니오. 천리를 돌아다녀 한 사람의 현자(賢者)를 구한다 해도, 이는 현자들이 어깨를 나란히 하고 서 있듯이 많은 것이

고, 백 년마다 한 사람의 성인이 나타난다 해도, 이는 성인들이 발꿈치를 맞대고 걸어오는 것처럼 많을 터이오. 그런데 하루 만에 7명을 추천하다니 인재들이 너무 많은 게 아니겠소?"

순우곤이 대답했다.

"왕께서 잘못 생각하신 것입니다. 예를 들어 말씀드리겠습니다. 새들은 같은 종류끼리 한데 모이고, 짐승들도 같은 종류끼리 함께 다닙니다. 다시 말씀드리자면, 시호(柴胡)나 길경(桔梗) 등의 약재를 구하려고 연못으로 갔다면 평생 한 뿌리도 찾지 못할 것입니다. 그것들은 산 속에서 자라기 때문입니다. 만약 큰 산에 가서 구한다면 몇 수레라도 채울 수 있을 것입니다. 천하의 사물에는 각각 그들의 동류가 있으며, 동류는 항상 함께 모이는 것인데, 저 순우곤도 유능한 사람이라고 할 수 있습니다. 왕께서 저에게 인재를 추천하도록 하신 것은 냇가에서 물을 긷고 부싯돌로 불을 일으키는 것처럼 간단한 일입니다. 저는 이후에도 계속 인재를 천거하고자 합니다. 어찌 7명으로만 그칠 수 있겠습니까?"

2007.10.10

인생의 댓글

경남 '草綠은 同色이다'라는 말이 있다. 즉 같은 부류끼리 서로 잘 어울린다는 말이다. 순우곤의 말처럼 새도 같은 종끼리 무리지어 살듯 사람도 성격이 비슷하거나 취향이 같은 사람끼리 모여 친구가 된다. 이화 카페에서 만나는 우리 친구들은 학창 시절로 돌아가 서로 마음이 통하고 만나면 즐거우니 이러한 끼리끼리는 서로에게 힘을 주고 덕이 되는 아름다운 인연이 아닐 수 없다. 자신의 주변에 모여 있는 사람들이 어떤 사람들인지 잘 살펴보면 내가 어떤 사람인지도 알 수 있다고 하였는데, 우리 좋은 친구들과 어울려 지내다보니 나도 절로 좋은 사람이 되는 듯…

영혜 '같은 부류끼리 서로 어울림을 가리킨다'는 말을 대하니, 한층 더 나아가서 '같은 부류끼리 가장 잘 어울린다'는 野鼠之婚과 '병을 같이 앓고 있는 사람은 서로 불쌍히 여긴다'는 말, 同病相憐이 생각나네요.

선숙 유유상종, 끼리끼리, 초록은 동색… 좋은 쪽으로 같은 부류를 이룬다면 참 아름답겠습니다. 근데, 혹시라도 나쁜 쪽으로 유유상종이 되거나, 아니면 우수한 부류에 속해서 유유상종인 척하려고 안달을 부리다가 망신을 당하는 경우도 있겠습니다. 우리 친구들하고 초록은 동색이요, 싸부님 공부방에서 유유상종이 되려고 무진장 노력을 해서 쪼께 유식해진다면 너무 고맙고 감사한 일이지요.

선숙 야그 또 항개… 그 엄마에 그 딸…

이웃집 여자 둘이서 말을 하고 있었다.

"따님이 시집을 잘 갔다면서요?"

"호호호… 네 잘 갔구 말구요, 아주 좋은 신랑을 만났지요. 아침에 늦게까지 자도 되구요, 부엌일은 하지 않아도 되구요, 저녁에는 매일 외식을 한대요. 호호호…"

"참 복두 많군요. 근데 아들은 장가를 잘못 갔다면서요?"

"아~휴, 속 터져… 말도 마세요, 며느리라는 게 게을러 빠져서 매일 늦잠만 자구, 부엌일은 아예 하지도 않구요, 저녁에는 남편을 졸라서 날마다 외식이나 하구 있잖아요… 어쩌다 그런 며느리를 봤는지…"

은자 진짜 그렇네요. 각종 채소, 과일, 곤충, 동물도 같은 부류끼리 모여 있고… 삼라만상이 모두 같은 부류대로 끼리끼리네요. 물고기떼는 'a school of fish'라고도 불리우고요. 사람은 성격, 취미, 동향, 동창… 등에 따라 동아리, 모임, 사모회, 그룹… 등. 오늘도 감사…

미순 "형제가 연합하여 동거함이 어찌 그리 선하고 아름다운고.(시 133:1)" 같은 부류의 사람끼리 서로 합력하여 선을 이루는 것을 하나님이 얼마나 기뻐하시는지를 말씀하시고 계시지요. 우리 이화 친구들도 사랑 안에 늘 화목하고, 슬픔과 기쁨을 공유하며, 서로를 위로하는 것 등등… 하나님이 보고 계시며 즐거워하시지요. 오늘도 귀한 말씀 감사.

유순 이제까지 많은 부부들을 보면서 '類類相從'을 실감한답니다. 미우니 고우니 하면서도 서로 비슷한 점이 많으니 부부가 되지 않았겠어요?

동병상련 同病相憐

同:같을 동 / 病:병 병 / 相:서로 상 / 憐:불쌍히 여길 련
병을 같이 앓고 있는 사람은 서로 불쌍히 여김.
비슷한 처지에 있는 사람끼리 더욱더 상대를 동정한다는 말이다.

『오월춘추(吳越春秋)』에 다음과 같은 이야기가 전한다.

초(楚)나라의 오자서(吳子胥)는 아버지와 형이 역적의 누명을 쓰고 죽게 되자 이를 복수하기 위하여 오(吳)나라로 망명하게 되었다. 오자서는 오나라 왕이 된 공자(公子) 광(光)을 도와 나라의 실권을 잡게 되었다.

이때에 또 초나라에서 백비(伯嚭)라는 사람이 망명하여 왔다. 그의 아버지도 오자서의 아버지를 죽게 한 비무기(費無忌)라는 간신에 의해 억울하게 죽었기 때문에 백비는 오자서에게 몸을 의탁하기 위해 찾아온 것이다. 오자서는 원수를 같이 하는 그를 동정하여 왕에게 천거해서 대부의 벼슬에 오르게 했다. 이때에 오자서가 천하 영웅임을 알아보고 추천했던 피리(被離)란 사람이 이렇게 물었다.

"당신은 어찌하여 백비를 한 번 겨우 만나 보고 그토록 신임을 하시오?"

"그것은 나와 같은 원한을 품고 있기 때문이오. 강가 사람들이 부르는 노래를 들어 보지 못했소? 그 노래에 말하기를,

同病相憐(동병상련)   같은 병은 서로 불쌍히 여기고
同憂相救(동우상구)   같은 근심은 서로 구원한다.

驚翔之鳥 (경상지조)	놀라 나는 새는
相隨而飛 (상수이비)	서로 따라 날고
瀨下之水 (뇌하지수)	여울 아래 물은
因復俱流 (인부구류)	따라 다시 함께 흐른다.

라고 하였소. 호마(胡馬)는 북쪽 바람을 향해 서고, 월(越)나라 제비는 햇빛을 찾아 노는 법이오. 육친을 사랑하고 슬퍼하지 않는 사람이 어디에 있겠소."

이로부터 '동병상련(同病相憐)'이란 고사성어가 나오게 되었다.

한편 오자서는 피리로부터 다음과 같은 충고를 받았다.

"내 보기로는 그의 눈이 매와 같고 걸음걸이가 범을 닮은 잔인한 관상입니다. 너무 마음을 주어서는 안 됩니다."

오자서는 피리의 충고를 받아들이지 않고 백비를 더 높은 지위에 오르게 했다. 그러나 백비는 적국인 월나라의 뇌물에 팔려 이적 행위를 했고 그를 추천했던 오자서는 그로 인해 스스로 목숨을 끊었다.

오자서는 '동병상련'으로 백비를 이끌어 주었지만 그는 은공을 원수로 갚고 말았다. 보편적인 원칙도 악한 사람에게는 적용해서는 안 된다는 점을 보여준 셈이다.

2006.09.06

인생의 댓글

경남 사람은 누구나 근심과 걱정이 있게 마련이고, 이를 共有하는 사람끼리는 同病相憐의 정을 갖게 된다. 서로 고통을 나누면 위로도 되고 고통을 이겨낼 힘도 얻게 되니 이런 친구를 만난 이는 얼마나 多福한 사람인가.

순희 조금 다를 수 있는 내용이지만 다음의 말씀을 생각하며, 아픔을 갖고 있는 자와 함께 슬퍼하며 서로 위로하는 귀한 만남이기를…
"즐거워하는 자들로 함께 즐거워하고 우는 자들로 함께 울라.(롬 12:15)"

순희 그래… 참다운 우정을 이야기할 수 있어서 행복하다…

선애 우리 나이쯤 되면 꼭 同病이 아니더라도 相憐해야 하는 거지 싶다. 부부끼리든, 친구끼리든, 이웃끼리든. 그게 안 될 때가 더 많긴 하지만…(아직 57밖에 안 되어서.) 그럴 수 있도록 노력해야겠지.

유순 함께 즐거워하는 것도 큰 우정이겠지만 함께 울 수 있는 것은 더 큰 우정이라 생각되네. 우리 친구들 모두 서로에게 同病相憐의 정을 가지는 친구가 될 수 있기를 소망한다. 선애야, 너 57이니? 58인 친구들보다는 젊다. ㅋㅋ

선애 아직 생일이 안 지나서 57이라 했지. 경남이가 57이라고 계속 부르짖기도 하고.

순희 정말 ㅋㅋㅋ다. 한 살 한 살이 더욱 귀중하게 여겨지는 한 예지… 60이 넘어가면 이 50대가 대단히 젊은 세대일 텐데… 가는 세월 아까운 세월… 어떻게 보내야 그래도 덜 후회하는 삶이 될까… 이렇게 마음을 나누는 것도 상당히 좋은 것이긴 하지…

경남 친구들아, 이화 카페에서 苦樂을 함께 할 수 있는 벗을 57세에 다시 만난 게 얼마나 큰 축복인지… 항상 감사하고 또 감사한다. 50대를 멋지고 보람 있게 보내자!!

혜숙 함께 가는 벗에게 同病相憐, 同友相救 되어서 서로 격려하며 갔으면 합니다.

십시일반 十匙一飯

十:열 십 / 匙:숟가락 시 / 一:한 일 / 飯:밥 반
열 사람이 한 술씩 보태면 한 사람 먹을 분량이 됨.
곧 여러 사람이 힘을 합하면 한 사람을 돕기는 쉽다는 비유로서 '십인일시(十人一匙)'라고도 한다.

『제공재환경(除恐災患經)』에 다음과 같은 이야기가 전한다.

옛날에 한 스님이 밥을 얻기 위해 산에서 내려오다가 마을에 당도하기 전에 사나운 비바람을 만났다. 마침 길에서 멀지 않은 곳에 과수원이 있어 스님은 그곳에 가서 비를 피했다. 과수원지기는 나무를 가져다 불을 피워 스님의 젖은 옷을 말려 주었고 스님의 몸도 따뜻해졌다. 이에 스님이 옷을 입고 나가려하자 과수원지기가 물었다.

"스님, 어디로 가십니까?"

"나는 출가한 몸이라 밥을 빌어 목숨을 유지해야 합니다."

"가난한 제집의 음식은 보잘것없으나 괜찮으시다면 여기 머무시지요."

"수행하는 사람은 먹을 것을 구하는 데 빛깔과 맛에 집착하지 않고 배를 채우면 되니 허락하신다면 머물겠습니다."

과수원지기는 밥을 가져오기 위해 집으로 가서 아내에게 말했다.

"소중한 손님이 과수원에 오셔서 대접을 해야 하니 내 밥을 가져오시오."

"당신은 노동을 하는 터이니 밥을 자셔야 일을 할 수 있지요. 저는 집에 한가히 있으니 제 몫을 가져다 드리세요."

그때 그 아들이 나섰다.

"아버지 어머니는 늙으셨으니 제 몫을 드리도록 하십시오."

이번엔 그 며느리가 나와서 말했다.

"시부모님과 남편이 손님께 밥을 주시겠다 하는데, 저야말로 나이 어리고 기운이 많아 한 끼 정도 굶어도 괜찮으니 제 몫을 손님께 드리세요."

그러자 가장인 과수원지기가 말했다.

"우리 식구 모두 착한 마음으로 보시하려 하니 각자의 몫을 다같이 조금씩 덜면 손님을 대접하기에 족할 것이다."

과수원지기네 식구들은 각기 제 몫의 밥을 줄여서 스님께 공양 올렸다.

2006.11.11

인생의 댓글

경남 '열의 한 술 밥이 한 그릇 푼푼하다'는 속담도 있듯이 여럿이 조금씩 힘을 보태면 큰일도 쉽게 이룰 수 있겠다. 우리들 모임도 十匙一飯하는 마음으로 힘든 친구들을 도울 수 있으면 좋겠다.

선애 밥 한 그릇 다 내놓기는 어려워도 한 숟가락 내놓는 건 쉽겠지. 이렇게 쉬운 일부터 실천해 나가면 우리 사는 세상이 좀 더 좋아질 거야.

순희 그래… 쉬운 일부터 실천해 나가면 참 좋을 거야…

선숙 십시일반이란 말이 아름답게 행동하는 것으로부터 생겨났군요. 작은 정성이 모여서 한 사람을 구하니… 이래서 세상은 거창하지 않더라도 훈훈한 인정이 있어 살맛이 납니다. 여기서 '얻은 떡이 둘레 반이나 된다'라는 말이 생겨났나 봐요. 이런 착한 사람들의 글을 읽으면 마음이 훈훈해져요.

순망치한 脣亡齒寒

脣:입술 순 / 亡:망할 망 / 齒:이 치 / 寒:찰 한
입술이 없으면 이가 시림.
곧 이웃 사이의 상부상조(相扶相助) 관계에서 한쪽이 어떤 피해를 입게 되면
나머지 한쪽도 결국 피해를 입게 된다는 뜻이다.

『춘추좌씨전(春秋左氏傳)』에 다음과 같은 이야기가 전한다.

춘추시대(春秋時代)에 진(晉)나라 헌공(獻公)이 괵(虢)나라를 치기 위해 우(虞)나라에 길을 빌려 달라고 요청하였다. 우나라를 거쳐야만 괵으로 갈 수 있었기 때문이다. 진헌공(晉獻公)은 우나라에 뇌물을 주고 형제의 우의를 거짓 약속하며 간청하니 우나라 왕은 뇌물이 탐이나 요청을 받아들이려고 했다. 그러자 궁지기(宮之奇)라는 신하가 이를 극구 말렸다.

"괵은 우리나라의 울타리입니다. 괵나라가 망하면 우리나라도 반드시 따라 망하게 됩니다. 진나라를 끌어들여서는 아니 됩니다. 전에도 한번 실수를 했는데 다시 되풀이해서 되겠습니까? 속담에 이른바 '덧방나무와 수레는 서로가 의지하고, 입술이 없어지면 이가 시리다'라고 한 말이 바로 우나라와 괵나라를 두고 한 말입니다."

그러나 우나라 임금은 뇌물에 마음이 팔려 궁지기의 말을 듣지 않았다. 결국 진나라는 괵나라를 쳐들어가서 이를 병합하고 돌아오는 길에 우나라마저 기습해서 멸망시키고 말았다.

2006.10.27

인생의 댓글

경남 입술이 없으면 이가 시리듯이 서로 돕고 의지하며 함께 살아야 함을 가르쳐주는 말이네. 정말 이웃이 잘돼야 나도 잘되지…

선애 얄미운 경쟁자 망했다고 고거 쌤통! 했다가 자기도 같은 꼴 된다는 뜻이렷다. 그러니 사람은 서로 돕고 살아야지.

숙혜 내가 어느 신부님 강의에서 들은 이야기 하나. 원수지간인 두 가게가 있었다네. 서로가 어찌 으르렁대던지 보다 못한 하느님께서 천사를 보내셨대. 천사가 한 집에 가서 소원을 말하면 들어주겠다고 하셨다. '근데 당신께 주는 것의 두 배를 저쪽 사람에게 주겠습니다.' 했더니 그 사람이 가만히 생각해보더니 '제 눈을 하나 빼 주십시오.' 했단다.

선숙 정말로 어리석은 사람들이었군요. 상대편에게 축복을 말했다면… 자기네는 두 배로 받는 일인데… 에구, 어리석은 자여… 나 같았으면… 자손 대대로 축복해 달라고 말하겠는데… 에고, 내가 욕심이 너무 과했나?

선숙 입술이 없어지면 이가 시리듯이 서로서로 의지하며 돕고 살면 얼마나 좋을까요? 내가 남을 돕는 것 같지만 그게 나에게 이익이 되는 일이 얼마나 많은데… 우리 미련한 중생들이 깨닫지를 못하고 있으니…

인인성사 因人成事

因:인할 인 / 人:사람 인 / 成:이룰 성 / 事:일 사
다른 사람의 힘에 의지하여 일을 이룸.

『사기(史記)』〈평원군열전(平原君列傳)〉에 다음과 같은 이야기가 전한다.

춘추시대(春秋時代) 조(趙)나라가 진(秦)나라의 공격을 받게 되자, 조나라를 구하기 위해서는 초나라와 합종(合縱)하는 방법밖에 없었다. 이를 위해 평원군(平原君)이 초(楚)나라에 가게 되었는데, 문무의 덕을 겸비한 빈객 이십 명과 동행하였다. 초나라에 도착한 평원군은 동맹을 맺기 위해 고열왕(考烈王)과 회담하였으나 쉽게 결말이 나지 않았다.

평원군의 수행원 가운데 모수(毛遂)라는 사람이 있었다. 그는 섬돌 아래에서 회담이 끝나기를 기다렸으나, 너무 오랫동안 말이 겉돌고 결말이 나지 않자 마침내 가만히 있을 수가 없었다. 모수는 장검을 허리에 찬 채 회담장 당상으로 급히 뛰어올라가 평원군에게 외쳤다.

"양국 합종의 결론은 이로우냐 해로우냐 딱 두 마디로 요약됩니다. 그토록 간단한 일을 가지고 며칠씩 걸려도 결론을 못 내리니 어찌된 것입니까?"

이 모습을 보고 초나라 왕은 그를 업신여기며 꾸짖었다.

"무례하다! 나는 지금 너의 주군과 이야기 하는 중인데 감히 나서다니……."

초나라 왕의 호통에도 모수는 기가 조금도 꺾이지 않고 말했다.

"대왕께서 저를 꾸짖음은 초나라의 병사가 많음을 믿기 때문이나, 그 생각은

큰 착각이십니다. 지금 열 걸음 안에는 대왕과 저밖에 없으니 초나라 병사가 백만이면 무슨 소용이 있습니까? 대왕의 생명은 제 손 안에 들어있습니다."

이렇게 왕을 협박한 모수는 이어 합종해야 할 이유를 사리에 맞게 설명하였다. 마침내 모수의 설득에 꺾인 초나라의 왕이 이렇게 말했다.

"정말 선생의 말씀대로요. 거국적으로 따르겠소."

모수는 혈맹(血盟)을 위해 닭과 개, 말의 피를 가져오게 하였다. 먼저 초나라의 고열왕과 평원군에게 입술에 피를 바르게 한 뒤에, 섬돌 아래에 대기하고 있던 평원군의 열아홉 명의 수행원들을 불러 이렇게 말하였다.

"그대들도 당하에서 이 피를 바르라. 그대들은 타인의 힘으로 일을 성취한 쓸모없는 자들이다. 하지만 맹약의 증인들로서는 필요한 의식이다."

조나라를 출발할 때 스스로 자신을 추천한 모수를 두고 다른 열아홉 명이 조소한 것을 빗대어 하는 말이었다. 무사히 합종을 결정짓고 귀국한 평원군이 이렇게 말했다.

"나는 앞으로 다시는 인물의 감정을 하지 않겠다. 평소에 천하의 인물을 잘못 보는 일은 없다고 자만하고 있었는데, 이번에 모 선생을 잘못 보았으니 부끄럽기 짝이 없다. 선생은 초나라에 가서 우리 조나라를 천하의 '귀중한 보배[九鼎大呂:천자의 존귀한 지위를 상징하는 것]'보다도 더 귀중하게 만들어 주셨다. 모선생이 한 번 놀린 세 치 혀는 백만 명의 군사보다 강했다."

평원군은 드디어 모수를 상객(上客)으로 극진히 대우하였다.

2007.10.29

인생의 댓글

경남 毛遂(모수)가 말한 '因人成事'는 자기 힘으로 일을 이루지 못하고 남의 노력에 의해서 얻어지는 성과를 가리킨다. 평원군을 수행했던 식객들이 평소 모수를 업신여겼지만 실제 일을 당해서는 아무 성과를 내지 못하고 결국 모수의 공로로 일이 성사되었으므로 그들의 자만심을 조롱한 뜻이 담겨 있다. 우리는 당면한 일들을 자신의 힘만으로 감당하지 못할 경우도 많다. 그러므로 무엇이든 함께 일을 이루려면 더욱 겸허한 삶의 태도를 지녀야 하겠네…

순희 '다른 사람의 힘에 의지하여 일을 이룬다'는 말이 오히려 힘을 얻습니다. 혼자서 잘해 나가는 세상이지만 혼자서보다는 서로 의지하고 서로 도우며 사는 아름다운 미덕이 필요한 즈음입니다. 혼자 어려워하고 혼자 외로워하는 누군가에게 힘이 되어 줄 수 있다는 것은 참으로 보람되다고 생각해 봅니다. 우리 이화 모임도 혼자보다는 이렇게 서로 마음을 나누며 사는 공동체가 되어감에 감사를 드립니다.

미순 "한 사람이면 패하겠거니와 두 사람이면 능히 당하나니 겹 줄은 쉽게 끊어지지 아니하느니라.(전 4:12)"
예로부터 백지장도 마주 들면 가볍다고 했거니와 아무리 자신이 만만한 일도 자만했다가는 낭패를 당하게 되지요. 오늘도 귀한 말씀 감사

유순 이 세상만사가 혼자 힘으로 되는 일이 있겠습니까. 혼자 할 수 있다고 생각하는 인간의 오만이 항상 문제겠지요. 오늘도 감사!

동숙 혼자 힘으로 안 될 때는 다른 사람의 힘을 빌려 같이 일을 처리해 나가는 건 아름다운 일이지요. 서로 돕고 도와주고… '因人成事' 잘 배웠네요.

요즘 날씨에 감기 조심하시구요.

선숙 사람은 사회적 동물이라 서로 서로 인연이 되고 돕기도 하고 도움도 받으며 살아가야겠지요. 독불장군이 없듯이 말입니다. 근데 사람으로 인하여 일이 성사되는 것은 기쁜 일이지만 사람으로 인하여 상처받고 일이 그르쳐지는 일은 없어야겠지요. 사람으로 인하여 일이 그르쳐지고 상처를 받으면… 약도 없으닝깐요.

미생지신 尾生之信

尾:꼬리 미 / 生:날 생 / 之:어조사 지 / 信:믿을 신
미생의 신의. 곧 우직하게 약속만을 굳게 지키는 일을 이른다.

『사기(史記)』〈소진열전(蘇秦列傳)〉에 다음과 같은 이야기가 전한다.

노(魯)나라의 미생(尾生)이 어느 날 여자와 개울가 다리 아래에서 만나기로 약속을 하였다. 약속 시간에 대어 나간 미생은 여인을 기다리고 있는데 큰비가 와서 개울물이 삽시간에 불어나게 되었다. 미생이 기다리던 여인은 너무 많은 비가 오자 그곳에 나오지를 않았다. 그러나 미생은 그 여인과의 약속을 지키기 위하여 큰물이 밀려 와 계속 불어나도 다만 다리 기둥을 꼭 붙든 채 그곳을 떠나지 않았다. 그러다가 끝내 다리 기둥을 끌어안고 물에 잠겨 죽고 말았다. 그의 믿음이 이와 같았다.

위의 이야기는 전국시대 변설가인 소진(蘇秦)이 연(燕)나라 왕에게 말한 가운데에서, 하나만 알고 둘은 모르는 고지식하고 어리석은 신의의 예로 든 이야기다.

한편 미생은 『논어(論語)』에 나오는 미생고와 같은 인물이라고 일컬어지고 있다. 그는 너무나 우직하게 약속을 지키려고 하여, 이웃 사람이 간장을 얻어 가려고 하자 자신의 집에 간장이 떨어진 것을 알고는 뒷문으로 나와 이웃집에서 간장을 얻어다 준 일화도 전해지고 있다.

2007.01.10

인생의 댓글

경남 오늘날 우리 사회에 신의가 너무 부족하여 고지식하게만 보이는 '尾生之信'이 오히려 부럽기까지 하네…

선숙 싸부님, 이 尾生이란 남자 말입네다. 아니 이 화상이 정신이 나갔구만… 이거이 의리의 싸나이 같소? 아니믄, 데무사니 융통성두 없는 머저리 같소? 아이쿠마니나!!! 고거이 내레 모르갔습네다. 거저 내 서방 아닌 것만 고맙수다레… 이런 서날미(남자)가 서방으로 있다믄야 거 어케 살갔습네까? 관두구 말다… 약속두, 의리두, 신의두 푼수 있게 지켜야디… 이 화상 정신이 나갔구만… 거저 요즈음같이 신의가 땅바닥에 내동댕이쳐진 사회에서 이런 사람도 있으니끼니 잘 알아두라는 교훈으루 알갔습네다. 싸부님, 내레 말을 너무 함부루 한 거이, 이거이 큰일이디요? 거저 좋은 쪽으루 해석하갔시요…

선애 水至淸卽無魚라 했던가? 그렇다고 어찌 물더러 흐려지라 하겠나? 융통성 있고 여유 있고 아량 있고 임기응변에 능하고 통 크다는 말이 尾生之信의 반대말로 쓰이지는 않았으면 좋겠네.

민선 헤헤, 배웠으면 써 먹어야제. 고걸 유식하게 과유불급 히히… 싸부님, 요런 제자를 위한 상 없나요?

윤화 요즈음 세상에는 미생과 같이 우직한 사람도 그리워지네요. 노틀담의 곱추의 콰지모도랑 비슷하기도 하고… 너무 로맨틱한 상상인가요?

혜숙 동감이야. 세파에 곰바위 같은 사람으로 살기가 어디 쉽나요?

민선 이왕 사랑을 하려면, 미생 정도의 믿음과 열정은 있어야제, 암… 안 그래? 그래도 그 사람 완쥰히 무엇의 무법자같이 불어나는 빗물과 한판 대결했구려. 그려 모자람이었나, 아님 오기였나, 아님 순진무구한 사랑의 힘이었나… 조 위의 선숙이 말마따나, 나도 그런 낭군님은 시러…
(고런 secret lover는 갠찮겠구먼… 죽지는 말고…)

여도지죄 餘桃之罪

餘:남을 여 / 桃:복숭아 도 / 之:어조사 지 / 罪:허물 죄
먹던 복숭아를 준 죄.
사랑 받을 때에는 받아들여지다가 사랑이 식고 난 뒤에는 죄가 되는 경우를 이르는 말이다.

『한비자(韓非子)』〈세난편(說難篇)〉에 다음과 같은 이야기가 전한다.

전국시대 위나라 왕 영공에게는 왕의 극진한 사랑을 받는 미자하(彌子瑕)라는 미동(美童)이 있었다. 어느 날 밤, 미자하는 어머니가 병이 났다는 소식을 들었다. 그는 급한 김에 허락 없이 임금의 수레를 타고 집에 가서 어머니를 만나고 왔다. 당시, 왕의 수레를 몰래 쓰게 되면 발뒤꿈치를 자르는 형벌을 받게 되어 있었다. 그러나 영공은 이 이야기를 듣자 벌을 주기는커녕 오히려 그의 효심을 칭찬하였다.

"진실로 효자로다. 어미를 생각하는 마음에 형벌을 두려워하지 않다니……."

또 한번은 왕이 미자하의 과수원을 방문했는데 마침 미자하는 복숭아를 따서 먹다가 맛이 아주 달아 나머지 반쪽을 왕에게 바쳤다. 왕은 그것을 받아 맛있게 먹고서 미자하를 칭찬하였다.

"훌륭하도다. 얼마나 나를 사랑하기에 맛있는 것을 다 먹지 않고 내게 주겠는가."

이렇게 미자하에 대한 사랑이 극진하던 왕도 세월이 흐르고 미자하가 늙어 자태가 점점 빛을 잃자 더 이상 총애하지 않게 되었다.

그러던 어느 날 미자하가 왕의 비위에 거슬리는 행동을 하자, 왕은 지난 일을

상기하고 버럭 소리쳤다.

"네 이놈, 언젠가 몰래 내 수레를 훔쳐 탔고 또 먹다 남은 복숭아를 내게 주었었지. 못된 놈이로고."

한번 애정을 잃고 나니 전에는 칭찬받았던 일이 후에는 벌을 받아야 할 행동이 되고 말았다. 상대의 감정이 변화함에 따라 같은 행동도 전혀 상반된 평가를 받게 됨을 일컬어 '여도지죄(餘桃之罪)'라고 하게 되었다.

2006.08.15

인생의 댓글

경남 '고운 놈 미운 구석 없고 미운 놈 고운 구석 없다'는 속담처럼 같은 言行도 사람에 따라, 시간에 따라 달리 평가되기 일쑤이다. 사랑받을 때나 용납되는 언행은 훗날 어떤 결과를 가져올지… 사람이, 또 사랑이 한결같기란 그리도 어려운 일인가.

유순 경남아, 이 글을 읽고 나니 두 며느리에게 항상 한결같은 사랑을 주는 시어머니가 되도록 노력해야 되겠다는 생각이 드네. 핏줄인 자식을 한결같이 사랑하는 것은 어려운 일이 아니겠지만 며느리에 대한 사랑은 시어머니가 먼저 한결같은 사랑을 베풀려고 노력해야겠지. 고맙다. 항상 마음을 돌아보는 글을 올려 주어서…

선숙 귀에 걸면 귀걸이, 코에 걸면 코걸이. 해석하기 나름이지. 에구, 간사한 게 사람 마음이야… 입에 달면 삼키구, 쓰면 뱉어 버리는 게 사람 인심이지… 긍께 사람은 지내봐야 알구, 물은 건너봐야 안다구, 어디 한결같을 수가 있남?

백경 '본인의 기분에 따라 모든 것을 받아들이는 기준이 달라진다'… 맞아
요!… 가끔 내 자신도 그리 될 때가 있답니다… 마음 밭을 잘 갈고 닦도
록 노력해야지요…

불언장단 不言長短

주:아니 불 / 言:말씀 언 / 長:길 장 / 短:짧을 단
남의 장점이나 단점을 함부로 말하지 않음.

『지봉유설(芝峯類說)』에 다음과 같은 이야기가 전한다.

황희(黃喜) 정승이 젊었을 때의 일이다. 여행을 하다가 길가에서 쉬면서 농부가 두 마리의 소를 멍에하고서 밭을 갈고 있는 것을 보고는 물었다.

"두 마리의 소 중 어느 쪽이 더 낫습니까?"

농부는 대답하지 아니하고 밭갈이를 그치고 와서 귀에 대고 속삭여 말하였다.

"누런 소가 낫습니다."

황희가 기이하게 여겨 말하였다.

"무엇 때문에 귀에 대고 서로 말합니까?"

농부가 대답하였다.

"비록 짐승이라 할지라도 그 마음은 사람과 더불어 같습니다. 이것이 나으면 저것은 못한 것이니, 소로 하여금 이 말을 듣게 한다면, 어찌 불평하는 마음이 없겠습니까?"

황희는 크게 깨달아, 드디어 다시는 남의 장단점을 함부로 평가하지 않았다.

2006.08.08

인생의 댓글

경애 경남아, 이제 따라갈 만하다. 혜현이한테 일 안하고 뭐하냐고 야단맞아 가며 한자 공부한다. 열심히 배울게. 사위 될 청년이 중국 사람이라서.

선숙 사흘 만에 서당이 이렇게 훌륭해졌으니 경사 났습니다. 범생인 경애는 열심히 공부해서… 중국 사위 앞에서 한문을 써 가며 실력을 과시해 본 다면? 그 사위… 장모의 실력에 깜짝 놀라겠네요.

혜영 아니, 언제 이런 좋은 공부 칸이 생겼어? 중학교 때 재미있었던 한문시 간이 생각난다. 선생님 성함은 잊었지만.

영혜 농부는, 하찮은 짐승이라고 볼 수 있는 소의 감정을 중요시했고, 黃喜 (황희) 정승은 하찮은 농부의 말이라고 할 수 있는 그 농부의 의견을 존 중해서 그 말에서 깊은 깨달음을 얻었네요.

은자 황희 정승의 남을 배려하는 마음이 돋보이는 일화네요. 살아갈수록 장 단점 가릴 자격이 없음을 자각합니다. 누구나 달라서 재미있지 않아요?

숙희 좋은 뜻으로 한 말이 다른 사람에게 상처를 줄 수 있다는 것을 생각하지 못할 때가 많지요. 특히 아이들한테는 성격 장애를 가져올 수도 있는 데… 좋은 말씀 감사합니다.

태산불사토양 泰山不辭土壤

泰:클 태 / 山:뫼 산 / 不:아니 불 / 辭:사양할 사 / 土:흙 토 / 壤:흙덩이 양
태산(泰山)은 흙을 사양하지 않음.
곧 태산은 작은 흙덩어리도 가리지 않고 받아들임으로써 큰 산이 되었듯이, 모든 의견을 배척하지 않고
상황에 맞게 거두어 두루 사용하는 넓은 도량을 비유하여 이르는 말이다.

『사기(史記)』〈이사열전(李斯列傳)〉에 다음과 같은 이야기가 전한다.

이사(李斯)는 초(楚)나라 사람으로 순경(荀卿)을 찾아가 제왕의 정치학을 두루 익힌 후, 더 큰 뜻을 펼치기 위해 초나라를 떠나 진(秦)나라로 갔다. 이사는 진나라의 승상 여불위(呂不韋)의 가신이 되었는데, 여불위는 그를 신임하여 시위관(侍衛官)에 임명하였다. 이후 이사는 진나라 왕에게 유세할 기회를 얻어 큰 신임을 얻게 되어 객경[客卿:다른 나라의 인물을 등용하여 주는 공경(公卿)의 직위]의 자리에 올랐다.

그런데 한(韓)나라에서 온 정국(鄭國)이라는 사람이 운하를 만든다는 명목 하에 진나라의 인력과 자원을 소비시켜서 동쪽 정벌을 포기하게 하려는 음모를 꾸몄다가 발각되는 일이 일어났다. 이에 진나라의 왕족과 대신들은 모든 빈객을 축출하자고 주장하였고, 이사도 그 대상 인물에 올랐다. 그러자 이사는 상소를 올려 자신의 통치술을 다음과 같이 피력하였다.

"지금 관리를 채용하는 데 있어 인물의 진위와 능력의 유무 등은 제쳐 놓고 불문곡직 진나라 사람이 아니다 하여 추방하려 하니 이는 결코 제후를 지배하는 방도가 아닙니다. 신은 토지가 광활하면 곡식이 많고 나라가 크면 인구가 많으며 병력이 강대하면 전사(戰士)가 용감하다고 들었습니다. 태산(泰山)은 한 줌의

흙도 사양하지 않아 저렇게 커졌으며, 하해(河海)는 작은 물줄기라도 가리지 않아 저렇게 깊어졌습니다. 마찬가지로 왕자(王者)는 어떤 백성도 물리치지 않기 때문에 덕을 천하에 밝힐 수 있는 것입니다. 따라서 땅은 모두 옥토가 되어 사방의 차별이 없고, 백성은 모두 왕신(王臣)이 되어 분열이 없어집니다. 이리하여 국토는 사시사철 아름답고 귀신이 복을 내립니다. 이는 일찍이 오제(五帝) 삼왕(三王)에게 적이 없었던 까닭입니다.

그런데 지금에 와서는 백성을 버려서 적국을 이롭게 하고 빈객과 천하의 인재들을 내몰아 진나라에 공을 세우지 못하게 하며, 다시는 진나라로 들어오지조차 못하게 하니 이는 도둑에게 무기를 빌려 주고 양식을 공급하는 일과 다를 바 없습니다. 진나라에서 나지 않는 물건 중에 보배로운 것이 많고, 진나라에서 태어나지 않은 인재 중에 진나라에 충성하려는 자들이 많습니다. 그런데 지금 빈객들을 내쫓아 적국을 이롭게 하고 백성을 덜어 원수에게 보태주며 스스로 공허함을 자초하여 많은 인사들의 원한을 사게 되니 이 어찌 국가를 위태롭게 하는 발상이 아니겠습니까?"

이사의 상소문을 읽은 진왕(秦王)은 이사의 생각이 옳다고 하면서 즉시 타국인 추방령을 취소하고, 오히려 이사를 최고 법관직인 정위(廷尉)에 임명했다. 그 후 이십여 년 동안에 진나라는 마침내 천하를 통일하고 군주를 높여 비로소 황제(皇帝)라 칭하였으며, 이사는 승상이 되었다.

2007.03.02

인생의 댓글

경남 태산은 한 줌의 흙도 사양하지 않아 커졌으며, 하해는 작은 물줄기라도 가리지 않아 깊어졌다는 이사의 말을 듣고 타국인 추방령을 취소하고 이사를 더 높은 자리에 임명한 진시황제의 넓은 도량이 돋보인다. 나는 언제쯤이나 어떤 사람이라도 다 수용할 수 있는 넓은 도량을 지닐 수 있을까… 나이 들면서 아집 때문에 마음이 갈수록 더 좁아지니 큰일이네…

선숙 싸부님요, 그런 말 마이쇼~잉… 싸부께서 그런 말허신다면… 나 같은 사람이야 마음이 좁다못혀… 에고 내 마음의 길로 개미 한 마리나 지나갈 수나 있을까? 오늘은 가르침을 받았응께 마음의 길을 넓히는 '도로확장공사'를 착수하겠시유… 약속혀유…

선숙 '티끌모아 태산'이란 말도 있듯이 한줌의 흙이 모여 태산이 되었겠지요. 태산같이 큰 인물이 되려면 다방면에서 다양한 사람들을 만나야 할 때가 얼마나 많을까요? 자기의 뜻과 맞는 사람, 도저히 맞지 않는 사람… 음식 싫으면 버리면 그만이지만 사람 싫은 건… 근데 종갓집 장독 맨치루 큰 그릇이 되려면 포용하는 마음이 넓어야 하겠습니다.
싸부요, 이론은 이런데… 아, 글쎄 실전에 들어가면… 에구, 맙소사!! 그게 여~엉, 당췌, 징~허게 되덜 않지요. 시방부터라도 안 맞는 사람들의 의견이라도 '他山之石' 삼이 포용력을 키우는 데 노력을 하겠습니다. 요~ 우에 있는 산을 봉께… 그랴 그랴 우리의 좁쌀 같은 마음을 버려야지…

영혜 泰山不辭土壤은 세계 각국에서 이민을 받아들이는 미국의 정책과 그 정책에 따르는 矛盾을 생각케 하네요…

은자 그래, 미국의 이민법과 대동소이하구나. 수용할 때가 있으면 배척할 때

노 있는 것이 역사의 리듬인가 싶어.

동숙 '泰山은 한 줌의 흙도 사양하지 않아 저렇게 커졌으며, 河海는 작은 물줄기라도 가리지 않아 저렇게 깊어졌습니다.' 여기서 얻은 깊은 뜻을 조금이라도 받아들일 수 있다면…

은자 泰山不辭土壤의 원칙은 바로 쪼꼬만 우리나라에서 써야 할 방법인데… 중국 땅에서 소수민족이 차별대우 받지 않는 것도 이러한 가치관이 있어서일까?

민선 우리 젊을 때에는, 화교들의 비애를 모르는 사람들이 참 많았는데…

선숙 민선아, 맞다. 화교들이 하나같이 하는 말, '한국이 제일 살기 힘들었던 나라'라고… 왜 그렇게 화교들을 포용하는 마음이 좁았을까? 그러면서 한국 사람들은 어떻게 세계 각국에 나가 살고 있는지… 너무 포용력이 작았던 탓이겠지…

영혜 사부님, 은자야, 민선아, 선숙아, 우리나라 사람들은 외국에서 차별을 안 받고 동등한 대우를 원하면서, 다른 나라 사람들은 동등하게 대하지 않았으니…

민선 나도 대학 다닐 때, 화교한테서 그들이 받는 차별대우를 듣고 깜짝 놀랐었어. 그때도, 내 맘에 매우 부당하다고 생각했었지.
이번에 아픈 게, Stomach flu가 아니라, kind of 식중독이었던 것 같애. 요즘은 비행기 안에서 식사 제공을 안 하니까, LA 쪽에서 컬럼버스까지 오려면 긴 비행이니까, salad를 공항 안에서 사서, 오는 도중에 먹었는데, 그게 탈이었나 봐. 여행 다닐 때, salad 사먹지 마. 꼭 익힌 음식 사 먹도록… 지금은 좀 많이 나아서, 내일 시카고 간다.

어이아이 於異阿異

於:어조사 어 / 異:다를 이 / 阿:언덕 아
'어' 다르고 '아' 다름.
즉 점 하나 차이에 의해 뜻이 완전히 달라지듯이
말을 어떻게 하느냐에 따라 같은 뜻의 말이라도 아주 다른 느낌을 주는 것을 말한다.

『열상방언(洌上方言)』에 다음과 같은 이야기가 전한다.

박상길이라는 나이 지긋한 백정에게 두 양반이 고기를 사러 왔다. 먼저 한 양반이,

"얘 상길아, 고기 한 근 썰어라."

라고 명령하듯 말하였다. 다른 양반은 상대가 천민이지만 나이 지긋한 사람에게 함부로 반말하기가 거북하여

"박 서방, 여기 고기 한 근 주시게."

라고 말하였다. 먼저 고기를 산 양반이 보니까, 자기 것이 다른 양반의 절반도 안 되어 보였다. 화가 나서

"이놈아, 같은 한 근인데 어찌 내 것은 이리 적으냐?"

하니 고깃간 주인이 다음과 같이 답하였다.

"손님 고기는 상길이가 자른 것이고 이 어른 고기는 박 서방이 잘랐습죠."

'아이어이(於異阿異)'는 '어 다르고 아 다르다'를 한역한 말이다.

2006.10.30

인생의 댓글

경남 말하기가 이처럼 쉬운 듯하면서도 어렵네 그려. '가는 말이 고와야 오는 말이 곱다', '말로 천 냥 빚을 갚는다'란 속담도 있듯이 상대방을 배려한 마음이 담긴 말을 해야겠네.

숙혜 싸부님, 이 몸은 유행가 한가락 읊조리겠나이다. ♫님이라는 글자에 점 하나만 찍으면 도로 남이 되는 장난 같은 인생사⋯♫

유순 '어' 다르고 '아' 다르다를 한역한 말이 '於異阿異'라고요? 첨 들어보는 한문이네⋯ 아직도 갈 길이 멀군요. 싸부님.

선애 이 四字成語 재미있네. 於와 阿의 뜻을 생각하면 무슨 말인지 골치만 아프겠구먼. 어떤 건 흡으로 어떤 건 뜻으로. 어렵다, 어려워.

민선 경남아, 나 지금 돌아왔어.(내가 아직 공부 시작을 안 한 고로 아직은 싸부 라 안 부른다.) 나 없는 새에 이렇게 진도가 막 나가 뿌리면, 난 어찌하라 고⋯ 흑흑.

유순 민선아, 반갑다. 네가 안 들어오니 카페에 활기가 좀 없었는데⋯ 이제 분위기가 다시 통통 튀겠네⋯ Welcome back!!

순희 옛날 어른들이 하신 말⋯ '어' 하고 '아' 하고 듣는 사람의 마음이 달라진 다고 하시던 말씀이 생각난다. 말 한마디에 천 냥 빚을 갚는다⋯라는 말도 생각나고⋯

선숙 맞어 맞어⋯ '남'이란 글자에서 점 하나 떼 버리고 '님'이 되어 살다가⋯ 그렇게 살다가 떼어 놓았던 점을 다시 붙이고 싶은 나날들이 얼마나 많 았던고⋯ 점 하나가 이렇게 극에서 극을 달리네⋯

영혜 於異阿異라니, 易地思之가 더욱 중요하게 느껴지네요.

3부

평화

천하언재 天何言哉

天:하늘 천 / 何:어찌 하 / 言:말씀 언 / 哉:어조사 재
하늘이 무슨 말을 하겠는가.
곧 귀로 들으려 하지 말고 마음으로 생각해서 알아야 한다는 말이다.

『논어(論語)』〈양화편(陽貨篇)〉에 보면 다음과 같은 이야기가 전한다.

하루는 공자(孔子)가 제자 자공(子貢) 앞에서 혼잣말처럼 이렇게 말했다.

"나는 이제 말을 하지 않고자 한다."

이 말씀을 들은 자공은

"선생님께서 말씀을 하지 않으시면 저희들이 어떻게 배울 수 있겠습니까?"
라고 말했다. 이에 공자는 다음과 같이 답변하였다.

"하늘이 무엇을 말하더냐? 그래도 사시가 제대로 운행되고 온갖 사물들이 다
생겨난다. 하늘이 어디 말을 하더냐?"

제자 자공의 공부가 이제 말 없는 가운데 진리를 깨달아야 할 단계에 이르렀
음을 알려 주기 위하여 공자는 이와 같이 말하였다.

2006.12.24

인생의 댓글

경남 자연은 말 없는 가운데에도 四時와 절기가 어김없이 바뀐다. 우리의 삶
도 자연의 운행처럼 어그러짐 없이 질서 있게 돌아간다면 얼마나 좋으

랴… 자연의 말 없는 가르침을 잘 깨달아 살아갈 수 있으면 참 바람직할 텐데…

숙혜 이 가르침을 알아듣기까지는 세월이 걸리는데…

순희 그래… 맞어… 세월이 지나야 마음으로 생각하고 이해하게 되겠지…

영혜 무언 중에 본을 보이는 자연을 스승 삼아, 모두들 조용하게 진리를 깨닫는다면 이 세상이, '말로써 말이 많으니, 말을 말까 하노라.' 비슷하게 되겠네…

유순 귀한 말씀을 들어도 알아듣지 못하는 때가 많으니 天何言哉의 경지는 정말 멀고 먼 길인 것같이 느껴지는군요.

윤화 한 해를 보내며 마음을 들여다보고 차분히 근신하라는 사부님의 가르침 감사하옵나이다. 그리고 자연은 우리의 영원한 스승이라는 말씀도 가슴 깊이 간직하겠나이다.

혜숙 자연은 끊임없이 우리에게 진리를 알려주는데… 온갖 세상 생각을 파도에 씻어 버리고, 침묵하는 마음으로 자연의 言語를 깨닫고 싶네요. '침묵은 金이다'

기기기익 己飢己溺

己:자기 기 / 飢:주릴 기 / 溺:빠질 익
남이 굶주리면 자기가 그를 굶주리게 한 것과 같이 생각하고,
남이 물에 빠지면 자기로 인해 물에 빠진 것처럼 생각함.
곧 다른 사람의 고통을 자기의 고통으로 생각하고
그들의 고통을 덜어주는 것이 자신의 책임이라고 생각하는 것을 이른다.

『맹자(孟子)』〈이루편(離婁篇)〉에서 맹자(孟子)는 우(禹)와 직(稷)을 칭송하여 다음과 같이 말하였다.

"우임금과 직과 안회(顔回)는 같은 길을 걸은 분이다. 우임금은 천하에 물에 빠진 사람이 있으면 자신 때문에 물에 빠진 듯이 생각하였다. 직은 천하에 굶주리는 사람이 있으면 자신 때문에 굶주리는 듯이 여겼다. 이렇게 생각하기에 자신의 책임으로 알아 급히 구해야 할 일로 여겼던 것이다. 우임금과 직과 안회는 서로 그 처지를 바꾸더라도 모두 그렇게 했을 것이다."

'기기기익(己飢己溺)'은 위의 글에서 유래한 것이다.

전설에 따르면, 중국의 상대 제왕 가운데 우임금은 치수를 잘하여 오랜 홍수의 재앙을 막아낸 분이다. 그리하여 물에 빠진 사람이 있으면, 마치 자신이 치수를 잘못해 그 사람이 물에 빠진 것처럼 생각하였다.

한편 직은 백성들에게 농삿일을 가르치고 농기구를 만들어 후에 '곡신(穀神)'으로 받들어진 분이다. 그리하여 굶주리는 사람이 있으면, 마치 자신이 백성들을 잘 돌보지 못해 굶주리는 것처럼 생각하여, 자신의 집 대문 앞을 지나면서도 집 안으로 들어서지 못하고 시급히 그 일을 먼저 처리하였다고 한다. 이처럼

다른 사람의 고통을 자신의 고통처럼 여기며, 그 고통을 덜어주기 위해 간절하게 마음을 쓰는 것을 '기기기익'이라고 한다.

이 말을 나누어서 '인기기기(人飢己飢)', '인익기익(人溺己溺)'이라고도 한다.

2007.10.26

인생의 댓글

경남 지도자의 덕목은 수없이 많다. 그중에서도 백성이 굶주리면 자신이 그들을 굶주리게 한 것으로 여기고, 백성이 아파하면 자신이 그들을 아프게 한 것으로 여겨, 어떻게 해서든지 그들을 시급히 구하려고 애쓰는 지도자라야 참다운 지도자라 할 수 있을 것이다. 만약 가난한 백성을 보고 '가난 구제는 하늘도 못한다'고 하면서 방치해 두고, 잘사는 백성을 보면 배가 아파 그냥 놔두고는 못 견디는 윗사람이 있다면 그들을 어떻게 지도자라 하겠는가. '己飢己溺'하는 지도자를 가려 선택하는 것도 국민의 福이겠네…

동숙 남의 어려움을 자기 어려움으로 생각하고, 덜어 주려고 노력하는 이 맘은 우리가 가져야 할 덕목인데 님 좋은 말씀이군요. 오늘도 기쁜 하루 보내시길. ^^*

순희 그래… 그런 뜻을 가진 말이 있었군요… 바로 그래서 하나님은 나의 고통을 당신의 고통으로 여기시고, 어떻게 할 수 없어 드디어는 당신의 독생자 예수 그리스도를 이 세상에 보내어 나의 아픔과 고통을 대신 지고 나를 구원하시고 살리심을 다시 생각하게 합니다.

유순 유교에서 말하는 '측은지심'과도 통하는 말인 것 같군요. 지도자는 모름지기 이런 덕목이 가장 우선 되어야 할 터인데… 이번 선거가 참 중요함을 다시 느끼게 됩니다. 오늘도 좋은 하루 되시길…

미순 "예수께서 가라사대 네 마음을 다하고 목숨을 다하고 뜻을 다하여 주 너의 하나님을 사랑하라 하셨으니 이것이 크고 첫째 되는 계명이요 둘째는 그와 같으니 네 이웃을 네 몸과 같이 사랑하라 하셨으니 이 두 계명이 온 율법과 선지자의 강령이니라.(마 22:37~40)"
위 글에 나오는 우임금과 직과 안회는 하나님의 둘째 계명인 이웃을 내 몸과 같이 사랑한 분들이네요. 오늘도 귀한 말씀 감사.

숙혜 己飢己溺(기기기익)까지는 감히 바라지 않고 남을 탓하지 않고 살 수 있기를…

선애 옛날 사람들이 우리처럼 골치 아픈 공부 안 하고도 사람으로서의 도리를 지키며 살 수 있었던 건 다 이런 성현의 말씀을 배우고 익혔었기 때문인 듯합니다. 요즘엔 사람이 어떻게 살아야 하는가보다는 얼마나 더 많이 가질 수 있는가에 가치를 두기 때문에 세상이 어지러운 것 아닐까요?

백구과극 白駒過隙

白:흰 백 / 駒:망아지 구 / 過:지날 과 / 隙:틈 극
흰 망아지가 빨리 달리는 것을 문틈으로 봄.
인생과 세월의 덧없고 짧음을 이르는 말로 줄여서 '구극(駒隙)'이라고도 한다.

『장자(莊子)』〈지북유편(知北遊篇)〉에 다음과 같은 말이 실려 있다.

사람이 하늘과 땅 사이에서 사는 것은, 흰 말이 달려 지나가는 것을 문틈으로 보는 것처럼 순간일 뿐이다. 모든 사물들은 물이 솟아나듯이 문득 생겨났다가 물이 흐르듯 아득하게 사라져가는 것이다. 변화로써 태어났다가 또한 변화로써 죽을 뿐이다. 생물들은 이를 슬퍼하고, 사람들도 이를 슬퍼한다. 죽음이란 화살이 화살통을 빠져나가고, 칼이 칼집을 빠져나감과 같이 혼백이 육신에서 빠져나가고 이에 몸이 따라 무(無)로 돌아가는 것을 말함이니, 이야말로 위대한 복귀가 아닌가! 사람이 이 세상을 산다는 것은 이처럼 허무한 일이다.

『사기(史記)』의 〈유후세가(留侯世家)〉에도 여태후(呂太后)가 유후(留侯)인 장량(張良)에 대하여 한 말이 다음과 같이 기록되어 있다.

인생의 한 세상 삶이 흰 말이 달려 문틈을 지나는 것과 같구나. 어찌 스스로 괴로워함이 이와 같음에 이르겠는가?

2007.01.14

인생의 댓글

경남 이 풍진 세상에 부귀영화를 누린다면 얼마나 누리겠는가. 짧은 인생에 연연할 것이 아니라 천국 잔치에 소망을 두고서 깊은 믿음을 지니고 살고 싶다…

혜성 공부 잘 안하는 학생이 작심하고 들어온 방에 황공하게도 댓글 첫 번째 자리를 누리는 행운을 얻었네요. 싸부님, 이 몸도 앞으로는 한문시간 열심히 들어올 것을 약속하겠습니다요. 중일 때 첫 번째 한문 시험을 보느라 밤새 울면서 안타까이 공부하던 것은 내 평생에 잊지를 못한다오.

혜현 손녀가 하나 생겼나 했더니, 둘째가 금년 황금 돼지 해에 또 하나 나온단다. 큰아이 결혼하면 또 쏟아지게 생겼다. 우리 며느리들은 아이 낳으라고 하면 싫다는 소리 안 해서 이쁘다. 손녀 보고 있음 우리 아들 어릴 때가 생각난다. 그 세월 언제 다 지나갔는지, 다시 한번 안아 보고 싶다.

경남 혜현아, 축하한다. 그리고 참 예쁜 며느리들이네… 우리 아이들 키울 때는 그렇게까지 귀여운 줄은 몰랐는데 할머니가 되고 나니 귀여운 걸 느끼네… 진작 알았다면 엄청 예뻐했을 텐데… 모든 걸 다 세월이 흐른 후에야 깨달으니…

유순 '내일 일을 너희기 알지 못하는도다. 너희 생명이 무엇이냐. 너희는 잠깐 보이다가 없어지는 안개니라.(야 4:14)' 이 말씀을 생각케 하네요. 잠깐 보이다 없어지는 안개에 목숨 걸고 있는 우리 모습… 싸부 말대로 '천국 잔치에 소망을 두고서 깊은 믿음을 지니고' 살고 싶습니다. 수고하셨어요!

동숙 요즘은 길을 걷다가도, 누구와 말을 하다가도 60을 바라보는 나이임을 깨닫고 엊그제 같던 젊은 시절이 떠올라 시간의 빠름, 덧없음을 느끼곤 하지요. 白駒過隙이네요. 남은 시간들 사랑하면서 보내겠다고 다짐을 하고서도… 오늘도 싸부님 수고 많으셨어요. 늘 좋은 음악과 글 감사!

선숙 싸부님! 안녕하세요? '백구과극'인 세상에 우리가 취할 것이 무엇이겠습니까? 그래서 전에는 어른들이 노는 판에서 흔히 부르던 창가… '노세 노세 젊어서 놀아, 늙어지면 못 노나니, 화무는 십일홍이요, 닭도 차면 기우나니…' 그리고 예전에 어르신들이 '너희들도 한번 늙어봐라, 세월 잠깐이다' 하시던 말씀의 뜻을 이제 알겠습니다. 우리 나이가 60을 바라보는 나이가 되고 보니… '인생은 나그네 길, 어디서 왔다가…' 이런 노래도 생각나는군요. 덧없는 세상에 취할 것이 무엇이겠습니까? 싸부님 말대로 오직 여호와의 말씀을 날마다 즐겨 묵상하며, 천국 잔치에 소망을 두는 삶이 가장 가치 있는 삶이지요. 귀한 가르침 감사합니다.

동숙 나이든 분들이 하던 말과 행동을 지금 내가 똑같이 하고 있는 걸 보고 나도 놀랄 때가 있어. 난 절대 그럴 것 같지 않았는데 말이야. 나도 젊은 사람들에게 그렇게 말하지. 그대도 나이 들어보라고. 그때가 곧 온다고…

향순 요즘이야말로 '白駒過隙'이란 말이 실감이 나네요. 십대 땐 그렇게도 날짜가 안 지나가더니, 이젠 아침에 눈 뜨고 돌아서면 저녁이라오. 안개와 같은 우리의 남은 인생은 친구들과 더불어 사랑하고, 기도하면서 살고 싶네요.

선숙 맞다, 향순아. 어릴 때는 그렇게도 안 가던 시간들이 어른 되니깐 유수

같다는 표현을 많이 썼는데… 지금은 유수가 다 뭐냐? 폭포라고 해야
되겠지… 우리가 좀더 있으면 '백구과극' 이런 표현이 딱이네 하는 마음
일 게야… 그래 남은 인생을 친구들하고 더불어 기도하고, 사랑하면서
살자.

혜숙 옛 선조들은 어찌 이리도 표현을 잘 하실까요? '백구과극', 문틈과 같은
인생… 찰라 같은 인생의 순간을 다시 생각하게 하는 가르침에 감사합
니다.

신토불이 身土不二

身:몸 신 / 土:흙 토 / 不:아니 불 / 二:두 이
몸과 땅이 둘이 아니고 하나임.
우리 땅에서 나는 음식이 우리에게 잘 맞는다는 말이다. '불이(不二)'란 '둘이 아니고 서로 한 가지'라는
말로 불교에서 주로 사용하는 용어인데, 이 말은 서로 연결되어 같은 기운을 받는다는 뜻이다.

조선시대 의서(醫書)인 『향약집성방(鄕藥集成方)』 서문에서 '기후 풍토와 생활
풍습은 같다'고 하였고, 『동의보감(東醫寶鑑)』에서는 '사람의 살은 땅의 흙과 같
다.'고 하였다.

한편 중국 원나라 때의 보도법사(普度法師)가 펴낸 『노산연종보감』의 게송[偈
頌:부처님 공덕을 찬미한 노래] 중 〈신토불이(身土不二)〉라는 제목에서, '몸과 흙은
본래 두 가지 모습이 아니다'라는 말이 사용되고 있다. 또한 '신시불이(身時不二)'
하는 말도 사용되는데, 그 뜻은 '사람의 몸과 그 시절에 나는 음식은 둘이 아니
다'라는 말로, 곧 제철에 나는 음식을 먹어야 몸에 좋다는 말이다.

2006.10.07

인생의 댓글

경남 五穀百果(오곡백과)가 풍성한 한가위를 맞아 이 말을 올렸어요.

유순 "사람의 살은 땅의 흙과 같다"라는 말이 와 닿네. 흙에서 와서 흙으로
가는 것이 우리의 삶인데… 빈손으로 와서 빈손으로 간다는 말과도 통하
겠고… 이런 섭리를 거스를 때 신체에도 마음에도 병이 생기겠지. 身土

不二에도 이런 깊은 뜻이 있구나. 경남아, 매일 깨우쳐줘서 고맙다.

선애 경남아, 오늘 아침 신문에 보니 트랜스 지방에 대한 기사가 났더라고. 자세히 읽어보니 트랜스 지방을 덜 먹는 길은 우리 전통 음식을 먹는 것이겠더라. 역시 身土不二야.

영혜 身土不二이니 點心은 뒤뜰에서 난 채소로 하는 게 건강에 좋겠네요.

혜숙 나이 들면서 몸이 먼저 내게 호소합니다. 빵과 햄, 감자… 좋아했었지요. 그래서 breakfast를 참 enjoy했는데, 지금은 내 속이 이제는 그만! 하고 소리칩니다. '身土不二' 음식은 좋아 좋아합니다. 역시 우리 몸에는 우리 것이 제일이지요.

각득기소 各得其所

各:각각 각 / 得:얻을 득 / 其:그 기 / 所:처소 소
각자 자기가 있을 자리에 있음.

『한서(漢書)』〈동방삭전(東方朔傳)〉에 다음과 같은 이야기가 전한다.

중국 한(漢)나라 무제(武帝) 때의 일이다.

무제의 누이 동생인 융려공주(隆慮公主)에게는 아들 소평군(昭平君)이 있었는데, 그는 무제의 딸 이안공주(夷安公主)를 아내로 맞아들였다. 병으로 위독하던 융려공주는 훗날 아들 소평군의 안위(安危)를 대비하여 황금 1,000근과 1,000만전의 돈을 가지고 무제에게 나아가 나중에 아들이 죽을 죄를 짓게 되더라도 미리 속죄해 달라고 청했다. 무제가 이를 허락했다.

황제의 사위이자 융려공주의 아들인 소평군은 차츰 교만하고 횡포해지더니 그만 술에 취해 관원을 죽이고 체포되었다. 소평군이 공주의 아들이라는 연유로 인하여, 정위[廷尉:사법 담당 관리]는 무제에게 그 죄를 결정해 달라고 주청하였다.

무제는 난처하였다. 법을 거스를 수도 없고 죽은 여동생과의 약속도 지키지 않을 수 없었기 때문이었다. 대신들은 모두 이미 죄는 대속(代贖)되었으므로 사면해야 한다고 주장하였다. 이에 무제가 눈물을 흘리고 탄식하며 말하였다.

"내 여동생이 나이 들어 이 아들 하나만을 두었고, 죽을 때는 나에게 부탁까지 했었는데……."

그러다가 무제는 한참 있다가 말하기를,

"법령이란 선제(先帝)께서 만드신 것이요. 동생에 대한 동정 때문에 선제의 법령을 어긴다면 내가 무슨 면목으로 조상의 사당에 들어갈 수 있겠소. 또 아래로는 만백성의 믿음을 저버려 그들을 대할 수가 없게 될 것이오."

하고, 법률에 따라 사형을 명하였다. 그리고 슬픔을 이기지 못해서 울음을 그치지 못하니 좌우의 신하들도 모두 슬퍼하였다.

이때, 동방삭(東方朔)이 앞으로 나아가 축수(祝壽)하며 말하였다.

"신이 듣건대, 성왕(聖王)께서 정사를 베푸시매 상을 줌에는 원수도 꺼리지 아니하고, 죄를 지은 자를 죽임에 골육지친(骨肉之親)이라도 골라내지 않는다 하였습니다. 또한 『상서(尙書)』에 이르기를, '한 곳에 치우치지 아니하고 무리를 짓지 아니하니 제왕의 길은 넓고도 넓도다'라고 하였습니다. 이 두 가지 일은 오제(五帝)께서 소중히 여기신 법이며, 삼왕(三王)도 하기 어려워한 일이었습니다. 그런데도 폐하께서는 행하셨으니, 이로써 사해(四海)의 만백성들은 모두 자기의 맡은 바를 지키며 살 수 있을 것이니[是以四海之內 元元之民 各得其所] 천하를 위해서는 매우 다행한 일입니다. 신(臣) 동방삭은 술잔을 받들어 죽음을 무릅쓰고 두 번 절하며 만세의 수를 누리시기를 축원합니다."

무제는 아무 말 없이 안으로 들어가 버렸는데, 그날 저녁 동방삭을 불러 말하였다.

"그대가 내 심정을 이해하지 못하다니, 징말 밉살스럽소."

"저는 다만 폐하의 공정함을 찬양하고 슬픔을 위로해 드리기 위해 술잔을 바쳤을 따름입니다."

간곡한 동방삭의 답변에 감탄한 무제는 전에 빼앗은 관직을 되돌려 주고 비단 백 필을 하사하였고 그 후로 더욱 총애하였다.

2007.08.24

인생의 댓글

경남 무제는 사위이자 누이동생의 아들인 소평군을 죽게 하자니 인간의 정리로서 차마 할 수 없는 노릇이고, 그를 살리자니 국법을 함부로 어기는 일이요, 또한 만백성들과의 신의를 저버리는 일이기에 이러지도 저러지도 못할 처지였다. 그러나 무제는 사사로운 정리를 뒤로 하고 국법에 따름으로서 東方朔의 말대로 백성들이 各得其所하게 하였다. 오늘날에도 윗사람이 불편부당하게 일을 처리한다면 우리 모두 각자의 맡은 바 일에 더욱 충실할 수 있을 텐데…

영혜 武帝가 누이동생의 유일한 아들에게 법률에 따라 사형을 명한 것은 先公後私의 극단적인 예로서, 제갈량이 막역지우 마량의 아우, 마속을 형장으로 보내고, '아끼는 사람일수록 가차없이 처단하여 大義를 세우지 않으면 안 된다'라고 말하면서 소맷자락에 얼굴을 묻고 마룻바닥에 엎드려 울었다는 泣斬馬謖을 연상시키네요. 🚂 🏛️

은자 '원수라도 상 주고, 골육지친이라도 법대로 다스린다'는 원칙을 지킨 무제가 참 훌륭하군요. 아무리 생각해도 무제가 참 난감하고 힘들었을 것 같네요.

선숙 '악법도 법이다' 하고 도주할 기회가 있었지만 스스로 죽음을 택한 소크라테스를 생각하며… 先帝가 만든 법령에 따라 사위이자 조카인 소평군에게 사형을 내린 漢武帝를 생각하며… 이렇게 난처하고 곤란한 분위기인데 동방삭이 나서서 왕에게 한 말씀을 하고도 상을 후히 받아갔으니… 과연 동방삭이군요.

복날에 왕을 기다리지 못하고 먼저 고기를 잘라가서 부인을 '細君' 하고 부르면서 기쁘게 해주고도 왕에게 벌은커녕 술 한 섬과 고기 백 근을 상으로 더 받아간 재치 넘치는 동방삭. 근디, 싸부님 동방삭이 삼천갑자인 180,000년을 살았다는디… 정말인가? 미순아 오늘 내가 쓴 한문은 '세군'(No.213)이야. 더위에 잘 지내… with love

영혜 선숙아, 네가 쓴 한문 얘기할 때, 미순이 이름만 부를 게 아니라, 내 이름도 좀 불러… ㅎㅎ

선숙 영혜야, 내가 한문 쓰고 네 이름 부르면… 지나가는 도꾸가 다 웃을 일이지… 아니 번데기 앞에서 워찌 주름을 잡겄다고… 그렁께, 우맹처럼 너를 따라 흉내를 내보며 그저 미순이 이름만 부르는 거지… ㅎㅎㅎ

미순 맞아. '세군'에 그런 일화가 있었지❗ 선숙아❗ 영혜야❗ ~ ~ ~ 그냥 불러 봤어. 기분이 막 좋아지거든…

선숙 동방삭은 잔머리를 잘 쓰고 후한 상을 받았는디, 잔머리 쓰다 혼난 이야그. 산에서 도를 닦는 스승과 3명의 제자.

> 스승: (제자1에게 죽은 들쥐를 주며) 무슨 냄새가 나느냐?
> 제자1: 썩은 냄새가 납니다.
> 스승: 그건 네 맘이 썩어서 그렇다.
> 스승: (제자2에게 김을 주며) 무슨 색깔이냐?
> 제자2: 검은 색입니다.
> 스승: 그건 네 마음이 검은 탓이다.
> 스승: (제자3에게 간장 한 병을 주며) 무슨 맛이 나느냐?
> 제자3: (제자가 잔머리를 굴리며) 단맛이 납니다.
> 스승: 뭐 단맛이 난다고? 그럼 원~샷이다.

에구, 긍께 우리덜은 잔머리 굴리지 말자구. 동방삭두 아닌데, 잔머리 잘못 굴리면… 봉변 당헌다구… 안 그랴?

일엽지추 一葉知秋

一:한 일 / 葉:잎 엽 / 知:알 지 / 秋:가을 추
잎 하나가 떨어지는 것을 보고 온 천하가 가을인 것을 앎.
작은 한 가지 일로써 전체가 어떻다는 것을 알 수 있다는 뜻으로도 사용된다.

『회남자(淮南子)』〈문록(文錄)〉에 다음과 같은 이야기가 실려 있다.

한 점의 고기를 먹어 보고서 한 냄비 속의 고기 맛을 다 알며, 깃털과 숯을 매달아 놓고서 방안 공기가 건조한지 습한지를 알 수 있다. 이처럼 작은 것으로써 큰 것을 밝히 알 수 있다. 낙엽 하나가 떨어지는 것을 보고서 장차 한 해가 저물 것을 알며, 항아리 속의 물이 언 것을 보고 천하가 추워졌음을 안다. 이것은 가까운 것으로써 먼 것을 아는 것이다.

한편 『문록(文錄)』에는 당(唐)나라 사람의 다음과 같은 시구를 인용한 것이 보인다.

山僧不解數甲子(산승불해수갑자) 산속의 스님은 갑자(甲子)를 헤아릴 줄 몰라도
一葉落知天下秋(일엽락지천하추) 낙엽 하나 지는 것을 보고 천하에 가을이 왔음을
　　　　　　　　　　　　　　　안다.

이들 표현들은 모두가 작은 일로써 앞으로 벌어질 일의 대세를 미루어 짐작할 수 있다는 뜻으로 사용된 것이다.

2007.08.31

인생의 댓글

경남 작은 한 가지 일을 보고서 큰일이 벌어지거나 장차 닥쳐 올 것을 아는 것은 삶의 지혜이다. 이처럼 사소한 것에서 큰일의 기미를 깨달아 아는 것을 가리켜 흔히 '일엽지추(一葉知秋)'라 한다. 비근한 데서 일의 형세를 제대로 판단할 수 있는 안목이 있으면 얼마나 좋을까.

올해 여름은 너무 무덥고 끈끈해서 무척 힘들게 지내셨죠? 요즘 며칠은 아침 저녁으로 가을의 냄새가 조금 나는 듯하네요. 가을이 빨리 와서 오래 머물러 주기를 바라는 마음으로 이 글을 올립니다.

선애 👍 📗❗ 낙엽이란 말만 들어도 가슴이 설레고 가을이 온 듯한데 이 방에서 그 어려운 📗까지. '一葉落知天下秋'… 이렇게 멋진 말 외워서 써먹어야지.

숙혜 가을을 노래함… 코스모스를 노래함…

은자 '一葉落知天下秋'… 너무도 아름다운 말이네요. 마지막 잎 떨어질 때까지 오랫동안 가을이 지속되기를… 오늘도 감사.

미순 "무화과 나무의 비유를 배우라. 그 가지가 연하여지고 잎사귀를 내면 여름이 가까운 줄을 아나니(막 13:28)"

우리가 구름이 하늘에 떠 있는 것을 보고, 비가 올 것을 미루어 알 듯이, 모든 것의 징조에 민감해져야겠지요. 마지막 때를 사는 우리에게 시기 적절한 말씀 감사, 감사. 오늘도 건강하시고 복된 주일 보내세요.

선숙 전에 읽었던 책에서 기억나는 내용인데…

'해가 떴다가 지고 다시 뜨면 하루고… 달이 둥글게 됐다가 다시 둥글게 되면 한 달이고…' 이렇게 자연이 알려주는 대로 살면 되는데… 그리고 우리에겐 배꼽 시계가 있어 알아서 아침, 점심, 저녁 끼니를 먹으면 되구, 깜깜하면 자구, 해 뜨면 일어나구, 강물 풀리면 냇가에 나가서 목욕하구, 꽃이 피면 봄이 온 것을 알게 되구. 이렇게 자연인이 되어 자연 속에서 산다면… 뭔 스트레스를 받을 일이나 있을까요? 甲子는 무슨 甲子씩이나… 달이 둥그레졌다가 다시 둥그레지면 한 달로 치면 되는디. '한 송이 꽃이 핀 것으로 온 천하가 봄이 온 것을 안다'… 내가 썼지만, 와~ 멋진 표현이네요.

경남 선숙 씨, 정말 멋진 표현이네요… 자연의 흐름에 따라 물 흐르듯 산다면 무슨 스트레스를 받을 일이 있겠습니까❓ 감사합니다…^^

선숙 맞아요, 자연은 우리에게 모든 것을 가르쳐주는 스승이지요. 자연에는 수많은 비밀이 있는데 그것을 찾아내면 과학이고 찾지 못하면 자연법칙이라고 누군가가 한 말이 생각납니다. 우리는 모든 걸 자연에게서 배우고 자연의 순리대로 살면 제일 좋은 방법이겠지요.

치망설존 齒亡舌存

齒:이 치 / 亡:망할 망 / 舌:혀 설 / 存:있을 존
단단한 이는 없어져도 부드러운 혀는 남아 있음.
곧 강한 것은 쉽게 망하나 부드러운 것은 오래 존속됨을 비유한 말이다.

『설원(說苑)』〈경신편(敬愼篇)〉에 다음과 같은 고사가 전한다.

옛날 중국의 유명한 사상가인 노자(老子)의 스승은 상종이란 분이었다. 상종이 늙고 병들어 이제 곧 숨을 거두려고 하자, 노자는 스승께 찾아가 마지막 가르침을 청하였다.

"선생님! 돌아가시기 전에 제게 남기실 가르침이 없으신지요?"

스승은 이렇게 말했다.

"고향을 지나갈 때에는 수레에서 내려라. 너는 알겠느냐?"

노자가 대답했다.

"이렇게 말씀하시는 것은 어디에서 살더라도 고향을 잊지 말라는 뜻이 아니신가요?"

스승은 옳다고 하시며 다시 말씀하셨다.

"높은 나무 밑을 지날 때는 종종걸음으로 걸어가거라. 너는 알겠느냐?"

노자가 바로 대답했다.

"선생님께서 이렇게 말씀하시는 것은 어른을 공경하라는 뜻이 아니신지요?"

높은 나무는 그 숲에서 가장 나이가 많은 나무다. 종종걸음은 걸음의 폭을 짧게 해서 어른이나 임금님 앞을 지날 적에 걷는 걸음걸이이다. 높은 나무 밑을

지나갈 때 종종걸음으로 가라는 스승의 말을 듣고 노자는 윗사람을 공경하라는 말씀으로 곧 알아들었다. 상종은 옳다고 하며, 입을 벌려 노자에게 보여주고 물었다.

"나의 혀는 아직 그대로 있느냐?"

노자가 그렇다고 하니, 상종이 다시 물었다.

"그러면 나의 치아는 있느냐?"

노자가 없다고 하니, 상종이 다시 물었다.

"너는 이것이 무슨 까닭인지 알겠느냐?"

노자가 대답했다.

"무릇 혀가 아직 있는 것은 그것이 부드럽기 때문이요, 치아가 빠지고 없는 것은 그것이 너무 단단하기 때문입니다."

상종은 노자의 대답을 듣고 기뻐하며 말하였다.

"옳다! 세상 모든 일의 이치가 이와 같도다. 이제 너에게 더 해 줄 말이 없구나."

이 말을 달리 '치폐설존(齒弊舌存)'이라고도 한다.

2007.09.19

인생의 댓글

경남 노자는 '사람은 생명을 유지하고 있을 때에는 부드럽고 약하지만 죽음을 당하게 되면 굳고 강해진다. 풀과 나무도 살아 있을 때는 부드럽고 연하지만 죽게 되면 마르고 굳어진다. 그러므로 굳고 강한 것은 죽음의 무리이고 부드럽고 약한 것은 삶의 무리다.'라고 하였다. 부드러운 것이 굳센 것을 이긴다는 것은 참 진리요, 오랜 지혜인데도 사람들은 뻣뻣하고

강하게만 나가려고 하다가 실패하는 경우가 많다. 어찌하면 이런 진리를 깨우쳐 생활 속에 잘 실천할 수 있을까…

경애 싸부님 말씀대로 실천하기가 어렵지요. 깨우치는 거도 어렵지만 아는 거를 실천하기가… '외유내강'이란 말이 떠오르네요. 휘어질 줄도 알아야 한다는 말씀이겠지요.

선숙 맞어요, 그래서 강철은 휘어지지 못하고 '딱' 하고 부러지잖이여… 우리들도 강철 맨치로 뻣뻣하게 굴지 말고 연철모양 이리저리 휘어지기도 해야 되겠습니다.

영혜 선숙아, 나도 '부러지는 것보다 휘어지는 것'… '바람과 햇볕' 이야기가 제일 먼저 생각나더라… 같은 경험을 하면서 자라서 공통적인 연상을 하는 거겠지…

영혜 老子는 '상투적이고 상식적인 것을 역설적 화법을 구사하여 뒤집으면서 道와 진리를 드러내'었다니, '부드러운 것이 굳센 것을 이긴다는 것은 참 진리'라는 말이 이해가 되고, 부드러운 물을 최상의 표본으로 여기는 上善若水도 이해가 가네요. 老子가 그의 道德經에서 한 말, '하지 않음을 행하고… 작은 것을 크게 알고, 적은 것을 많게 알며, 원수 갚기를 德으로 한다… 聖人은 마침내 큰 섯을 하지 않기 때문에 능히 큰 것을 이루어 낸다.'라는 날에서 유래된 報怨以德도 생각나네요. '단단한' 복수심을 이긴 '부드러운' 마음이 원수 갚기를 德으로 할 수 있게 하겠지요.

은자 상종과 노자, 그 스승에 그 제자네요. 무력보다는 담화, 성냄보다는 용납, 회초리보다는 타이름 등… 시간은 걸려도 부드러운 것이 궁극적 승리를 거둘 때가 정말 많은 것 같아요. 오늘도 감사.

선숙 며칠 전 어느 글에서 읽었는데… 오늘 싸부님이 올리셨네요. 부드러움만이 강함을 이기며 오래 보존된다는 사실을요. 윗글을 보니 우리가 궁민핵교 댕길 때 저학년 때 배운 '바람과 햇볕'이 생각납니다. 지나가는 사람의 외투를 벗기는 내기를 할 때 바람은 몹시 쎄게 불었지만 그 사람은 바람이 불수록 외투를 더욱 꽉 잡고 있었지요. 부드러운 햇볕은 힘도 하나 안 들이고… 그렇군요. 분냄, 악, 고집, 강함, 분노… 등은 자신을 지키려 더욱 거세게 힘을 가하건만… 온화한 부드러움을 당하지를 못하는 이치군요. 옛 스승들의 가르침을 따르면 우리들이 많이 깨닫게 되는데, 이론은 옹캉 잘 아는데 실천에는 워찌 요로코롬 어려운지…

은자 바람과 햇볕, 그리고 외투 얘기 참 좋네요.

유순 학교 때 변선환 목사님이 괴테의 파우스트에 나오는 그레첸을 이야기하시면서… '여성의 부드러움이 모든 것을 구원한다'는 말씀을 역설하시던 것이 생각나네요. 선숙이 말대로 이론은 이미 어렸을 때 이화의 교육으로 다 마스터했는데… 실천이 안 따라주니 그것이 문제군요. 오늘도 감사드립니다.

오사필의 吾事畢矣

吾:나 오 / 事:일 사 / 畢:마칠 필 / 矣:어조사 의
나의 일은 끝났음.
곧 담담히 죽음을 맞는 사람의 마지막 한 마디를 가리키는데
오늘날에는 그저 '자신의 역할을 다 끝냈다'는 뜻으로 사용한다.

『송사(宋史)』〈문천상전(文天祥傳)〉에 다음과 같은 고사가 전한다.

남송(南宋)이 원(元)나라에 의해 멸망할 때의 일이다. 많은 사람들이 항복하기도 하고 순절하기도 하였는데, 끝까지 항전한 사람으로 문천상(文天祥)이라는 문관(文官)이 있었다. 그는 원나라의 강화 사절로 파견되었을 때 원나라 군의 철수를 요구했다가 즉시 갇히는 신세가 되고 말았다.

며칠 후 원나라 군대가 수도 임안(臨安)에 들어와 황제 등 수천 명을 붙잡아 상도(上都)로 보냈는데, 문천상도 함께 보내졌으나 도중에 탈출하여 공제(恭帝)의 형인 익왕(益王)과 아우인 광왕(廣王)이 세운 망명 정권에 합세하였다. 이후 그는 각처의 군사를 모아 원나라에 항쟁했으나 마침내 원군에 붙잡히고 말았다.

이듬해 대도(大都)로 호송되던 도중에 송나라가 완전히 무너진 것을 알고 비탄에 빠졌다. 문천상은 대도의 감옥에 갇히게 되었는데, 원나라의 세조는 문천상의 인격과 재능을 아깝게 여겨 원나라 조정에 투항할 것을 권유하였다. 심지어 재상의 지위까지 약속했으나 그는 동요하지 않고 끝내 원나라 섬기기를 거부하였다. 그는 옥중 생활에서도 다음과 같은 〈정기가(正氣歌)〉를 읊어서 자신의 기상과 충절을 드러내고 있다.

天地有正氣(천지유정기)	천지에는 정기가 있어
雜然賦流形(잡연부류형)	이리저리 흩어져 모양을 이룬다.
下則爲河嶽(하즉위하악)	아래로는 강과 산이 되고
上則爲日星(상즉위일성)	위로는 해와 별이 된다.
於人曰浩然(어인왈호연)	사람들이 호연이라 부르는 것이
沛乎塞蒼冥(패호색창명)	누리에 또한 가득 들어찼더라.
	-하략-

원나라 세조는 끝까지 섬기기를 거부한 그에게 마침내 처형의 명을 내렸다.
형 집행 직전에 문천상은 형리를 돌아보며 이렇게 말했다.
"나의 일은 끝났도다."
그러고는 남쪽을 향하여 절을 한 다음 담담히 죽음을 맞이하였다.

2007.09.16

인생의 댓글

경남 남송이 원나라에 의해 끝내 멸망하고 말았지만 문천상 같은 충신은 원
나라 황제 쿠빌라이의 갖가지 회유에도 불구하고 끝까지 조국에 대한
신의와 충절을 지켰다. 그가 읊은 '正氣歌'에도 남다른 꿋꿋한 기상이
잘 드러나 있다. 죽음을 눈앞에 두고 '내 일은 끝났도다'라고 담담히 말
하는 그의 자세에서 의연한 삶을 느끼게 되네…

선숙 권력 따라 세력 따라 간에 붙었다 쓸개에 붙었다 하는 것이 보통 사람들
의 마음인데… 역시 영웅들은 뭐가 달라도 확실히 다르군요. 원나라에
서 모든 지위와 직책이 보장 되었는데도 조국에 충절을 지키면서 조국

과 자신에 오점을 남기지 않고 스스로 죽음을 택하며 '나의 일은 끝났도 다' 하며 죽음을 택한 文天祥의 마음이 위의 그림 綠竹하고 같습니다. 마음의 향기를 담은 국악 명상곡이 오늘따라 더욱 심금을 울리네요. 에 휴… 이런 인물은 '그림의 떡'이 아니라 '글 중의 인물'인가? 이런 사람이 나랏님 후보로 나선다면… 온 백성들이 적극적으로 밀어줄 텐데…

미순 "오직 너희 하나님 여호와를 친근히 하기를 오늘날까지 행한 것같이 하라.(수 23:8)"
오늘의 '吾事畢矣'에 연해서 여호수아의 유언 중 일부를 올렸어요. 사람이 임종 순간에 남기는 말에 자기의 살아온 모습과 참된 모습이 보일 것 같아요. 오늘도 귀한 말씀 감사.

숙혜 자신의 일이 무엇인지 아는 자… 그리고 삶이 끝날 때 나의 일은 끝났도 다… 할 수 있는 자는 정녕 복되도다.

순희 언젠가 담담히 하나님 앞으로 갈 날을 맞이할 때, '아버지 이제 제가 할 일을 다 했나요?' 조용히 물어보면서 이 세상을 마칠 때를 생각해 봅니다…

호사다마 好事多魔

好:좋을 호 / 事:일 사 / 多:많을 다 / 魔:마귀 마
좋은 일에는 마(魔)가 많이 낌.
곧 좋은 일에는 방해되는 일이 많다거나, 좋은 일이 실현되기 위해서는 많은 풍파를 겪어야 한다는 것을
비유하는 말이다.

중국 원(元)나라 말기의 고명(高明)이 지은 희곡 〈비파기(琵琶記)〉에는 다음과 같은 대사가 나온다.

"누가 알겠는가? 좋은 일에 탈이 많아 풍파가 일어날 것을……."

이 말은 또 중국 청(淸)나라 때의 작가인 조설근(曹雪芹)이 지은 〈홍루몽(紅樓夢)〉에 다음과 같이 사용되고 있다.

"그런 홍진 세상에 즐거운 일들이 있지만 영원히 의지할 수는 없는 일이다. 하물며 또 '옥에도 티가 있고, 좋은 일에는 탈도 많다[美中不足 好事多魔]'라는 여덟 글자는 긴밀하게 서로 연결되어 있어서 순식간에 즐거움이 다하고 슬픈 일이 생기며, 사람은 물정에 따라 바뀌지 않는 법이다."

한편, 금(金)나라 때 동해원(董解元)이 지은 〈서상(西廂)〉에 다음과 같은 표현이 나온다.

"이른바 참으로 좋은 시기는 얻기 어렵고, 좋은 일에는 탈도 많다."

또한 우리나라의 〈춘향전(春香傳)〉에서도 다음과 같은 표현이 나온다.

"이렇듯이 사랑가로 즐길 적에 호사다마(好事多魔)라, 뜻밖에 사또께서 동부승지 당상하여 내직으로 올라가시게 되었구나."

이 말은 좋은 일이 오래 계속되지 않는다는 점에서 좋은 꿈은 오래가지 않는

다는 '호몽부장(好夢不長)'과 같은 의미이다. '호사다마(好事多魔)'의 '마(魔)'는 '마(磨)'라고도 쓴다. 또 이 말은 '좋은 일에는 방해가 많다'는 의미의 '호사다방(好事多妨)'과 통한다.

2007.09.05

인생의 댓글

경남 세상 일에 한결같기를 기대하는 것은 무리인 것 같다. 삶 속에는 기쁨이 다하면 슬픔이 오고, 좋은 일이 있는가 하면 괴로운 일이 닥쳐오는 것이 되풀이 되지 않던가… 그러기에 수많은 작품에 '好事多魔'라는 표현이 빈번히 사용되고 있다. 우리에게 좋은 일만 계속된다면 자칫 오만에 빠질 수 있고, 때로 어려움을 겪고 나서 겸허해지는 것을 볼 때 '아픈 만큼 성숙해진다'는 말이 작품에서만 사용되는 말이 아님을 깨닫게 되네…

은자 너무도 동감이어서 더할 말이 없군요. 그래서 범사에 감사하며 살라고 하셨나 봐요.

영혜 인생은 塞翁之馬… 花無十日紅이라는 말들이 새삼스럽네요… 그래서 황희 정승은 喜怒未見으로 일관했었는지도…

미순아, 오늘 내가 쓴 한문들은, '새옹지마'(No. 11), '화무십일홍'(No. 12), '희로미현'(No. 201)…🐞🌷🐞

미순 맞아❣ 인간사 '새옹지마' '화무십일홍'이지❣ 영혜야❣ 오늘도 건강한 하루 보냈겠지… 💕愛

경애 '아픈 만큼 성숙해진다.' 딸 아이 결혼을 시키고 실로 어머니가 된 것 같습니다.

영혜 경애야, 네 이름과 답글 보니 오래간만에 네 목소리 듣는 것 같아서 반갑구나. 네 딸 결혼, 인생의 큰 과정을 성취시킨 것, 다시 한번 축하한다. 이곳에서 자주 보자.

숙혜 삶의 이중성을 이야기한 노래⋯ 이 몸이 좋아하는 both sides now가 생각납니다. 구름, 사랑 그리고 인생의 양면⋯ 異面을 보지 못하는 것일 수도 있지만 때로는 보지 않으려는 것은 아닐까요⋯? 전도서에서도 비슷한 귀절이 있지요. A time to laugh, a time to weep⋯ a time to dance, a time to mourn⋯

선애 "⋯But we loved with a love that was more than love — I and my Annabel Lee — With a love that the winged seraphs of heaven Coveted her and me. And this was the reason that, long ago, In this kingdom by the sea, A wind blew out of a cloud, chilling My beautiful Annabel Lee-" '好事多魔'라면 생각나는 구절⋯
싸부님 영어로 이렇게 답글 달아보니 무지 유식해진 것 같네요.

선숙 좋은 일이 있을 때에도 즐거워만 하지 말고 어려운 일이 일어날 경우를 대비하여야겠습니다. 우리네 인생사에서 계속 좋은 일만 있지 않겠고 그것 또한 지나갈 것이며, 어려운 일이 있더라도 그것 또한 지나가겠지요. 好事와 多魔는 인생살이에 언제나 공존하는 일⋯ 좋은 날에도 궂은 날을 대비해야 하며, 비바람 친다 해도 개일 날을 기다리면서 견딜 수 있기를⋯

순희 '호사다마'라⋯ 좋은 일에 마가 낀다⋯ 왜 그렇게 된다고 생각했을까⋯

좋은 일이 생기니… 자칫 교만해지고, 스스로를 돌아보기보다, 남을 배려하기보다, 겸손해지기보다, 나서기 쉽고, 덤벙대기 쉽고, 함부로 말하기 쉽고, 등등 그렇게 되니, 실수하기 쉽고, 남의 마음을 이해하기보다, 상처를 주기 쉬워지니… 관계는 원만해질 리가 없을 테니… 자연히 좋은 일에 마가 낀다고 말하지 않았을까… 하나님 말씀에… '고난이 축복이라'란 말이 생각납니다…

순사반츤 巡使反櫬

巡:돌 순 / 使:부릴 사 / 反:되돌릴 반 / 櫬:널 츤
순찰사가 관을 되돌림.

조선 중기의 화가 장한종(張漢宗)의 『어수신화(禦睡新話)』라는 소화집에는 다음과 같은 이야기가 전한다.

옛날 어느 순찰사(巡察使)가 어떤 큰 마을의 뒷산에 명당자리가 있다 하여 조상의 무덤을 그 곳으로 옮기려고 했다. 마을 사람들은 만약 순찰사 조상의 묘가 그 곳에 오게 되면 자기네 고을이 망한다고 하여 모두 걱정을 했지만, 순찰사의 위세를 겁내어서 감히 입을 열지 못하고 매일 몰래 모여 대책을 논의했다. 그러나 묘안을 찾지 못하여 쩔쩔매고 있을 때, 한 할머니가 나서서 말했다.

"내게 묘수가 있으니, 나에게 한 냥씩 거두어 주시구려."

"만약 장례를 막지 못하면 어떻게 할 참입니까?"

"그렇게 되면 여러분들이 나를 죽여도 원망하지 않겠소."

이리하여 마을 사람 수 백 명이 모두 한 냥씩 모아 그 할머니에게 주었다. 할머니는 순찰사가 천장[遷葬:무덤을 옮기는 짓]하는 날에, 미리 술 한 병과 닭 한 마리를 준비하여 길 옆에 앉아서 기다렸다. 순찰사가 산에 도착하자, 할머니는 손을 모아 엎드리면서 아뢰었다.

"저는 고인이 된 지관 아무개의 아내입니다. 사또께서 명당을 구하여 묘를 옮기신다는 말을 듣고 간소한 술과 안주를 준비하여 축하드리기 위해 왔습니다."

순찰사는 할머니가 지관의 아내라는 말에 귀가 솔깃해 물었다.

"당신은 어찌하여 이곳이 명당인 줄 아는가?"

"저의 남편은 살았을 때에 늘 말하기를, '이곳에 무덤을 쓰면 그 아들은 반드시 임금님이 된다.'라고 하였기에 지금껏 그 말을 잊지 않고 있었습니다. 이곳은 마침 공산으로 남아 있는데, 사또께서 지금 이 땅이 명당임을 아시고 천장하시니 어찌 장한 일이 아니겠습니까? 마침 저는 늘그막에 자식 하나를 두었는데, 사또께서 나중에 꼭 거두어 주셨으면 합니다."

순찰사는 할머니의 이 말을 듣고 크게 놀라며 사람을 시켜 할머니의 입을 단속하게 하고, 마침내 이곳으로 묘를 옮기는 일을 그만두었다.

2007.06.09

인생의 댓글

경남 마을 뒷산에 순찰사 집안의 묘가 들어오면 마을이 망한다고 모두들 근심하는 차에, 한 할머니의 지혜가 한 마을의 걱정을 씻어 버린 묘수가 되었네. 이런데 어찌 나이 든 사람을 함부로 대할 수 있겠는가… 순찰사도 자칫 왕의 자리를 꿈꾸는 역적이 될까봐 할머니의 입을 단속하게 하였으니, 할머니의 생각이 몇 길 위임을 알겠네…

선숙 옴마나… 시상에두… 왕이 나올 자리라면 기를 쓰고 그 명당 자리에 묘를 쓰려구 난리일 텐디… 묘를 옮기는 일을 그만두었다니… 요즈음 사람들은 이해를 헐 수가 있겠는감? 세도에 눈이 먼 사람들이라면 있던 무덤도 파헤치고 몰래 묘를 쓸 텐디… 이런 공부를 허닝께, 우리 공부방이 월매나 수준 높은지… 아고고 감사혀요 싸부님. 역적인 줄은 알면시롱

나 같았어도 욕심이 굴뚝 같은 묘자리인디… 관을 돌렸다니 옛 사람들헌티 배울 게 요로코롬 끝도 없고 한도 없이 많디야… 요즈음의 높은 양반들이라면 일부러라도 그 묘자리로 관을 돌려 천장을 허질 않겠는감요?

미순 맞아요! 우리 조상의 지혜는 정말 놀랍지요! 오늘날 문화가 급속히 발전해 편리함을 누리고 살지만, 우리 조상들의 삶의 지혜를 따라갈 수가 없지요.

동숙 아유… 할머니의 지혜 놀랍네요. 나이 드신 어른들께는 무엇을 배워도 배운다니까요. 거저 산 게 아니니까요. 오늘도 감사. 더위 조심하세요.

미순 근게, 금보다도 귀한 지혜가 아닌감요. 금은 돈을 주면 살 수 있지만, 지혜는 돈을 주고 살 수 없지요. 오직 하나님께 구해야 얻는 것이지요…

선숙 차원 높은 야그를 하는 중인디… 나가 쓰잘 데 없는 야그 하나 혀도 될랑가? 묘를 쓴다닝께…

어느 사이가 안 좋은 할머니와 할아버지가 있었지요. 할아버지는 평소에 입버릇이 "내가 죽은 다음에라도 내 흉을 보면 죽어서라도 관을 열고 땅을 파헤쳐서라도 나와서 할멈을 혼내줄 테야…" 혀질 않았겠어요. 근디… 그 할아버지가 돌아가시고… 할머니는 동네방네 죽은 할아버지 흉을 보드랴… 동네 할머니가,

"이봐요, 그러다가 죽은 영감이 진짜로 나와서 혼내주면 어쩌려우?" 이러니

할머니: 염려 말아요. 시방 땅 속을 파느라 정신이 없을 거요.
동네 할멈: 무슨 말이유?
할멈: 그럴 줄 알고 내가 관을 엎어서 묻었잖우, 히히히.

동숙 아까징끼야, 내가 컴초보 때 어디서 읽고 너무 재미있어 후배 사이트에 옮겨 놓고 즐거워하던 생각이 생생하네…

선숙 옴마, 옥도정기야. 오랫만에 명약들의 이름이 다시 불려지네. 아고고 그리워라, 명약들의 이름이여. 이명래 고약, 원기소, 베타다인… 그려 그려 우리들은 약상자 속의 명약, 상비약, 그리고 비상약들이지… 안 그랴?

은자 마을 사람의 근심을 몰아내고, 순찰사의 자손은 물론, 할머니의 늦둥이 까지 도우려는 선견지명으로… 오히려 순찰사를 치켜줌으로써 한꺼번 에 災殃을 막은 할머니의 지혜가 놀랍네요.

남가일몽 南柯一夢

南:남녘 남 / 柯:가지 가 / 一:한 일 / 夢:꿈 몽
남쪽으로 뻗은 나뭇가지 밑에서의 한 꿈.
사람의 덧없는 일생과 부귀영화를 비유하여 쓰는 말이다.

『남가기(南柯記)』에 다음과 같은 고사가 전한다.

당(唐)나라 덕종(德宗) 때 순우분(淳于芬)이라는 사람이 있었다. 어느 날 술에 취하여 집 앞에 있는 아름드리 괴화나무의 남쪽가지 밑에서 잠시 낮잠에 빠졌는데 꿈속에 두 사나이가 나타나 말했다.

"저희들은 괴안국(槐安國) 임금의 명을 받들어 당신을 모시러 왔습니다."

이에 순우분은 그들을 따라 괴화나무의 구멍 속으로 들어갔다. 괴안국 임금은 그를 보자 매우 기뻐하면서 공주를 아내로 주며 말했다.

"지금 남가군(南柯郡)의 정치가 잘못되어 가고 있는데 그대가 태수가 되어 잘 다스려 주시오."

그렇게 되어 순우분은 20년 동안 남가태수(南柯太守)로서 고을을 잘 다스렸다. 모두들 그의 덕망을 칭송하고 있을 때, 단라국(檀羅國)이 남가군을 쳐들어 왔다. 순우분은 그 싸움에서 패배하자 태수직을 사퇴하고 시골로 내려갔다. 거기에서도 귀족들이 그와 교제를 원했고 권세도 높아지자 시기하여 중상 모략하는 자가 생겼다. 순간, 번민하다가 잠에서 깨고 보니 한낱 꿈이었다.

그가 일어나 주위를 살펴보니 괴화나무 뿌리 밑에 구멍이 하나 보였고 그 속에는 성(城) 모양을 한 개미집이 있는데 머리가 붉은 큰 개미 주위를 수십 마리

의 작은 개미가 지키고 있었다. 바로 꿈에 본 괴안국의 왕국이었다. 다시 구멍을 더듬어 남쪽으로 뻗은 가지로 올라가자 역시 성모양의 개미집이 있는데 바로 그가 태수로 있던 남가군이었다. 그날 밤 폭풍우가 지나갔다. 순우분이 아침에 다시 보니 개미집은 흔적마저 보이지 않았다. 너무나도 허망한 꿈이었다.

2006.10.14

인생의 댓글

경남 사람들이 추구하는 富貴榮華가 한낱 南柯一夢에 불과한데 그때문에 또 얼마나 마음을 쓰며 힘들게 사는가? 그저 마음 비우고 넉넉하게 사는 지혜가 필요한데…

선애 南柯가 地名이었네. 난 여태 南가(씨)가 꾼 꿈이 허망하다는 것을 말하는 줄 알았네. 세상은 넓고 배울 것도 많다.

영혜 인생은 一場春夢이고, 花無十日紅이라더니…

청천백일 靑天白日

靑:푸를 청 / 天:하늘 천 / 白:흰 백 / 日:날 일
푸른 하늘에서 밝게 비치는 해.
뒤가 깨끗한 일이나, 억울한 것이 판명되어 죄에서 풀려 누명을 벗게 되는 것을 가리킨다.

당(唐)나라 때의 문장가이자 관료인 한유(韓愈)는 당송팔대가(唐宋八大家) 중에서도 명문장가로 혁혁한 인물이다. 한유가 국자감의 사문박사(四文博士)로 있을 때, 친구인 최군(崔群)이 선주판관으로 가게 되었다. 한유는 그에게 〈여최군서[與崔群書:최군에게 보내는 글]〉라는 편지를 써 보냈다. 편지 속에서 한유는 친구의 인품을 칭송하며 남다른 우정을 드러내고 있는데, 그 속에 다음과 같은 구절이 있다.

"어느 날인가 한 사람이 찾아와, 그대를 두고 진실로 진선진미(盡善盡美)의 인품을 갖춘 것은 사실이지만 그래도 의문스러운 바가 있다고 하였다. 나는 어느 점이 의문스러우냐고 물었더니, 그 사람이 이렇게 말했다.
'군자란 마땅히 싫고 좋은 것이 있게 마련이고, 싫고 좋은 것은 분명해야 마땅한데, 청하사람[淸河人:최군이 청하(淸河) 출신이었기 때문에 그렇게 부름] 같은 경우는 현명한 사람이나 어리석은 사람이나 모두 가리지 않고 그 착한 점을 좋아하기만 하니, 그때문에 그 사람됨이 의심스럽습니다.'
이 말을 듣고 나는 이렇게 응답해 주었다네.
'봉황과 지초(芝草)가 상서로운 조짐이라는 것은 누구나 다 알고 있다. 또 청

천백일(靑天白日)은 노예라도 그것이 맑고 밝다는 것을 다 안다. 식물에 비유하자면, 먼 지방의 특별한 맛이 있는 것이라면 좋아하는 사람도 있고 혹은 좋아하지 않는 사람도 있을 터이지만, 밥이나 회나 고기 같은 것들을 싫어하는 사람이 있다는 말은 들어보지 못하지 않았는가?'

이렇게 얘기했더니 그 사람은 이윽고 그대에 대한 의문이 풀렸다네."

위의 편지 내용은 친구인 최군의 사람됨이 워낙 뛰어나 누구라도 그의 인품을 보면 그가 훌륭함을 당장 알아볼 수 있다는 칭송을 담고 있다.

한편 『주자(朱子)』에서는 주자가 맹자(孟子)를 평하는 데도 '청천백일'이라는 말을 사용하였는데 이때는 그야말로 순결무구(純潔無垢)하다는 뜻으로 쓰였다.

"청천백일(靑天白日)과 같아 씻어낼 때도 없고 찾아낼 흠도 없다."

2007.07.12

인생의 댓글

경남 일반적으로 '靑天白日'은 깨끗하다는 의미와 세상 누구나 다 안다는 뜻으로 사용된다. '靑天白日下에 환히 드러났다'는 말이나 그의 인품은 '靑天白日과 같다'는 표현 속에서 그 용례를 발견할 수 있다. 우리 마음을 항상 '靑天白日'과 같이 지닐 수 있다면 세상살이가 더 당당해지지 않을까…

영혜 靑天白日은 淸廉潔白과 비슷한 의미인가요? 그런데 좀 다른 얘기이긴 하지만, '세상 누구나 다 안다는 뜻'으로 쓰인다는 말을 대하니, '하늘이 알고, 땅이 알고… 단 두 사람만이 아는 비밀일지라도 어느 땐가 반드시 남들이 알게 되니 세상에 비밀이 없다'는 말, 四知가 생각나네요. 그리고 十目所視라고, 모든 사실이 세상 사람들에게 알려지겠지요.

미순 '四知'를 읽고 보니, 속담이 생각나네요. "밤 말은 새가 듣고 낮 말은 새가 듣는다"

영혜 미순아, 맞아! 맞아! 그런데, 밤 말은 '쥐'가 듣는 게 아닌가? ㅎㅎ

미순 그러게, 나이는 못 속여. '쥐'를 쓴다는 게 '새'를 두 번 썼네.

은자 최군은 사람의 착한 점만 보고 누구에게나 긍정적 태도를 취하고, 자신은 '靑天白日'처럼 정직하여 주변 사람의 신임을 얻었던 것 같네요. 좋아하는 사람, 싫어하는 사람이 있는 먼 곳의 음식과 달리, 늘 먹는 밥, 고기, 회처럼 최군을 싫다는 사람이 없다고 비유한 것이 인상적이네요. 오늘도 감사.

선애 靑天白日 하니 왜 엉뚱하게 자유중국(현 타이완)의 국기인 靑天白日旗가 생각날까요? 두개의 중국을 인정할 수 없다 하여 올림픽에서도 볼 수 없게 된 靑天白日旗의 운명을 생각하니 좀 우울하네요. 그것도 우리 세대나 아는 역사겠지요?

예미어도중 曳尾於塗中

曳:끌 예 / 尾:꼬리 미 / 於:어조사 어 / 塗:진흙 도 / 中:가운데 중

꼬리를 진흙 속에서 끌고 다님.

곧 신구(神龜)가 죽어서 귀히 되는 것보다 살아서 갯벌에 꼬리 끌기를 즐긴다는 데서 나온 말로, 벼슬을 하여 속박을 받기보다는 가난하고 천한 신분이나마 제 고향에서 마음 편히 지내는 것이 낫다는 말이다.

『장자(莊子)』〈추수편(秋水篇)〉에 다음과 같은 이야기가 있다.

장자(莊子)가 어느 날 복수(濮水) 가에서 낚시질을 하고 있었는데, 초(楚)나라 임금이 두 대신을 보내어 다음과 같은 뜻을 전해왔다.

"선생님께 나라의 정치를 맡기고 싶습니다."

이에 장자는 낚싯대를 잡은 채 돌아보지도 않고 대답하였다.

"듣자 하니 초나라에는 신구[神龜:신령스러운 거북]가 있다고 합니다. 삼천 년 묵은 죽은 거북을 임금이 비단 상자에 넣어 묘당(廟堂) 안에 귀하게 간직하고 있다더군요. 그 거북이 살아 있을 때에, 죽어서 그같이 소중하게 여기는 뼈가 되기를 원했겠습니까? 아니면 차라리 살아서 꼬리를 진흙 속에 끌고 다니기를 바랐겠습니까?"

대신들이 이에 다음과 같이 응답하였다.

"그야 물론 살아서 신흙 속에 꼬리를 끌고 다니기를 바랐겠지요."

장자는 대신들에게 이렇게 말하였다.

"그렇다면 그만 돌아가 주시오. 나는 장차 진흙 속에서 꼬리를 끌며 살고자 합니다."

이와 비슷한 뜻을 지닌 이야기가 『장자(莊子)』〈열어구편(列禦寇篇)〉에도 나

온다.

어느 임금이 장자를 벼슬길에 등용하려고 초빙했다. 이에 장자는 사신에게 다음과 같이 말하며 사양했다고 한다.

"당신들은 제사에 사용되는 소를 보았겠지요. 그 소에는 비단옷을 입히고 풀과 콩을 먹이지만, 제물로 끌려서 태묘(太廟)에 들어가게 되었을 때, 그 소가 외로운 송아지가 되기를 바란들 무슨 소용이 있겠습니까?"

장자는 관직에 올라 몇 해 동안 부귀를 누리다가 권력 투쟁의 제물이 되기보다는, 차라리 권력을 멀리하고 평생 일없이 태평하게 사는 것이 더 바람직하다는 뜻을 위와 같은 비유로 풀어내고 있다.

2007.04.30

인생의 댓글

경남 누구나 선망하는 부귀영화를 누리려면 그만한 치열한 경쟁과 어려움이 따르기 마련이다. 차라리 청빈하게 고향에서 지내며 구김살 없이 사는 것이 마치 갯벌에 꼬리를 끌며 지내는 거북의 즐거움과 같지 않을까…

문희 나의 희망 사항! 그런데 마음은 그렇고 머리로는 아닌 것 같고. 경남아, 잘 견디면서 글을 올렸구나. 고맙다.

은자 그래, 사부님이 잘 '견디시는' 것 같아 나도 기쁘구나.

선애 옛말에 '개똥밭에 굴러도 이승이 낫다'라고 한 말과 같은 맥락이겠네요. 어차피 인생에서 부귀영화라는 게 뜬 구름이고 南柯一夢이요 盧生之夢임을 일찍이 간파한 莊子의 말씀답네요. 아마 공자 맹자를 숭상하는 儒

家의 누군가에게 청했다면 治國平天下를 구현한다는 명목으로 얼른 정치를 떠맡았을 것을… 修身齊家는 했는지 못 했는지 모르겠지만.

미순 참으로 옳소이다! 사람의 희노애락이 별거겠소. 마음먹기 달린 것 아니겠소? 사부, 좋은 글 참 잘 보았소. 날로 날로 건강하시길 기도하오…

선숙 벼슬 중에 최하위 벼슬인 '능참봉을 하니 한달에 출동이 29일'이라는 말도 있고. 옛날 어느 평민이 너무 벼슬이 하고 싶어 힘들게 벌어 모은 돈으로 낮은 벼슬자리를 하나 사서 양반 행세를 하는데… 오뉴월에도 의관을 갖추고 버선까지 신고 있어야 하니… 제멋대로 살던 사람이 세상에 이런 고역이 또 어디 있으랴… 양반 행세 사흘을 하더니… 의관이고 버선이고 모두 내동댕이치고 다시 곡괭이와 삽자루 잡았다는 말이… 그려 그려… 나물 먹고 물 마시고 벌판에 큰 大 자로 드러누우면, 세상에 뭐가 부러울까?

만사불여오심죽 萬事不如吾心竹

萬:일만 만 / 事:일 사 / 不:아니 불 / 如:같을 여 / 吾:나 오 / 心:마음 심 / 竹:대 죽
세상만사가 내 마음대로 되지 않음. 여기서 '죽(竹)'은 뜻을 따서 '대로'로 풀이한다.

이 시구는 신라 시대 부설거사(浮雪居士)가 남긴 〈팔죽시(八竹詩)〉의 한 구절이다.

부설거사는 인도의 유마거사, 중국의 방거사와 함께 우리나라를 대표하는 재가불자이다. 거사는 일찍이 스님으로 출가하여 도반스님들과 순례를 하던 중 묘화(妙花)라는 처녀의 목숨을 건 간곡한 청혼을 받아 결혼해서 아들 등운(登雲)과 딸 월명(月明)을 낳았다. 그는 환속한 뒤에도 계속 수행에 정진하여 득도하였는데, 부설 자신뿐만 아니라 이후에 부인과 아들, 딸이 모두 득도하게 되었다. 부설거사 일가족이 득도한 자리가 변산 월명암(月明庵)인데, 여기에는 거사가 남긴 〈팔죽시〉가 전해지고 있다. 시는 다음과 같다.

此竹彼竹化去竹(차죽피죽화거죽)　이런 대로 저런 대로 되어가는 대로
風打之竹浪打竹(풍타지죽낭타죽)　바람 부는 대로 물결치는 대로
粥粥飯飯生此竹(죽죽반반생차죽)　죽이면 죽, 밥이면 밥, 삶은 이런 대로
是是非非看彼竹(시시비비간피죽)　옳으면 옳고 그르면 그르고, 돌아봄은 저런 대로
賓客接待家勢竹(빈객접대가세죽)　손님 접대는 집안 형편대로
市井賣買歲月竹(시정매매세월죽)　시장 물건 사고 파는 것은 세월대로
萬事不如吾心竹(만사불여오심죽)　세상만사 내 맘대로 되지 않아도

然然然世過然竹(연연연세과연죽)　　그렇고 그런 세상 그런대로 보내네.

　부설거사의 이 시는 대나무 '죽(竹)'자를 우리 말 '대로'로 읽어 운자를 삼아 인생을 살아감을 노래하고 있다. 세상만사가 내 뜻대로 이루어진다면 얼마나 좋을까마는 그렇지 못한 것이 인생사이기에 삶 속에는 갖가지 불만과 한이 쌓이게 마련이다. 그러나 수도 정진하여 집착이 없는 사람에게는 이런 불만과 한이 깃들 수 없다. 누가 나를 칭찬하거나 욕하더라도 나에게 걸림이 없다면 우쭐할 것도 상심할 것도 없어서 마음의 평상심을 지키게 될 것이다. 그런 점에서 부설거사의 이 〈팔죽시〉는 달관하여 아무 걸림이 없이 사는 인생을 노래하고 있다 하겠다.

2007.08.29

인생의 댓글

경남 '세상만사가 내 마음대로 되지 않아도 그렇고 그런 세상 그런 대로 보내네.' 浮雪居士의 〈八竹詩〉가 보여주는 세계는 물처럼 바람처럼 걸림 없는 경지를 노래하고 있다. 이는 마치 조그만 일에도 시시비비를 따지느라 골몰하고 애태우는 세속의 사람들의 어리석음을 내려치는 죽비와도 같다. 우리도 언제쯤이나 걸림 없고 넉넉한 마음을 지니고 살 수 있을까.

영혜 萬事不如吾心竹이라는 시구는 泰然自若함으로 인생을 살았던 김주영의 어머니 泰平宅을 연상시키네요.

은자 머리가 복잡할 때 외워 볼만한 시, 이름도 좋은 팔죽시를 소개해주셨네요. 남에게 과시함 없이 형편대로 편하게 살아가는 지혜가 보이는 시네요.

원심 소나무 아래 가부좌를 튼 노승의 해맑은 미소가 물같이 바람같이 세상을 보라하네요… 竹을 대로라고 읽으니 말 되네요. 한문에 이런 애교가 있었다니 참 재미있군요.

선애 신라시대에는 한자의 음과 訓을 빌려다 吏讀 문자를 만들어 썼다더니 이런 재미난 시를 쓸 수도 있었군요… 이번 여름 휴가 때 해발 2,500미터 정도 되는 곳까지 올라갔거든요. 물론 걸어서 간 건 아니구요. 그곳에 있는 소나무는 가지를 위로 뻗지 않고 옆으로 뻗어 가더군요. 해발 2,000미터가 넘으면 나무가 위로 자랄 수가 없다고 하잖아요. 주어진 조건에 따라 맞춰 가며 사는 것… 그렇게 쉬운 건 아니지만 그렇게 살 수만 있다면 이 세상도 참 좋은 곳이겠지요.

유순 싸부가 함께 올린 그림 송하노승도에 대한 간략한 설명을 답글에 올려 보았습니다. '세상만사 내 맘대로 되지 않아도 그렇고 그런 세상 그런대로 보내네'… 〈팔죽시〉에는 인생을 관조하는 모습이 잘 나타나 있네요. '심령이 가난한 자'만이 이런 경지에 다다를 수 있겠지요. '물같이 바람같이' 살다가 미련 없이 갈 수 있다면 한나절 소풍으로는 괜찮은 것일 텐데.

혜현 글로 보고 말로 하기는 쉬운데, 내 코앞에서 맘에 안 드는 일이 일어나면 확 돌아버리니.

경남 혜현 씨, 바로 우리 인간의 모습이겠지요…

선숙 심심해서 우스갯소리 항개…
세계에서 유명한 도박당의 우두머리 세 명이 모여서 도박을 하는데… 중국 선수, 프랑스 선수, 불가리아 선수… 참으로 우열을 가리기 힘들

어… 누가 이겼는지는 나도 몰러. 근디, 그 선수들의 이름이~ ~ ~ ~~

중국: 왕창따, 프랑스: 몽땅따, 불가리아: 다글거…

아무래도 중국 선수가 꼴찌를 한 것 같다, 그치? 다른 선수들이 '몽땅 & 다글거' 갔는데… '왕창따' 정도로는 어디 명함이나 내밀겠어?… 안 그래?

선숙 '竹'을 '대로'로 읽는다닝께… 우리 말의 '확실치 않다' 이것도 다른 나라 사람들이 쓴다면? 허구 생각을 혀 보잔 말이여…

인도 사람: 알간디 모르간디, 일본 사람: 아리까리, 프랑스 사람: 알쏭 달쏭, 아프리카 사람 : 깅가밍가, 중국 사람: 갸우뚱…

긍께~ 우리 말도 즈그네 사람들이 요로코롬 발음을 혀서 사용허겄지… 안 그랴?

선숙 퀴즈 항 개 ~ ~ ~ ~ 중국의 유명한 정신과 의사 형제의 이름은? 아는 친구들 있냐? 에구, 잘 모르겠지? 답답혀 할까봐 답을 공개허겄다.

답: 띵~해 & 핑~해

순희 '세상 만사 내 마음대로 되지 않으니…' 그 역시 세상 만사를 주관하시는 이는 따로 있음이라.

평지풍파 平地風波

平:평평할 평 / 地:땅 지 / 風:바람 풍 / 波:물결 파
평평한 땅에 바람과 물결을 일으킴.
그대로 두면 아무렇지도 않을 것을 일부러 일을 꾸며 어렵게 만들거나,
사람들 사이에 분쟁을 일으키는 것을 이른다.

중국 당(唐)나라 때의 시인인 유우석(劉禹錫)이 지은 〈죽지사(竹枝詞)〉 아홉 수 중에 다음과 같은 시 한 수가 있다.

瞿塘嘈嘈十二灘(구당조조십이탄)　　구당은 시끄러이 열두 여울이 있네.
人言道路古來難(인언도로고래난)　　사람들은 말하네. 그 길은 옛부터 어렵다고
長恨人心不如水(장한인심불여수)　　못내 한하노라, 사람 마음이 물과 같지 않아
等閑平地起波瀾(등한평지기파란)　　생각 없이 평지에 풍파를 일으키네.

칠언 절구인 이 〈죽지사〉는 『악부시집(樂府詩集)』에 실려 있으며, 작자가 기주자사로 부임해 갔을 때 그 곳 민요를 듣고 흥을 느껴 그 곡에 맞추어 지은 시이다.

여기서 '구당(瞿塘)'은 양자강 상류에 있는 험하기로 유명한 삼협(三峽)의 하나로, 옛날부터 배로 여행하기가 아주 어려운 곳으로 알려져 있다. 그러므로 이 〈죽지사〉는 이 세 산골의 어려운 뱃길을 오르내리던 뱃사람들 사이에서 불린 비속한 가사의 뱃노래를 유우석이 점잖은 가사로 바꾼 것으로 보인다.

즉, 물은 바닥이 가파른 곳에서만 여울을 짓지만, 사람들은 생각이 모자라 아무렇지도 않은 평지에서도 함부로 풍파를 일으켜 인생의 가는 길을 어렵게

하니 그것이 한심스러울 따름이라는 것이다. 마지막 글귀 '등한평지기파란(等閑平地起波瀾)'에서 '평지풍파(平地風波)'라는 말이 나오게 되었다.

2007.09.02

인생의 댓글

경남 험한 계곡을 흐르는 물은 자연히 소용돌이가 생겨서 시끄러운 소리를 내며 흐른다. 그런데 사람은 恨의 골짜기가 깊으면 평평한 땅에 있어도 생각 없이 波瀾(파란)을 일으켜 사건을 만들고 자신과 다른 사람의 인생길을 험하게 만들기도 한다. 고요한 물과 같이 흘러 갈등을 일으키지 않는다면 우리 모두가 꺼리는 '平地風波'는 일어나지 않으련만… 현실의 삶은 얼마나 많은 平地風波로 소용돌이 치고 있는가.

선애 우리가 흔히 쓰는 평지풍파라는 말에 옛사람들의 인생에 대한 한과 인간에 대한 절망이 서려 있는 줄 처음 알았네요. 험한 계곡이 아닌데도 쓸데없는 일로 소용돌이를 일으키는 건 인간밖에 없겠지요. 어차피 계곡물은 강으로 가고 강물은 바다로 흘러들어 결국 '망양지탄(望洋之嘆)'을 할 수밖에 없는 처지일 텐데요.

백경 많이 쓰이는 비교語 中 하나인 "平地風波"가 이렇게 우리네의 恨을 품고 있었군요… 인생을 살다 보면 어찌 나름대로의 恨이 없으리오마는, 그러나 이러한 恨을 藝術로 승화시켰던 현명한 옛 선인들을 본받아야 하겠지요.

영혜 '사람 마음이 물과 같지 않아 생각 없이 평지에 풍파를 일으킨다'니, 대조적인 '티 없이 맑고 고요한 심경'으로 다른 사람에게도 평안을 줄 수 있다는 明鏡止水가 생각나네요.

유순 오랜만에 아는 말이 나왔군요. 제멋대로 갈 학교도 정하고 제멋대로 결혼 날짜도 정하고 해서… 집에서 절 보고 '넌 왜 이리 평지풍파를 일으키느냐'는 말을 자주 들었었는데… 지금 생각하니 많은 불효를 했네요. 이제는 '명경지수' 같은 삶을 살고 싶군요. '바람의 소리'가 참 좋습니다.

미순 "다툼을 멀리 하는 것이 사람에게 영광이어늘 미련한 자마다 다툼을 일으키느니라.(잠 20:3)"
"화평케 하는 자는 복이 있나니 저희가 하나님의 아들이라 일컬음을 받을 것이요.(마 5:9)"
우리가 말씀대로 살면 '평지풍파'를 일으키는 일은 없을 텐데요… 오늘날과 같이 도덕이 땅에 떨어진 세대에 꼭 필요한 말씀.

은숙 있어도 없는 듯 알아도 모르는 듯 한 걸음 뒤로 물러나 무리에 해를 주지 않고 내가 있음으로 주변 사람들이 즐거워하는 그런 사람이 되면 얼마나 좋을까.

경남 은숙 씨, 반갑습니다… 같은 소망을 가져 봅니다…^^*

선숙 평지풍파를 일으키는 부부 싸움 야그…
외출했다가 싸움을 심하게 한 부부가 집으로 돌아오는데 그때 마침 개가 한 마리 지나갔다. 화가 난 남편이 부인의 부아를 긁어주려고 한다는 말이,
"당신의 친척이잖아… 반가울 텐데 인사나 하시지."
이때 침착한 어조로 부인이 개한테 하는 말.
"안녕하셨어요? 시아주버님."

한 세상 잠깐인디… 뭔 요로코롬 평지풍파를 일으키며 싸우면서 살아야 허겄냐? 우리 칭구들 맨치루… 강력본드 궁합으루 잘들 살어야지.

원심 이 부부도 강력 찰떡 궁합이네… 이 남편 결국 웃었겠지? 우리처럼…

새옹지마 塞翁之馬

塞:변방 새 / 翁:노인 옹 / 之:어조사 지 / 馬:말 마
사람의 길흉화복은 변화무쌍하여 그 누구도 앞날을 예측할 수 없다는 말이다.

『회남자(淮南子)』〈인간훈(人間訓)〉에 다음과 같은 이야기가 전한다.

국경의 요새 가까운 곳에 점을 잘 치는 사람이 살고 있었다. 어느 날 기르던 말이 없어지자 사람들이 모두 이를 위로하니 노인은 태연히 말했다.

"이것이 어찌 복(福)이 되지 않겠는가?"

몇 달이 지나자 그 말은 오랑캐 땅의 좋은 말을 데리고 돌아왔다. 마을 사람들이 이를 축하하자 노인은 정색을 하고 말했다.

"이것이 어찌 재앙이 되지 않겠는가?"

노인에게는 외아들이 있었다. 그는 말 타기를 좋아하여 즐겨 타다가 그만 땅에 떨어져 다리가 부러지고 말았다. 마을 사람들이 이를 위로하자 노인이 다시 말했다.

"이것이 어찌 복이 되지 않겠는가?"

그로부터 일년 후 오랑캐가 변방으로 쳐들어 와서 싸움이 벌어졌다. 마을의 젊은이들은 모두 싸움터에 나아가 전사하고 말았다. 그러나 이 노인의 아들만은 절름발이가 되었기 때문에 전쟁터로 징집을 당하지 않아 부자가 모두 무사하였다. 그러므로 복이 재앙이 되기도 하고, 재앙이 복이 되기도 하여 그 변화가 끝이 없으니 다 헤아릴 수가 없다.

여기에서 '변방 노인의 말' 곧 '새옹지마(塞翁之馬)'라는 말이 유래하였다. 세상 사람들의 길흉화복은 알 수 없다 하여 '인간만사 새옹지마(人間萬事 塞翁之馬)'라는 말이 원(元)나라 사람 희회기(熙晦機)의 시구에도 쓰였다.

2006.08.18

인생의 댓글

선애 오늘은 내가 1등！ 오랜만에 왔더니 공부할 게 쌓여 있네요. 하루에 둘씩 해도 일주일은 걸릴 텐데 새로 나오는 것까지 하려면 휴～우～우.

경남 아! 반갑다. 주인 마담 오셨네. 여행은 즐거우셨나요?

민선 헤이, 난 이떵!! 내가 부엌에서 돌아왔더니 벌써 새 글이 올라와 있네… 근데 내 머리가 놀라겠다. 하루에 두 개는 좀 벅찰 텐데… 히잉 *^^*

유순 어머니의 예기치 않은 입원으로 당분간 2등하기는 틀렸네. 잠깐 집에 눈 붙이러 왔다가 공부하러 들어왔다고… 싸부님, 가상하게 봐 주세용. 선애야, 돌아왔네. 마담이 없이 우리끼리 놀려니 좀 썰렁하두만. 좋은 사진 빨리 올려 봐요.

순희 유순아… 어머니께서 입원이시라니… 속히 회복되시기를 바란다…

혜숙 '塞翁之馬'… 인생의 후반에서 더욱 절감하는 말입니다. 여생을 더 겸허하게 살아가야겠지요.

개관사정 蓋棺事定

蓋:덮을 개 / 棺:관 관 / 事:일 사 / 定:정할 정
관 뚜껑을 덮고서야 모든 일이 결정됨.
즉 사람은 죽은 후에 정당한 평가를 받는다는 뜻이다.

　　당(唐)나라 시대의 시성(詩聖)이라 불리는 두보가 사천성(四川省) 동쪽의 깊은 산골로 낙향(落鄕)하였을 때의 일이다. 친구의 아들인 소혜(蘇傒)가 유배되어 그곳에 와서 실의에 찬 나날을 보내고 있었다. 두보는 소혜에게 한 편의 시를 써 보내 그를 격려하고자 하였다. 그가 소혜에게 보낸 〈군불견간소혜(君不見簡蘇傒)〉라는 시는 다음과 같다.

君不見道邊廢棄池(군불견도변폐기지)　그대는 보지 못하였는가 길가의 말라버린 연못을

君不見前者摧折桐(군불견전자최절동)　그대는 보지 못하였는가 부러져 넘어진 오동 나무를

百年死樹中琴瑟(백년사수중금슬)　백년 뒤 죽은 나무가 거문고로 쓰이게 되고

一斛舊水藏蛟龍(일곡구수장교룡)　한 섬의 오래된 물은 교룡이 숨기도 한다.

丈夫蓋棺事始定(장부개관사시정)　장부는 관 뚜껑을 덮어야 모든 일이 결정된다.

君今幸未成老翁(군금행미성노옹)　그대는 아직 늙지 않았거늘

何恨憔悴在山中(하한초췌재산중)　어찌 원망하리 초췌해 있음을

深山窮谷不可處(심산궁곡불가처)　심산궁곡은 살 곳이 못된다.

霹靂魍魎兼狂風(벽력망량겸광풍)　벼락과 도깨비와 미친 바람이 불고 있으니

이 시를 읽은 소혜는 후에 그곳을 떠나 호남 땅에서 유세객(遊說客)이 되었다고 한다. 이 말은 죽은 이의 업적을 찬양하기도 하고, 생전에 최선을 다해야 한다는 것을 나타내기도 한다.

2007.01.19

인생의 댓글

경남 사람은 일생을 사는 동안 여러 모습으로 달라진다. 착한 사람이 악인이 되기도 하고, 악한 사람이 改過遷善하여 아주 선량해질 수도 있다. 세상의 부귀영화도 끊임없이 달라져서 언제 어떤 모습으로 변할지 아무도 예측할 수 없다. 우리의 삶은 관 속에 들어가기 직전까지 끊임없는 노력과 학습, 도전의 과정이라는 것을 마음에 새기고 알찬 나날을 보낼 것을 스스로 다짐하며 이 글을 올렸습니다.

선애 예전에 어른들이 말씀하셨지. 사람이 어떻게 살았는가는 관 뚜껑 닫아 봐야 안다고. 인생이라는 먼 길을 이제 반 이상 온 것 같으니 이 말씀 더더욱 공감되고 앞으로 열심히 그리고 성실하게 살아야겠다고 다짐하게 되네. 인생사 花無十日紅이요 塞翁之馬이니 사는 날까지 희망을 갖고 살아야겠지. 산지에는 아직 희망이 남아 있으니까…

숙혜 '아들 가진 자는 도둑 보고 웃지 말며 딸 가진 자는 화냥년 보고 손가락질 하지 말라'… 이는 우리 할머님이 늘 하시던 말씀입니다. 즉 남의 일이 곧 나의 일이 될 수도 있다는 가르침이겠지요… 죽을 때까지 큰소리치지 말라는…

유순 누구든 죽은 후에는 한 마디로 요약되어 기억된다는 말을 어느 분이 하셨는데… 나는 어떤 말로 요약되기를 원하나 이 글을 읽고 생각해 보았습니다.

원심 옛말이 하나도 그른 게 없다는 말도 일깨워 주네요. 오늘 좋다고 다 좋은 것 아니고 어제 나빴다고 슬퍼할 일이 아니란 뜻이겠죠? 언제나 힘을 주고 가르침을 주는 친구들이 있어서 어떤 일에도 우리는 무적함대.

백경 사람이 자기의 生을 잘 살아 낼 수 있다는 것… 참으로 어려운 일인 것 같아요… 끊임없이 노력하고, 후회 없이 살아야겠네요…

선숙 싸부님, 제가 지각을 하는 바람에 친구들이 좋은 말들을 다 했네요. 그래서 쓸 말이 하나도 없는데 그냥 한마디 한다면, 이 세상 모든 사람들이 죽을 때 가지고 가는 것은 아무 것도 없고, 남겨지는 것이란 그 사람에 대한 평가뿐이겠지요. 저도 위의 친구들처럼 '좋은 벗'이었다고 기억되기를 원합니다. 근데 이 한 마디가 쉬운 것 같으면서도 얼마나 어려운 말인지요… 내가 친구들한테 마음이나마 베풀어야 하는데, 지가요, 속이 밴댕이 소갈딱지 같으니 이 일을 어찌할꼬… 에고, 지금부터라도 싸부님 갈침을 열심으로 공부하여 한평생 헛산 인생 이제라도 고쳐 볼거나… 싸부님을 만난 건 나헌티는 엄청 복 받은겨… 암 그렇고 말고…

자구다복 自求多福

自:스스로 자 / 求:구할 구 / 多:많을 다 / 福:복 복
스스로 많은 행복을 찾아라.

『시경(詩經)』〈대아편(大雅篇)〉에는 문왕(文王)의 덕(德)을 노래한 다음과 같은 시구가 실려 있다.

無念爾祖(무념이조)	그대의 조상 일을 잊지 말지니
聿脩厥德(율수궐덕)	항상 덕을 닦아 키워가며
永言配命(영언배명)	영원히 천명에 배합되기를 생각하여
自求多福(자구다복)	스스로 많은 행복을 찾아라.

맹자도 〈공손추상(公孫丑上)〉에서 인정(仁政)을 베풀어야 번영한다고 하며 다음과 같이 논하고 있다.

인정을 베풀면 번영하고 인정을 베풀지 아니하면 굴욕을 당한다. 굴욕을 싫어하면서 인정을 베풀지 아니함은, 습기를 싫어하면서 낮은 곳에서 지내는 것과 같다. 만약 이를 싫어한다면, 도덕을 귀중히 여기고 선비를 존중하는 것만한 것이 없다. 현명한 사람이 직위를 차지하고 유능한 사람이 직책을 맡고 있으면 나라는 태평무사할 것이다. 이런 때 행정과 사법을 분명히 하면 대국이라 하더라도 이 나라를 넘보지 못할 것이다. 지금 나라가 화(禍)와 복(福)은 스스로 구하지 않는 것이 없다.

우리는 이상에서 행복은 하늘이 거저 주는 것이 아니라 자기 스스로 구하는 것임을 알 수 있고, '하늘은 스스로 돕는 자를 돕는다[천조자조(天助自助)]'는 말이 바로 여기에 해당함을 보게 된다.

2007.02.08

인생의 댓글

경남 우리가 하루하루 살아가는 삶의 모습이 앞으로의 禍와 福을 짓는 일이라고 한다. 잘나갈 때 자만하기 쉽고, 불행할 때에 원망하기 쉽지만 모든 것이 다 우리가 쌓아 온 결과가 아닐까…

선숙 싸부님, 禍와 福도 우리가 구한 것의 결과이겠지요. 어떻게 구했느냐에 따라서 화도 되고 복도 되겠네요. 성경의 말씀이 생각납니다.
'지금까지는 너희가 내 이름으로 아무 것도 구하지 아니하였으나 구하라, 그리하면 받으리니 너희 기쁨이 충만하리라'
우리가 정욕에 쓰려고 구하지 말고 좋은 일하려고 구해야겠습니다.

동숙 앞으로 우리 自求多福하며 좋게, 좋게 살아보자구요. 오늘은 날씨가 궂고 어두웠는데, 교실문을 여는 순간 음악이 맑게 울려 기분이 상쾌해지는군요. 오늘도 수고 많으셨어요.

영혜 天助自助이니, 自求多福하라는 말씀, 진리의 말씀인 것 같습니다. 잘나가다가 낮잠 자는 토끼보다는 느리더라도 꾸준히 끊임없이 땀 흘리며 묵묵히 기어가는 거북이를 모범으로 삼고 살아가는 게 어떨까 합니다…

선숙 싸부님 & 영혜야, 요즈음 현대판 신식 '토끼와 거북이'

거북이를 사랑한 토끼가 있었네. 토끼는 거북이가 느리다는 자책감에 빠질까 하여 늘 걱정이 되었다. 하루는 토끼가 걱정하는 마음으로 거북이한테 경주를 하자고 제안을 했는데 쉽게 허락했다. 토끼는 한참을 달려가서 뒤돌아 보니 거북이가 저 멀리 기어오고 있었다. 그냥 기다려주면 거북이가 자존심이 상할까봐 일부러 낮잠을 자는 척했다. 사랑하니깐 그렇게 거북이의 기를 살려주어 이기게 했는데 후세 사람들은 근면하고 성실한 거북이, 교만하고 게으른 토끼로 낙인을 찍고 말았다. 그래도 토끼는 행복했다. 거북이를 사랑했으니깐… (요 짧은 난에 소설 한 권 쓰느라 힘들었소이~~~ㅇ)

선애 禍와 福은 스스로 부르는 것이라 하니 하루하루의 생활을 잘해 가야 하는데 우선 편한 대로만 살고 있으니… 이제부터라도 매사 조심스럽고 신중하게 살아야겠네요. 얼마 전 목사님 말씀에 행위가 습관을 만들고 습관이 운명을 만든다고 하셨는데 결국은 같은 뜻이네요.

일단사일표음 一簞食一瓢飮

一:한 일 / 簞:대광주리 단 / 食:밥 사 / 瓢:표주박 표 / 飮:마실 음
한 그릇의 밥을 먹고 한 표주박의 물을 마심.
곧 간소한 음식물로 소박하고 어렵게 사는 생활을 비유하는 말이다.

공자의 수제자인 안회(顔回)에 대한 다음과 같은 이야기가 『논어(論語)』에 실려 있다. 어느 날 노(魯)나라의 제후인 애공(哀公)이 공자에게 물었다.

"선생님의 제자 중에 누가 학문을 좋아합니까?"

"안회라는 이가 학문을 좋아하였습니다. 그는 자신의 노여움을 남에게 옮기지 않고 같은 잘못을 두 번 다시 저지르지 않았습니다. 그러나 불행히도 명이 짧아 일찍 죽었습니다. 그 후로는 아직 학문을 좋아하는 자가 있다는 말을 들어보지 못했습니다."

어느 날 공자는 다음과 같이 안회를 칭찬하였다.

"어질구나, 안회여! 한 그릇의 밥을 먹고 한 표주박의 물을 마시며 누추한 동네에 살면 사람들은 그 근심을 견디지 못하거늘, 안회는 학문하는 즐거움을 변치 아니하니 어질구나, 안회여!"

정자(程子)는 '일단사일표음(一簞食一瓢飮)'에 대하여 다음과 같이 풀이하였다.

"안회의 즐거움은 한 그릇의 밥을 먹고 한 표주박의 물을 마시며 누추한 동네에 사는 데 있는 것이 아니라, 가난에 그 마음이 얽매여 학문하는 즐거움을 그만 두지 않은 데에 있다."

2007.02.25

인생의 댓글

경남 공자님이 애제자인 顔回를 얼마나 깊이 사랑하셨는가를 잘 보여 주는
말이다. 안회 또한 어려운 삶에 얽매이지 않고 학문에 전념한 학자여서
聖人 공자를 이어 '亞聖(아성)'이 되어, 이후 공부하는 이들의 귀감이 되
었다. 가난함에도 굴하지 않는 안회의 삶이 오늘 우리의 삶의 자세를
되돌아보게 하네…

선애 "나물 먹고 물 마시니 대장부 살림살이 이만하면 족하지 아니한가?"
뭐 그런 말 예전에 배운 것 같은데 바로 안회 같은 사람을 두고 한 말인
가 봅니다. 하긴 학문에 뜻을 둔 사람이 물질적인 것을 너무 탐하면 바
르게 살기가 어렵겠지요. 재물이란 바닷물과 같아 마시면 마실수록 더
목마르다고 하지요. 한동안 잊고 살았던 다듬이 소리가 무척 정겹네요.

은자 '바닷물 같은 재물, 외로운 학문이나 예술의 길. 전념하는 자세' 등 친구
들의 글을 통해 一簞食一瓢飮의 뜻을 잘 음미했습니다. 顔回와 같은 사
람들 덕분에 우리가 예술도, 학문도 즐기고 있는 걸 거에요. 오늘도 감
사, 감사.

영혜 탁문군이 家徒四壁에도 불구하고 사마상여를 사랑했듯이 顔回는 一簞
食一瓢飮 하면서도 학문하는 즐거움을 그만두지 않았네요.

선숙 싸부님, '안회'와 같이 학문을 하든, 아니면 어떤 한 가지 길을 가든지
재물에 대한 욕심을 모두 내려놓고 한다는 것이 보통 사람으로는 하기
가 어려운 게 아니라 하지도 못하는 게 아닐까요? 우리 속담에 '목구멍
이 포도청'이라는데… 일단 먹고 사는 게 안정된 다음에 무슨 일이든
하려는 게 보통사람들의 생각인데… 안회, 존경과 찬탄을 받을 만한 사

람이군요. 근디 싸부요, 이런 사람 옆에는 내자도 존경스러운 사람이겠지요? 나 같으면 바가지 긁느라고 남자가 학문이 다 뭐야? 긍께 '유유상종'이라구… 그 남편에 그 부인이겠지… 참말루 존경스럽구먼유…

무릉도원 武陵桃源

武:굳셀 무 / 陵:언덕 릉 / 桃:복숭아나무 도 / 源:근원 원
신선이 살았다는 중국의 전설적인 이상향, 별천지.

도연명(陶淵明)의 〈도화원기(桃花源記)〉에 전하는 이야기다.

진(晉)나라 시절의 일이다. 무릉(武陵)의 한 어부가 물길을 따라 무작정 올라 가던 중, 문득 양쪽 언덕이 온통 복숭아 숲으로 덮여 있는 곳에 이르렀다. 복숭 아꽃이 만발하여 가도 가도 끝이 없었다.

'대체 여기가 어디란 말인가? 이 숲은 어디까지 이어지는가?'

이렇게 생각하며 노를 저어 가는 동안 마침내 시냇물 근원까지 이르자 산이 가로 막혀있고 그 밑에 조그만 바위굴이 하나 있었다. 겨우 한 사람이 통과할 수 있게 뚫린 굴 안으로 들어가 보니, 앞이 탁 트인 들이 나타났고, 아름다운 집, 기름진 논밭, 많은 사람들이 즐거운 표정으로 들일에 바쁜 광경을 만나게 되었다.

어찌 된 영문인가 물으니 그들은 옛날 신(秦)나라의 학정을 피해 가족을 데리 고 이곳으로 도망 온 사람들의 후손이었다. 그 후 완전히 외부 세계와는 단절되 어 세상이 어떻게 되어가고 있는지 모르고 살고 있었다. 어부는 마을 사람들의 환대를 받으며 며칠을 묵고 난 뒤 집으로 돌아오자 이 사실을 태수에게 알렸다.

보고를 받은 태수가 사람들을 시켜 그곳을 찾아보게 하였으나 발견할 수 없 었고, 유자기(劉子驥)라는 고사(高士)가 이 소식을 듣고 이상향을 찾아 나섰으나

끝내 뜻을 이루지 못하였다고 한다. 이 무릉도원은 평화롭고 안락하며 아무 부족할 것이 없으며, 나라의 학정은 물론 세금도 부역도 없는 별천지였다.

2007.03.17

인생의 댓글

경남 어지러운 세상에서는 안락한 이상향을 꿈꾸게 된다. 동양에서는 전통적으로 요순 시절을 생각하면서 모든 것이 평화롭고 구김살이 없는 別天地를 상상하였는데 도연명이 그려낸 '무릉도원'이 바로 그것이다.
허나 무릉도원은 아름다운 세상, 곳곳에 숨어 있는 것이 아닐까요? 친구들 모두 아는 말이지만 토요일과 주일의 안식을 위해서 이 글을 올렸습니다.

영혜 사부님 말씀대로 이 세상의 도처에 많은 무릉도원이 숨어 있다고 생각합니다… 그리고 비교적 쉽게 발견할 수 있고요. 우리의 외부 세계에서뿐 아니라, 福境禍區라고 우리의 내부 세계에서도요.

영혜 사부님, 그것이 바로 사부님께서 우리에게 가르쳐주신… 人生의 福境禍區는 皆念想造成이라는 말씀 같은 것이라면, '유자기'처럼 구태여 이상향을 찾아나서서 짧은 인생의 무상함을 더 느낄 필요가 있을까요?

선애 이상향에 대한 바람은 동서고금을 가릴 것 없이 인류의 역사와 함께 하나 봐요. 도연명의 '무릉도원'이 그렇고 영국작가(이름은 모르겠네)의 소설에 나오는 중국과 히말라야 산맥 사이 어디엔가 있다는 샹그릴라가 그렇고 에게 해 한가운데의 어느 섬이라는 전설 속의 아틀란티스가 그렇지요. 그러나 情을 나눌 수 있는 사람이 없다면 경치가 좋으면 뭐하고 살기가 좋으면 뭐하겠어요. 우리 사는 곳, 서로 사랑하며 살아가는 사람들이 있는 곳, 그곳이 바로 무릉도원이겠지요. 마음 속에 도원을 가꾸는 사람들이 있는 곳이.

은자 동감입니다. 무릉도원이 학정을 피해 도망 온 가족들이 같이 있는 곳이기에 아름다울 수 있을 거예요. 어떤 사람이 중국의 최고 경치를 보고 울었다지요. 아내를 두고 와서요.

혜숙 사부님의 따뜻한 배려에 제자들 '무릉도원'에서 거하게 하시고… 정말 여기가 別天地입니다.

은자 무릉도원은 다시 찾을 수 없기에… 찾아야 하는 것이 영원한 우리의 과제가 된 것 같습니다. 핍박과 의무 없이 자유로이 땀 흘려 일하면서 행복을 누리는 곳… 친구들 말대로 우리의 공부방도 무릉도원과 흡사하군요.

선숙 '무릉도원'이 별 곳이간디? 그저 내 마음이 편하구 식구들이 건강허구… 서방님허구 자식들이 속 안 썩이면 그곳이 바로 무릉도원이 아니다요? 옛날의 나무꾼 맨치루 괜히 무릉도원 잘못 들어갔다가 신선들 장기 한 판 두는 것 보다가 도끼자루 썩어지고… 정신차려 세상으루 다시 나와서 집을 찾아가니… 증손자들이 자기의 제사를 지내고 있더라나… 증조부가 나무 허러 갔다가 워떠키 없어졌능가 모리겠다구 하시롱… 무릉도원 찾아댕기면… 세월 잃구, 가족 잃구 아까운 도끼자루꺼정 썩는다닝께… 그렇께 무릉도원은 그저 그저 내 집구석이지, 별 곳이간디? 긍께 내 마음과 내 집안을 무릉도원으로 맹길어 보란 말이여… 안 그랴?

혜현 지금 이 시간이 무릉도원인가 보이. 다시 찾을 수 없는 이 시간이 얼마나 중요한가 명심해야 할 것이구만.

계행죽엽성 鷄行竹葉成

鷄:닭 계 / 行:갈 행 / 竹:대 죽 / 葉:잎 엽 / 成:이룰 성
닭이 지나가니 댓잎이 이루어짐.
곧 닭이 지나간 발자국 모습이 마치 댓잎과 같아 이를 묘사한 시구이다.

유몽인(柳夢寅)의 『어우야담(於于野譚)』에 다음과 같은 이야기가 전한다.

조선 성종(成宗) 때 문신 채수(蔡壽)에게는 무일(無逸)이라는 아주 총명한 손자가 있었다. 무일은 어렸을 때부터 문학적 재능이 뛰어났다.

무일의 나이 겨우 여섯 살 때의 일이었다. 채수는 밤에 손자 무일을 안고 어르면서 누웠다가 먼저 시를 한 구절 지었다.

孫子夜夜讀書不(손자야야독서부)　　우리 손자는 밤마다 독서를 하지 않는구나.

그리고는 손자에게 대구(對句)를 지으라고 했다. 무일은 고개를 갸웃하더니 곧 이렇게 대구를 지어 화답했다.

祖父朝朝藥酒猛(조부조조약주맹)　　우리 할아버지는 아침마다 약주를 되게 많이 잡수신다.

이를 듣고 채수는 껄껄대며 너털웃음을 지었다.

또 어느 때인가 채수는 무일을 업고 눈길을 걷고 있었다. 마침 눈길에 난 개의 발자국을 보고 이렇게 읊었다.

犬走梅花落(견주매화락)　　　　　개가 달려가니 매화꽃이 뚝뚝 떨어지네.

말이 끝나자마자 이번에는 무일이 곧 대구를 지어 화답했다.

鷄行竹葉成(계행죽엽성)   닭이 지나가니 댓잎이 이루어지네.

채수는 손자의 재주가 하도 기특하여 업고 있던 무일의 엉덩이를 토닥거리며 흐뭇해 했다고 한다.

2007.06.18

인생의 댓글

경남 할아버지와 손자 사이에 주고받는, 정감이 묻어나는 따뜻한 이야기다. 어린 손자의 시적 재능도 놀랍고, 개와 닭의 발자국에서 매화꽃과 댓잎의 형상을 발견하는 안목도 재미있다. 생활 속에서 시의 화제를 이끌어 내는 모습이 참 자연스럽게 느껴지네…

동숙 蔡壽와 여섯 살배기 無逸의 주고받는 對句는 생각만 해도 정겹습니다. 손자의 祖父朝朝藥酒猛, 재미있군요. 감사, 감사! ^^*

순희 예전에 돌아가신 할아버지 생각이 납니다… 노는 짓이 남자 같아… 허허 웃으시며 하시던 말씀… '그 녀석 고추를 달고 니왔으면 한 가닥 할 텐데…' 할아버지 새삼 보고 싶군요… 역시 지금도 저는 여성적인 것보다는 남성적인 부분이 많은 것 같습니다… 경남 선생님… 오랜만에 끔찍히도 나를 사랑하시던 할아버지를 생각하게 해주었군요.

혜현 이 나이가 되니 선생님의 귀함이 사무치고 모든 어른들은 아이들의 선생으로서 귀감이 되어야 한다는 생각이 깊어 가는데…

미순 犬走梅花落, 鷄行竹葉成. 어린 손자와 할아버지의 대화가 참 재미있군요. 사람이 사물을 바라봄에 있어서 각 사람의 관점에 의해서 많은 차이가 나는 것을 볼 수가 있고, 또 엄청난 결과를 가져오는 것 같아요, 마치 뉴톤이 사과가 떨어지는 것을 보고 만유인력을 발견해 내었고, 라이트 형제는 새가 날아가는 것을 보고 비행기를 만들어 내었던 것처럼, 시인의 눈에 비친 모든 것으로부터는 아름다운 시가 창작되듯이… 등등 모든 사물을 바라보는 것에 새로운 의미를 부여해 주셨네요, 감사! 감사! ♥♡♥

선애 우리 손녀 이야기. 저번에 우리 집에 왔는데 빵을 먹으라고 부르니까 우리 남편 의자에 앉더라구요. 그래서 "여기는 할아버지 자리니까 저쪽 의자에 앉아라" 했더니 막 울더라구요. 저녁밥 먹을 때가 되어 우리 아들과 셋이서 밥을 먹으러 나갔다가 아들 차를 타고 돌아오는 길. 뒷좌석 베이비 시트에 손녀를 태우고 그 옆에 앉았는데 우리 손녀, 옆 자리를 내려다보면서 하는 말,
"우리 엄마 자리에 왜 할머니가 앉아 있지?"
채수와 무일처럼 격조 있는 대화는 아니지만 아이들은 對句를 빨리 생각해 내는 것 같아요.

선숙 김 마담, 손녀가 누구를 닮았겠어? 제 아버지를 닮았을 테고… 그럼 제 아버지는 누가 낳았지? 김 마담네의 영특함이 고스란히 손녀에게로 가는 것은 뻔한 일이지. 그래서 친구들 만나면… 제 손자, 손녀 자랑에 정신을 못 차린다닝께… 손자, 손녀 없는 우리가 들을 때는 과장이 많은 야그 같은데도… 신바람 나서 손주들 얘기에 정신을 못 차린다닝께…

공자삼락 孔子三樂

孔:구멍 공 / 子:아들 자 / 三:석 삼 / 樂:즐거울 락
공자가 말한 군자의 세 가지 즐거움.

『논어(論語)』〈학이편(學而篇)〉에 나오는 구절이다.

배우고 때로 익히면 또한 기쁘지 아니한가.
[학이시습지 불역열호(學而時習之 不亦說乎)]

벗이 있어 먼 곳으로부터 찾아오면 또한 즐겁지 아니한가.
[유붕자원방래 불역낙호(有朋自遠方來 不亦樂乎)]

남이 자신을 알아주지 아니해도 노엽게 생각지 않으면 또한 군자가 아니랴.
[인부지이불온 불역군자호(人不知而不慍 不亦君子乎)]

2006.11.13

인생의 댓글

경남 공부 열심히 하고, 반가운 친구 만나고, 남이 알아주지 않아도 성내지
않으면 공자님이 말씀하신 君子가 되겠네…

숙혜 공자님 말씀 두 가지는 자신있게 공감. 그런데 세 번째는… 왜 이렇게

자신이 없을까… '분' 잘하고 '섭' 잘하는 나이로고…

동숙 싸부, 난 두 가지 즐거움이라도 나누니 이게 어디야… 배우고, 보고 싶은 친구 얼굴 보고… 셋째는 내가 무지하게 노력해야 하는 부분. 오늘 모처럼 하늘이 좀 맑아 늦가을 맛이 나더라. 음악도 띵까띵까 좋네.

선애 공자님이 지금 같은 세상에 사셨다면 '서로를 알아주는 사람끼리 카페에서 만나 함께 마음을 나누니 이 또한 행복지 아니한가'를 추가하셨을 텐데.

유순 우리 카페 친구들은 학실히(!) 위의 둘은 챙기고 들어가네. 셋째는 전적으로 나의 수양의 문제일 것이고… 싸부님, 감사!

맹자삼락 孟子三樂

孟:맏 맹 / 子:아들 자 / 三:석 삼 / 樂:즐거울 락
맹자가 말한 군자(君子)의 세 가지 즐거움.
맹자는 부모 형제와 같이 살아 무고함과 부끄러움이 없는 생활 그리고 영재 교육을
'군자삼락(君子三樂)'이라 하였고, 세속적인 부귀영화는 삼락(三樂) 속에 넣지 않았다.

『맹자(孟子)』〈진심상(盡心上)〉편에 다음과 같은 이야기가 전한다.

맹자께서 말씀하셨다. 군자에게는 세 가지 즐거움이 있는데, 천하를 다스리는 왕이 되는 것은 세 가지 즐거움에 들어가지 않는다. 세 가지 즐거움은 다음과 같다. 부모가 함께 살아 계시며 형제가 사고가 없는 것이 첫째 즐거움이요, 하늘을 우러러 부끄러울 것이 없고 아래를 굽어보아 사람에게 부끄러울 것이 없는 것이 둘째 즐거움이요, 천하의 뛰어난 인재를 얻어서 가르치는 것이 셋째의 즐거움이니라.

2006.11.14

인생의 댓글

경남 어제는 孔子의 三樂을, 오늘은 孟子의 三樂을 살펴보았다. 성현들은 참다운 즐거움이 세속적인 욕망의 충족에 있는 것이 아님을 가르쳐 주시는구나…

선애 맹자님 말씀 읽어보니 나한테는 樂이 하나도 없는 거 같아유… 어제 공자님 말씀 봤을 때는 三樂을 다 누리는 사람 같았는디…

민선　그냥, 싸부께 say hello 하려고 들렀네요. 요삼락을 내식으로 쉽게 간추려 보면,

1.장수와 건강 2.명경같은 마음 3.스승이 되는 즐거움.

근데, 싸부는 셋 중 하나는 이미 달성하셨고… 가만 세속적인 부귀영화는 서양에서도 피했다던디… 그러니 요런 말도 생긴 것 아니겠소. Just enough is plenty.

순희　첫 번째 즐거움은, '네 부모를 공경하고 네 이웃을 네 몸과 같이 사랑하라'신 하나님의 말씀이 생각난다. 두 번째 즐거움은 하늘과 땅에게 부끄럼이 없다는 것 즉, 하나님과 사람에게 잘못이 없다는 말씀 즉, 하나님 말씀 순종하고 이웃에게 겸손하라는 말씀이 아닐까… 세 번째 우리의 후배를 키워 나라와 민족을 위하여 기둥을 세우라는 말씀… 다시 말해 사랑과 냉철한 이성을 갖고 세상을 살라는 우리의 어른들이 하신 말씀이 곧 하나님의 말씀과 맥락이 같음을 갈수록 알게 한다. 그럼에도 불구하고 기독교라는 이름으로 우리의 조상들을 함부로 대한 부끄러움을 어찌할지…

동숙　孔子의 三樂과, 孟子의 三樂은 참 다르구나… 학생들이 워낙 영특해서 하나를 가르치면 열을 아는 이화 제자들이네.

유순　첫째 즐거움 중에서도 반밖에 누리지를 못하니 복은 많이 없는 것 같은데… 그래도 민선이 말대로 가진 것으로 충분하다는 맘으로 살아야겠지요?

민선　유순 씨가 내 맘을 고스란히 알아 주네요. 너무 이쁜 유순 씨이.

진매독육 盡買毒肉

盡:다할 진 / 買:살 매 / 毒:독 독 / 肉:고기 육
가난하면서도 다른 사람의 피해를 염려하여 독이 든 고기를 몽땅 사다가 묻음.

『해동속소학(海東續小學)』에 다음과 같은 이야기가 전한다.

정승 홍서봉(洪瑞鳳)의 어머니는 집안이 매우 가난하여 변변치 않은 음식을 먹으며 어렵게 생활을 했다. 하루는 계집종을 보내어 고기를 사 오게 하였는데 사 온 고기의 색을 보니 독이 있는 것 같았다. 계집종에게 홍서봉의 어머니가 물었다.

"사 온 것과 같은 고기가 몇 덩어리쯤 있더냐?"

이에 머리 장식을 팔아서 돈을 마련하여, 계집종으로 하여금 그 고기를 다 사오게 하여 담장 밑에 묻었다. 이는 다른 사람이 독이 든 고기를 사먹고 병이 날까 두려워한 때문이었다. 홍 정승이 말하였다.

"어머니의 이 마음이 가히 천지신명과 통할 만하니 자손들이 반드시 번창하리이다."

2006.09.26

인생의 댓글

경남 다른 사람의 생명을 소중하게 여겨서 盡買毒肉한 홍서봉 어머니의 德行

이, 이 시대 이익을 위해서는 남의 생명에 해가 되는 일도 서슴지 않는 사람들과 대비된다. 이런 훌륭한 어머니 밑에서 뛰어난 자식이 나온다는 것은 너무도 당연하겠다.

선애 우리나라 여자들이 남자보다 훨~ 잘난 건 옛날부터였구나. 요즘 식품 가지고 폭리 취하느라 국민건강 위협하는 사람들에게 盡買毒肉이라는 단어를 백만 번씩 쓰게 하는 벌도 함께 내려야겠다.

유순 와~ 그렇게 거룩한 일을! 근데 우리 세대 하는 짓은 너무 부끄럽네. 돈 벌리는 일이면 공업용 색소도 음식에 바르고 소에 물도 강제로 먹이고… 별짓 다 하니…

순희 그래… 홍정승의 어머니는 눈에 보이는 독을 없애느라고 본인은 물론 다른 사람을 위해서도 없는 가운데 물질 투자를 했구나… 그런데 요즘 우리는 어떤지… 남의 독을 없애기는커녕 본인조차도 독을 먹고 있는 것을 모르고 사는 무딘 삶이 되어가고 있는 것은 아닌지… 그러니 나 아닌 남이 독을 먹는 것을 막는 것은 엄두조차 내지 못하고 있는 것은 또한 아닌지… 그 독은 바로, '교만, 거짓된 혀, 무죄한 자의 피를 흘리는 손, 악한 계교를 꾀하는 마음, 빨리 악으로 달려가는 발, 거짓을 말하는 망령된 증인, 형제 사이를 이간하는 자(잠 6:17~18)' 우리도 몽땅 이 독을 사다가 묻어 버리자…

유순 순희가 경남이의 글에 맞는 성경구절을 척척 찾아다 우리에게 대령하니, 경남아, 이런 건 뭐라 하지?

혜숙 요즈음 세상에 참 눈물겨운 얘기입니다. 악덕업자들이여, 이 고귀한 홍정승의 어머니 이야기를 좀 귀담아 들어 보소.

비방지목 誹謗之木

誹:헐뜯을 비 / 謗:헐뜯을 방 / 之:어조사 지 / 木:나무 목
불만을 알리는 나무.
곧 요(堯)임금이 나무 기둥을 세워놓고 백성들로 하여금 자신의 정치의 잘못을 지적하도록 한 데서 유래한
말이다.

『사기(史記)』〈효문제기(孝文帝紀)〉에 다음과 같은 이야기가 전한다.

중국 고대의 역사에서 요순(堯舜) 시대라고 하면 이상적 국가로서 가장 잘 다스려진 태평성대를 가리킨다. 물론 요임금과 순임금은 전설상의 인물이며, 역사적인 실재성은 부족하다.

요임금은 어질고 박식하며 자비롭고 총명하기가 이를 데 없었다. 특히 하늘을 공경하고 사람을 사랑하는 정치를 펼쳐서 백성들의 존경을 한 몸에 받았다고 한다. 요임금은 천자이면서도 허술하고 초라한 집에서 검소하게 살면서 오직 백성을 위한 정치를 펼치기에 힘썼고, 백성들이 임금의 위세를 모르고 살 수 있도록 이끌었다. 이런 성군도 스스로 잘못이 있다고 생각하여 시정하려고 세운 것이 비방지목(誹謗之木)인데, 누구든 임금의 정치에 불만이 있는 사람은 그 나무 기둥에 그 불평을 적어서 알리도록 하려는 것이었다. 이처럼 요임금은 열린 마음으로 백성의 뜻을 파악하여 바른 정치를 하려고 힘썼다.

요임금은 또 '감간지고(敢諫之鼓)'와 '진선지정(進善之旌)'을 설치해 두었다. '감간지고'는 '감히 아뢰는 북'이라는 뜻으로, 잘못된 정치가 있으면 지위 고하를 막론하고 두드리도록 궁궐 문 앞에 설치한 북이며, '진선지정'은 '좋은 의견을 내는 깃발'이라는 뜻으로, 길가에 깃발을 세워 정치에 대해 좋은 의견을 자유롭

게 발언하도록 한 것이다. 이처럼 다양하게 백성들의 언로(言路)를 열어 민의(民意)를 읽고 어진 정치를 하려고 하였기에, 후세에 요임금은 성군으로 추앙되었고, 순임금과 더불어 이상적인 군주의 전형인 요순으로 일컬어졌으며, 그 시대를 가리켜 요순시대라고 부르게 되었다.

2007.07.24

인생의 댓글

경남 堯임금은 하늘처럼 어질고 백성을 크게 사랑하는 聖君이었다. 그런 임금이면서도 혹시 잘못한 정치가 있을까 염려하여 여러 가지로 백성들의 소리를 들을 수 있는 방안을 마련하였으니, 자신이 잘했다고 우기면서 귀를 막고 民意를 무시하는 지도자와는 너무도 거리가 멀다. 우리에게도 堯임금 같은 지도자가 나와서 太平盛代를 이루었으면 하는 소망이 간절하네…

영혜 堯임금이 다양하게 백성들의 언로를 열어 어진 정치를 하려고 하였다니, 전국시대 제나라의 위왕이 추기 재상의 말을 듣고 일리가 있다고 치하한 후에 言路를 활짝 열은 데서 유래한 말, 門庭若市가 생각나네요.

경남 영혜 씨, 🈺 축하❗ '門庭若市'와 연결지어 주시니, 言路를 활짝 연 지도자들의 어진 정치가 공통점이 많음을 쉽게 익히게 되네요… 감사^^*

영혜 미순아, 오늘 내가 쓴 한문은, '문정약시'(No. 226).

미순 영혜야❗ 오늘도 참 'KIN'겁구나❗ 너의 사랑을 이렇게 받으니…

영혜 미순아❗ 이 공부방에는 우리 모두의 사랑이 항상 가득한 곳❗

미순 맞아❗ 우리 사부의 넘치는 사랑과 우리 모두의 사랑의 향기가 넘쳐나는 우리 공부방이지⋯ 🙇

미순 우리나라의 신문고가 연상이 되네요. 국민들의 불만을 애써 외면하는 것은 냄새를 가리려 하는 것과 같고, 백성들에게 불만을 다 털어놓으라고 하니⋯ 나중에는 그렇게나 문정약시하던, 백성들이 하나도 오지 않더라는 이야기, 참 느끼는 바가 크네요.

경남 미순 씨, 저도 이 글을 쓰면서 '신문고'를 떠올렸어요⋯ 말하지 못할 때 불만이 높아지고, 모두 다 털어내면 더 이상 불평할 일이 없어지겠지요⋯ 감사!

선애 우리나라 신문고가 바로 敢諫之鼓(감간지고)에서 온 것이었군요. 유순이가 소개한 로마의 나보나 광장 근처에 있는 파스퀴노(pasquino)는 바로 誹謗之木(비방지목)이었군요. 우매한 정치와 사회를 한탄한 시민이 위정자나 교황을 빗댄 풍자나 중상을 이 상에 걸어놓는 것이 중세로부터의 관습이었다고 하니 堯임금은 얼마나 시대를 앞서간 분인지요. 유순이와 싸부의 交感이 아름답습니다.

유순 그러네요. 파스퀴노가 중세로부터의 관습이었다는데 그렇다면 誹謗之木이 얼마나 앞선 것인지 놀랍네요⋯ 거기다 더 놀라운 것은 임금 자신이 그 것을 세워놓고 자신의 잘못을 지적해 달라고 했다니⋯ 파격이군요.

절영지회 絕纓之會

絕:끊을 절 / 纓:갓끈 영 / 之:어조사 지 / 會:모을 회
갓 끈을 끊고 노는 연회.
넓은 도량이 있어야 아랫사람의 마음을 살 수 있음을 가리키는 말이다.

『설원(說苑)』〈복은편(復恩篇)〉에 다음과 같은 이야기가 전한다.

초(楚)나라의 장왕(莊王)이 반란을 평정하고 돌아와 모든 신하들과 잔치를 베풀었다. 이 자리에는 왕의 비빈들도 함께 하였다.

한참 잔치가 무르녹은 판에 난데없이 광풍이 불어 와 잔치 자리의 모든 촛불을 일시에 꺼버렸다. 그때에 왕이 사랑하는 허희(許姬)의 옷소매를 끌어 잡아당겨 손을 잡는 사람이 있었다. 허희는 깜짝 놀라 그 사람의 갓 끈을 잡아 당겨 끊으니 그 사람은 당황하여 잡은 손을 놓았다. 허희는 갓 끈을 들고 가 장왕에게 사실을 고하고, 빨리 불을 밝혀 그 무례한 자를 잡아 달라고 하였다.

그러자 장왕은 좌중에 다음과 같이 명하였다.

"오늘 이 연회에서는 마음껏 즐기기로 했으니 그대들은 모두 갓 끈을 끊어 버리고 실컷 마셔라. 갓 끈이 끊어지지 않은 자는 즐기지 않은 자로 알겠다."

이에 모든 신하들이 갓 끈을 끊어 버린 후에 촛불을 밝히라고 명하니 이제 허희의 손을 잡은 자가 누구인지 알 수 없었다. 그리하여 잔치는 즐겁게 끝났다.

그로부터 3년 후 장왕은 진나라와의 싸움에서 크게 패하였는데 위급할 때마다 한 장수가 죽음을 무릅쓰고 왕을 구하였다. 왕이 그를 불러보니 장웅이라는 장군이었다. 장왕이 물었다.

"내가 평소 그대를 특별대우 하지 않았는데 어찌 그토록 죽음을 무릅쓰고 싸웠는가?"

그러자 장웅이 엎드려 아뢰었다.

"저는 삼 년 전에 갓끈을 끊길 때 이미 죽은 목숨이었습니다. 그때 폐하의 온정으로 살아났으니 저는 목숨을 바쳐 은혜에 보답할 따름입니다."

후세에 이 잔치 자리를 '절영지회(絶纓之會)'라고 일컬었다.

2007.01.12

인생의 댓글

경남 초장왕의 너그러운 마음이 술이 취해 순간 실수한 신하를 지켰고, 뒤에는 자신이 위급할 때 목숨을 구하는 결과를 가져왔다. 관용의 태도가 결국은 자신을 구하는 길임을 알겠네…

경애 오늘에야 일착으로 들어온 거 같은데 가르침을 본받아 양보를 해야 하나요? 너그러운 마음으로.

영혜 신하의 작은 잘못을 관대하게, 그리고 상황에 맞게 현명하게 다루어서 연회의 흥이 깨어지지 않게 한 초장왕은 그야말로 슬기로운 왕이었네요… 그리고 장웅도 충성스러운, 장군다운 상군이었고요.

경남 그렇죠, 영혜 씨, 순간에 큰 비극이 일어날 뻔했는데 슬기롭게 대처한 걸 보면 초장왕이 참 큰사람이라는 걸 알게 하네요. 許姬가 초장왕에게 손 잡은 신하를 벌주지 않음을 묻자, "술 취한 뒤의 광태는 인간의 본성인데 만일 벌을 준다면 그대에게도 아름다울 것이 없고 신하들에게도 즐거움을 주지 못하는 것이니, 이는 잔치를 베풀어 신하들을 기쁘게 한다는 취지에도 어긋난다."라고 말하여 許姬도 장왕의 넓은 도량에 탄복했다고 합니다.

영혜 사부님, 초장왕이 베푼 잔치는 신하들을 기쁘게 하기 위한 잔치이니, 그날은 신하들이 잔치의 손님들이고 초장왕은 무엇보다도 손님들을 잘 접대하는 역할에 몰두하신 것 같네요…

동숙 너그러움, 포용력… 이런 단어가 생각나는군요. 나랏일 하는 분들께선 요즘 고사성어를 이용해 자신의 하고자 하는 말을 하는데, 싸부께서 이렇게 쏙쏙 뽑아 가르쳐주시니 우리가 이해하기 쉽네요. 오늘도 수고 많으셨어요.

선숙 순간의 상황에서 기지를 발휘한 초장왕의 천재적인 지혜를 생각하며… 또한 무례하다고 평가할 수도 있지만 또 한편으론 너무나도 싸나이다운 싸나이, 호탕한 남자, 장웅(이름값 했네)의 글을 읽으니 왜 나까지 신이 나서 호탕한 웃음이 나오는지요… 역시나 그 왕에 그 신하로소이다… 싸부님. 윗글을 정치한다고 하는 사람들한테, 또 기업한다는 사람들한테 전부 다 보내고, 신문에도 올리고 전국 각지에 이메일로 띄우면 우리 싸부님, 영웅될 텐데… 에고!!! 꼭 알아야 할 사람은 이런 글을 볼 기회가 없다닝께… 우리 싸부 공부방을 '열린 공부방'으로 하면 될 텐데, 그럼 우리들이 싫어. 시정잡배와 같이 공부하기 시러 시러.

민선 싸부님, 전 눈물까지 찔끔❢ 아～❢ 감격스러바라～❢ 알렉산더 대왕도 자신과 애첩을 그린 초상화 그림을 보고는, 화가의 애첩에 대한 사랑을 감지하고, 화가에게 애첩을 넘겨주었다고 하던데… 과연 큰사람은 어떻게든 나타나네요… 낭중지추❓ ㅋㅋ ㅋㅋ.

유순 초장왕이 참 큰사람인 건 인정이 되나 그 순간 허희는 쬐끔 섭섭했겠다. 사랑하는 사람이 자기를 보호해 주지를 않는구나 하는 생각이 들었을 것도 같다.

선숙 허희는 쬐끔 섭섭했겠지요… 초장왕의 그 큰 뜻을 어떻게 헤아릴 수가 있었겠습니까? 그 바다 같은 마음을 헤아릴 줄 알았다면 왕비가 됐겠지 어찌 후궁으로 됐겠습니까? 근디, 아무리 생각혀도 장왕은 너무 멋있구 근사한 싸나이, 호탕한 남자, 동경의 대상이구먼유…

책기서인 責己恕人

責:꾸짖을 책 / 己:자기 기 / 恕:용서할 서 / 人:남 인
자기를 꾸짖고 남을 용서함.
즉 자기에게는 엄격하고 남에게는 관용을 베푸는 자세를 말한다.

『소학(小學)』에 다음과 같은 이야기가 전한다.

중국 송(宋)나라 때의 학자인 범충선공(范忠宣公)은 자제들에게 다음과 같이 경계하여 말하였다.

"사람이 비록 지극히 어리석어도 다른 사람을 꾸짖는 데는 곧 밝고, 비록 총명하더라도 다른 사람을 용서하는 데는 어둡다. 그러니 너희들은 다만 항상 다른 사람을 꾸짖는 마음으로 자신을 꾸짖고 자신을 용서하는 마음으로 다른 사람을 용서하여라. 이렇게 하면 성인과 현인(賢人)의 지위에 이르지 못함을 근심할 것이 없느니라."

2007.01.06

인생의 댓글

경남 남의 잘못은 꾸짖기 쉽고 자신의 잘못은 쉽게 넘어 가는 것이 상례다. 남을 꾸짖는 마음으로 자신에게 엄격하고, 자신에게 너그럽듯이 남에게 너그럽게 대할 수 있는 성숙함이 갖추어진다면 얼마나 좋으랴… 나 자신에게 꼭 해 주고 싶은 말이어서 올렸어…

순희 점점 귀한 말씀입니다. 자신을 돌아보며, 남을 이해하고 용서하는 마음… 2007년에는 그 마음으로 살기를… 생각만 해도 푸근함이 우리의 관계를 덮습니다…

선숙 내가 하면 로맨스요 남이 하면 불륜, 내가 하면 투철한 주장이요 남이 하면 말대답, 내가 하면 투자요 남이 하면 투기, 내가 하면 건전한 사교문화요 남이 하면 추한 춤바람, 배꼽티를 입는 내 새끼는 패션 감각 남의 새끼는 천박한 옷차림… (쓸라면 밤을 새도 모자라겠구먼유) 지금까정 이런 줄 알고만 살아왔는디… 싸부님, 싸부님의 가르침으로 새해부터는 責己恕人의 마음으로 살겠습니다. 싸부님, 저 같은 것 사람 맹길라면 우리 싸부, 부디부디 건강하셔서 백세 넘도록 사시면서 끊임없는 가르침을 주시옵소서. 남은 인생 챙피하지 않도록유…

향순 하루도 쉬지 않고 공부시키던 너의 한자 공부가 조금 벅찼지만, 잠깐 동안 빈 방을 보고 걱정했었어. 새해에는 너무 무리하지 말고 여유를 갖고 건강하게 살자. 자기 자신을 반성하고 항상 자비를 베푸는 마음으로 산다면, 이 세상은 더욱 아름답지 않을까…

동숙 싸부는 정말 멋쟁이… 얼른 추스리고 다시 올리셨네요. 오늘은 눈과 바람이 심하게 불어 날마저 궂었는데 이렇게 싸부를 만나니 마음이 활짝 밝아지네요. 올해는 責己恕人하는 마음으로 살고 싶군요. 오늘도 수고 많으셨어요. ^^*

유순 싸부가 글을 올릴 수 있을 정도로 컨디션이 회복된 듯하여 우선 반갑네요. 인간은 누구나 자기 자신에게 제일 관대하다고 하지요. 선숙이가 위에서 든 예들이 다 그런 인간의 이중 잣대를 보여주는 것이겠지요.

責己恕人… 우리 모두가 새겨야 할 귀한 말씀이네요. 싸부, 몸도 아픈데 오늘도 수고가 많았어요.

민선 責己恕人(책기서인), 이렇게 좋은 말도 있었구나~~! 싸부님이 몸을 돌보시지 않는 가르침에 쬐끔씩 유식해지려고 합니다.(단, 뒤돌자마자 잊지만 않는다면… ㅎ) 책기서인을 올해 저를 다스리는 말로 삼겠습니다. 근데, 경남아, 요즘 몸의 컨디션이 좀 좋지 않았나 보지? 걱정된다. 우리 가르치는 것도 중요하지만, 것보다, 네 건강 지키는 것이 더 우선인거, 알지? 조만간에 전화할게…

요산요수 樂山樂水

樂:좋아할 요 / 山:뫼 산 / 水:물 수
산을 좋아하고 물을 좋아함.

『논어(論語)』〈옹야편(雍也篇)〉에서 공자님은 '지혜로운 사람은 물을 좋아하고 어진 사람은 산을 좋아한다. 지혜로운 사람은 움직이고 어진 사람은 고요하다. 지혜로운 사람은 즐기며 살고 어진 사람은 장수한다.'라고 말씀하였다.

주자(朱子)는 이를 다음과 같이 해석하였다.

지혜로운 사람은 사물의 이치에 통달하여 두루 막힘이 없는 것이 물을 닮았기 때문에 물을 좋아하고, 어진 사람은 중후하게 의리를 지켜 쉽게 움직이지 않는 것이 산을 닮았기 때문에 산을 좋아한다. 사실, 지혜로운 사람은 변화에 대해 민감하고 만물을 변화하는 측면에서 관찰하는 태도를 지닌다. 반면 마음이 어진 사람은 언제나 한결같은 마음을 간직하면서 만물을 변하지 않는 측면에서 생각하는 태도를 지닌다. 물은 움직이고 산은 고요하다. 그것이 지자(智者)와 인자(仁者)의 생활 태도를 보여주기에 이러한 표현이 나온 것이다.

2007.04.03

인생의 댓글

경남 사람이 살면서 어디든 막히지 않고 물처럼 흐를 수 있다면 참 지혜로운 삶이 될 것이요, 산처럼 의연하여 어떠한 유혹에도 넘어 가지 않고 무엇이든 넉넉하게 품을 수 있다면 어진 삶이 될 것이다. 요산요수의 자세를 간직하여 멋진 삶을 살아나간다면 얼마나 좋을까…

숙혜 아… 간만에 아는 구절이 나오니 감탄이 다 나오네. 청춘에는 산을 좋아하냐 물을 좋아하냐 물으며 쓰잘 데 없는 이야기 많이 했었네. 자연 어느 부분이 우리에게 거슬리는 곳이 있으랴…?

선애 그대는 어째 그리 말 했다 하면 명언이고 썼다 하면 명문이오?
"자연 어느 부분이 거슬리는 곳이 있으랴?"

선숙 싸부님, '樂山樂水' 허닝께… 우리 핵교 댕길 때, 시험 문제로 많이 나왔던 것이구먼요. 樂山樂水 이것을 우리 말로 워떠키 발음하나요?
낙산낙수. × 틀린 답…
요것을 한자로 바꿀 때도 나가 요산요수 허닝께 되덜 않아서… '낙산낙수' 허닝께 漢字로 바뀌는구먼요…
근디… 산도 좋구, 물도 좋아허면… 유순이 말대로 지혜롭고 어질어지는 감요? 나가 둘다 좋아허는디… 우째 지혜롭지두, 어질지두 못허는지… 긍께 나가 산허구 물을 좋아혀서 요만큼이라두 된 것 갑쇼~잉… 싫어혔다면… 옴마나… 시상에… 큰일 볼 뻔혔쇼~잉.

선숙 싸부요… 이건 위 내용허구 쬐끔은 다른 것인디… 산 좋구, 물 좋구… 개발업자가 어느 외진 곳에 주택을 지었는데, 도무지 분양이 되질 않았지요. 그래서 궁리 끝에 선전하길… 이 근처는 전부 명당이라서… 물 좋구 산 좋구, 공기 좋구… 도무지 병에 걸리지두 않구, 아주 장수촌입니다. 그때 동네 근처에서 장례행렬이 지나가고 있었지요. 따라갔던 사

람들이

"아니, 저 장례행렬은 무엇이요? 이 동네는 무병장수한다고 말하고서는…"

그러자 난감해진 개발업자가 순간적인 기지를 발휘하여 답변을 하는데… 옴마나, 기발하고, 놀라운 답변 좀 들어 보시요~잉…

"에고, 불쌍혀라… 저 의사가 환자가 한 사람도 없으니… 굶어 죽었네, 그랴."

동숙 요건 학생 때 시험문제로 나왔던 거라 반갑네요. 수고하셨어요!

불혹 不惑 · 지천명 知天命 · 이순 耳順

不:아니 불 / 惑:미혹할 혹 / 知:알 지 / 天:하늘 천 / 命:목숨 명 / 耳:귀 이 / 順:순할 순
- 불혹(不惑): 나이 40세. 공자(孔子)가 40세에 이르러 세상일에 미혹(迷惑)하지 않게 되었다는 데서 나온 말이다.
- 지천명(知天命): 나이 50세. 공자(孔子)가 50세에 이르러 하늘의 뜻을 알게 되었다는 데서 나온 말이다.
- 이순(耳順): 나이 60세. 공자(孔子)가 60세에 이르러 생각하는 것이 원만하여져서 어떤 일을 들으면 곧 이해가 된다는 데서 나온 말이다.

『논어(論語)』〈위정편(爲政篇)〉에 다음과 같은 이야기가 전한다.

공자(孔子)께서 말씀하셨다.

나는 열다섯 살에 학문에 뜻을 두고, 서른 살에 자립하고, 마흔 살에 미혹되지 않고, 쉰 살에 하늘의 명을 알고, 예순 살에 귀에 따랐고, 일흔 살에 마음이 하고자 하는 바에 따라도 법도를 넘지 않았다.

2006.09.16

인생의 댓글

경남 우리는 벌써 知天命을 넘어 耳順을 바라보게 되었다. 어서 하늘의 뜻을 알아야 제대로 생각이 원만하여 어떤 일을 들어도 곧 이해가 되는 耳順의 경지에 다다를 수 있을 텐데… 요즘 부쩍 하루 하루가 소중하게 느껴지네.

유순 '생각하는 것이 원만하여져서 어떤 일을 들으면 곧 이해가 된다는 데서

나온 말'이 耳順이라는데, 왜 나한테는 이 말이 잘 적용이 안 되는 것 같지? 어떤 일을 들으면 곧 이해가 되기는커녕 점점 이해가 안 되는 일이 많으니… 내가 나이를 잘못 먹은 것 같아.

선애 耳順이 늦을수록 젊은 것 아닌가? 갸우뚱…? ！？！

혜숙 내 나이 40세에 '불혹'했던가요? 50세에는 '지천명'… '耳順'을 앞에 두고 나이와 걸맞기가 참 어렵네요.

복경화구 福境禍區

福:복 복 / 境:지경 경 / 禍:재앙 화 / 區:구역 구
복의 경계와 화의 구역.
곧 행복과 불행의 바탕이 마음가짐에 있음을 나타낸 말이다.

홍자성(洪自誠)의 『채근담(菜根譚)』에 다음과 같은 이야기가 전한다.

인생의 행복과 불행은 모두 마음가짐에서 이루어진다. 그러므로 석가모니는 다음과 같이 말씀하셨다.

"이욕(利欲)이 타오르면 마음이 곧 불구덩이가 되고 애욕(愛慾)에 빠지면 문득 고통의 바다가 된다. 한 생각을 맑고 깨끗하게 하면 거센 불길도 시원한 연못이 되고, 한 생각을 밝게 깨우치면 배가 열반(涅槃)의 언덕에 오르게 된다."

사정이 이러하니 생각을 조금 달리함으로써 괴로움과 즐거움의 경계가 판이하게 달라짐을 알 수 있다. 사람이 생각 하나로 지옥에서 살기도 하고 극락세계에서 살기도 하나니 어찌 마음가짐을 삼가지 않을 수 있겠는가.

2007.01.15

인생의 댓글

경남 인간의 幸不幸이 모두 마음먹기에 달렸다는 것을 뻔히 알면서도 하루에 도 수십 번씩 마음이 천국과 지옥을 왔다 갔다 하며 힘들게 사는 것이 우리 삶의 모습인 듯… 오늘은 다시 한 번 '福境禍區'를 생각하며, 갸야

금 가락에 고통과 번민을 실어 흐르는 물에 다 떠내 버리고 편안하고 기쁜 마음으로 나날을 보내자고 동영상을 올렸습니다. 물이 참 맑고 깨끗한데 손 한번 담가보면 정신이 번쩍 날 것 같네요…

유순 싸부, 큰 화면에 시원한 계곡물… 그리고 황병기 선생의 가야금 산조를 들으니 모든 마음의 번뇌가 사라지는 듯하네요. 福境禍區… 모든 것이 다 내 마음 안에 있는 것… 천국을 이 땅에서 만들어 가며 사는 그런 마음으로 매일 매일을 살고 싶네요. 싸부, 따뜻한 봄이 오면 저런 시원한 계곡에 가서 발 담그고 신선놀음 한번 해 봅시다.

원심 복과 화가 종이 한 장 차이라는 생각이 드네요. 언제나 진리만을 가르쳐 주시니 이복을 다 어찌하리. 시원한 계곡에 나도 끼워 주삼. 오늘도 수고에 감사.

선숙 복과 화가, 행복과 불행이 생각하기 나름인 것 같습니다. 같은 상황이라도 우리가 생각을 조금만 달리하면 천국으로 되기도 하고 지옥으로 떨어지기도 하는 게 아닐까요? 이 과제를 공부하다보니 새옹지마가 생각이 납니다. 같은 맥락은 아니라도 생각하기에 따라서리… 싸부님, 이제부턴 저두 생각을 고쳐먹어서 거센 불길이 이글거리는 불구뎅이를 씨-워-ㄴ한 연못으로, 아니지 연못은 너무 작아 셋소랭이(세수대야)만 하지… 죠~ 위에 흐르는 계곡이 변하여 폭포를 이루는 그 거센 물로 바꾸갔수다레. 산 좋고 물 좋고 가야금 소리 좋고… 아니 이케 좋은데 와 불구뎅인 불행을 자초하갔시요? 내레 거저 바다와 폭포를 만들갔수다…

반구저기 反求諸己

反:돌이킬 반 / 求:구할 구 / 諸:어조사 저 / 己:자기 기
돌이켜 자신에게서 구함.
곧 어떤 일이 잘못되었을 때 남 탓을 하기보다는 원인을 자기 자신에게서 찾음을 가리키는 말이다.

정해년(丁亥年) 올해의 사자성어로 교수신문은 '반구저기(反求諸己)'를 선정하였다. 이 말은 『맹자(孟子)』〈공손추(公孫丑)〉 편에 나오는 글귀다.

무릇 어짊이란 하늘의 존귀한 작위(爵位)요, 사람의 안전한 주택이다. 아무도 이를 막지 아니하는데 어질지 못하게 산다면 이는 지혜롭지 못하다. 어질지 못하고 지혜롭지 못하며 예의도 없고 의리도 없다면 다른 사람의 노예가 된다. 노예가 되고서 노예됨을 부끄럽게 여기면, 이는 활 만드는 사람이 활 만드는 것을 부끄럽게 여기고, 화살 만드는 사람이 화살 만드는 것을 부끄럽게 여기는 것과 같다. 부끄럽게 여기기보다는 어진 행동을 하는 것이 옳다. 어짊을 행하는 사람은 마치 화살을 쏘는 것과 같다. 화살을 쏘는 사람은 먼저 자기를 바르게 한 후에 화살을 쏜다. 쏘아서 과녁을 맞추지 못해도, 자기보다 나은 사람을 원망하지 않고 돌이켜 자기에게서 그 원인을 찾을 따름이다.

2007.01.01

인생의 댓글

경남 자신이 어질고 어질지 못한 것은 자신에게 달려 있으니 남을 원망할 일이 아니다. 금년에는 우리 사회 모두가 '내 탓이로소이다'라는 마음으로 살아간다면 우리에게도 밝은 희망이 있지 않을까…

숙혜 우리가 미사 때마다 '내 탓이오'하는 것과 상통하는군요. 어느 신부님이 말씀하셨지요. '내 탓이오'가 아니고 '네 탓이오'였음 남을 너무 세게 쳐서 갈비뼈라도 부러트릴 지경이었을 텐데 자신에게 할 때는 '내 탓이오'하며 가슴을 사알짝 친다고… 자기에게서 원인을 찾는다… 세상이 얼마나 살기 좋아질까요?

동숙 새해 첫날, 反求諸己, 잘못을 내 탓으로 돌리는 마음으로 시작하는 군요. 올해는 이런 마음가짐으로 살도록 자주 되새기면서 살렵니다.

유순 싸부님, 새해 첫날을 좋은 글로 자신을 돌아보게 해 주시니 감사합니다. '모두가 내 탓'이라는 생각으로 올해는 더 살기 좋은 세상이 되기를 소망해 봅니다.

선애 仁을 행하는 게 남을 위하는 게 아니라 자신을 지키고 자신이 하늘로부터도 인정받는 길이다. 仁을 행해 자신을 바르게 한 후에 화살을 쏘라. 피사의 사탑처럼 기울어진 자세로는 과녁을 맞출 수가 없다. 그러면서 과녁 탓만 하는 어리석음이여… 새해에는 이런 어리석음에서 벗어나기를…

필부무죄 匹夫無罪

匹:보통 필 / 夫:사내 부 / 無:없을 무 / 罪:허물 죄
필부 곧 보통 사람은 죄가 없음.
그러나 보통 사람일지라도 신분에 어울리지 않는 귀한 물건을 갖고 있으면
그것이 화를 초래하기 쉽다는 말이다.

『춘추좌씨전(春秋左氏傳)』에 다음과 같은 이야기가 전한다.

중국 춘추시대에 우(虞)라는 나라가 있었다. 우나라를 다스리던 우공(虞公)은 아우인 우숙(虞叔)이 가지고 있는 명옥(名玉)을 갖고 싶어했다. 하루는 우공이 우숙을 불러 명옥을 자신에게 달라고 했다. 그러자 우숙은 자신이 애지중지하던 옥이었으므로 주고 싶지 않았으나, 우공의 간청이 끈질기게 계속되었으므로 하는 수 없이 우공에게 주면서 이렇게 말했다.

"주(周)나라의 속담에 필부(匹夫)는 죄가 없어도 구슬을 가지고 있으면 그것이 곧 죄가 된다고 했습니다. 내가 쓸데없이 구슬을 가져서 스스로 화를 불러들일 필요는 없습니다."

우숙이 말한 주나라 속담은 이런 뜻이다. 본래 보통사람은 재난을 초래할 만한 죄가 없으나, 보통 사람이라도 귀한 옥을 갖고 있으면 이는 훗날 화를 초래할 수 있다는 것이다. 따라서 우공에게 옥을 넘겨준 것은 바로 화근을 넘겨준 것이라는 말이었다.

며칠 후, 우공은 또 우숙이 지니고 있는 명검(名劍)을 달라고 요구하였다. 우숙은 불쾌해져 고개를 흔들며 말하였다.

"형님은 만족할 줄을 모르는군요. 이러다가는 언젠가는 내 목숨까지 달라고

할 것입니다."

우숙은 형 우공을 공박하던 끝에 우공을 들어 홍지(洪池)에 집어 던져버렸다. 이 말을 흔히 '회벽유죄(懷璧有罪)'라고도 사용한다.

2007.08.26

인생의 댓글

경남 우공은 귀한 물건만 보면 자신의 것으로 만들려는 탐욕을 부리다가 결국 죽고 말았다. 또한 처음부터 우숙이 남이 탐낼 만한 귀한 물건을 갖고 있지 않았더라면 형제간의 이런 불상사도 일어나지 않았을 것이다. '필부무죄 회벽유죄(匹夫無罪 懷璧有罪)'라는 말은, 보통 사람은 죄 될 것이 없으나 남에게 잘못된 탐욕을 불러일으키는 물건을 소유한다면 그것 자체가 죄의 근원이 된다는 점을 가리키고 있다. 탐심도, 탐심을 일으키는 것도 모두 죄의 씨앗이 됨을 보여주네.

영혜 우공과 우숙은, 형제간에 꺼리는 마음이 생기게 한 금덩어리를 匹夫無罪를 선고하듯 강물에 던지고 재물보다 형제간의 友愛를 더 소중하게 여긴, 兄弟投金이 유래된 이야기의 형제들과 대조적이네요.

혜현 자신의 물건을 방치하거나 남에게 탐심을 일으키게 하여 도심을 품게 하시 말라는 말씀을 어렸을 때 친정 아버지께서 해 주셨는데… 원인 제공자도 죄가 있나 보네.

선숙 사람의 욕심은 땅 두께보다도 더 두껍다더니… 아니 우공은 뭔 욕심이 고로코롬 넘쳐서 동상 것을 보는 것마다 다 뺏으려 혔대? 동상 것을 보는 것마다 뺏으려는 성님이나… 달랜다고 성님을 연못에 내동댕이쳐서 죽게 만든 동상이나… 에구, 욕심이 사람을 죽였네… 긍께… 나 맨치루 아무것도, 쥐뿔조차두 갖고 있는 게 없으면… 세상 편허구, 다툴 일이 없다닝께… 긍께, 칭구들아 느그들 귀한 물건을 '형제투금'처럼 버리고 싶으면… 배 타구 강까지 나갈 것두 없이 나헌티 다 버리면 되겠는디.

선숙 귀한 물건… 비싼 물건… 이런 물건은 언제나 애물단지… 그래서 생각난 야그 한 토막…

어느 미모의 부인이 남편 몰래 남친을 만나면서 아주 비싼 밍크 코트를 선물 받았다. 근데 집으로 갖고 올 수가 없어 전당포에 싼 값에 맡기고는 남편에게 전당포 표를 주면서… 내가 이 근처에서 이 표를 주웠으니 무슨 물건인지 알아 봐 달라고 했다. 전당포에서 돌아온 남편은 부인에게… 그건 값싼 시계를 맡긴 표라고 했다. 이튿날 ~ ~ ~ ~ ~ 남편의 비서는 그 비싼 밍크 코트를 입고 있었다.

에구, 긍께… 비싼 물건은 항시 애물단지라닝께… 안 그랴?

미순 "욕심이 잉태한 즉 죄를 낳고 죄가 장성한 즉 사망을 낳느니라.(약 1:15)"
"심령이 가난한 자는 복이 있나니 천국이 저의 것임이요.(마 5:3)"
사람은 그저 있는 것에 '자족'하고 살아야지, 자기 분수에 넘치는 욕심을 부렸다가는, 큰 화를 당하게 마련이지요. 오늘의 고사성어에 나오는 이야기처럼… 오늘 같은 물질만능 시대에 경각심을 주는 말씀 감사해요.

선숙 형제 것을 탐내지 말자…

제목: 팥쥐의 브라…

팥쥐 엄마는 4개의 브라를 사 갖고 와서 3개는 팥쥐에게 주고 한 개는 콩쥐에게 주었다. 콩쥐는 여분이 없어 밤에 계곡에 나가 빨아서 다음날

착용을 하곤 했다.

하루는 실수를 해서 브라가 떠내려갔다. 놀란 콩쥐가 계곡을 따라 호수로 달려갔지만 브라는 호수에 가라앉고 말았다. 울면서 내 브라… 내 브라… 하고 있는데 산신령이 나타나… 어쩌구 저쩌구… 잠시 후… 금색실의 브라를 갖고 올라와,

"이게 네 것이냐?"

"아니옵니다."

또 은색실의 브라를 갖고 올라와

"이게 네 것이냐?"

"아니옵니다."

다음 낡은 브라를 갖고 와 이게 네 것이냐? 네, 신령님… 착한 애로구나… 이것 3개를 다 갖고 가거라.

콩쥐가 금색 은색 실로 수놓은 브라를 몰래 하며 지내던 어느 날, 그만 심술 맞은 팥쥐에게 들키고 말았다. 할 수 없이 자초지종을 다 말한 콩쥐… 팥쥐는 욕심이 생겨 3개의 브라를 한데 묶어 계곡에 나가 일부러 떠내려 보내고는 호수에 가라앉은 것을 확인한 후 큰 소리로 울면서 내 브라 내 브라…

이때 산신령이 나타나 어쩌구 저쩌구… 잠시 후 금색실의 브라를 갖고 올라 와서

"이게 네 브라냐?"

'네' 하고 싶었지만 금도끼 은도끼 생각이 나서 꾹 참고

"아닙니다."

다음 은색실의 브라,

"이게 네 것이냐?"

"아닙니다."

다음 3개가 묶인 브라를 들고 와서

"이게 네 것이냐?"

"네 신령님."

이 신령님의 한마디,(금브라도 안 주며)

"너는 개처럼 육 젖이냐?"

경남 아유～～이 재치❗ 넘치는 유머❗ 선숙 씨 덕에 밤에 자다가 혼자 웃을까 걱정되네요…ㅋㅋ ㅋㅋ ㅋㅋ

미순 하여튼 못말리는 … 어떻게 그렇게 기발한 이야기가 무궁무진한지❗～ '육 젖' ～

유순 선숙이 때문에

선숙 이 글을 읽으니 성경에 나오는 다윗왕의 부하 우리아가 생각나네요. 다윗왕이 탐낼 만한 미인 밧세바를 아내로 맞지 않았더라면 전장에 나가 죽을 일도 없었을 텐데… 옛날에도 보통사람으로 살기는 어려웠던가 봐요.

순희 '자기 분수에 맞지 않는 짓이나 삶을 영위하려 한다면 가랑이가 찢어진다'는 옛 속담이 생각납니다. 반대로 진솔한 삶의 모습은 우리의 삶을 윤택하게 할 것입니다.

찾아보기

가도사벽 家徒四壁 ——————— 135

각득기소 各得其所 ——————— 256

각자위정 各自爲政 ——————— 76

각주구검 刻舟求劍 ——————— 72

간담상조 肝膽相照 ——————— 202

개관사정 蓋棺事定 ——————— 296

건곤일척 乾坤一擲 ——————— 107

경국지색 傾國之色 ——————— 37

계구우후 鷄口牛後 ——————— 90

계행죽엽성 鷄行竹葉成 ——————— 308

공자삼락 孔子三樂 ——————— 311

과유불급 過猶不及 ——————— 55

관포지교 管鮑之交 ——————— 211

극기복례 克己復禮 ——————— 118

금란지교 金蘭之交 ——————— 189

기기기익 己飢己溺 ——————— 247

낙양지가귀 洛陽紙價貴 ——————— 97

난형난제 難兄難弟 ——————— 105

남가일몽 南柯一夢 ——————— 278

노마지지 老馬之智 ——————— 34

단기지교 斷機之敎 ——————— 160

도리불언하자성혜 桃李不言下自成蹊 – 205

독서백편의자현 讀書百遍義自見 ——— 17

동가식서가숙 東家食西家宿 ——————— 44

동병상련 同病相憐 ——————— 218

동취 銅臭 ——————— 101

막역지우 莫逆之友 ——————— 207

만사불여오심죽 萬事不如吾心竹 ——— 286

망양지탄 望洋之歎 ——————— 62

맹자삼락 孟子三樂 ——————— 313

명경지수 明鏡止水 ——————— 110

목인석심 木人石心 ——————— 83

무릉도원 武陵桃源 ——————— 305

문전작라 門前雀羅 ——————— 181

물이유취 物以類聚 ——————— 214

미생지신 尾生之信 ——————— 229

반구저기 反求諸己 ——————— 334

반의지희 斑衣之戲 ——————— 139

방약무인 傍若無人 ——————— 125

백구과극 白駒過隙 ——————— 250

백문불여일견 百聞不如一見 ——————— 31

백유읍장 伯俞泣杖 ——————— 146

복경화구 福境禍區 ——————— 332

복수불반분 覆水不返盆 ——————— 163

불언장단 不言長短 —————— 235

불혹 不惑·지천명 知天命·이순 耳順 - 330

비방지목 誹謗之木 —————— 317

사돈 査頓 —————— 171

상선약수 上善若水 —————— 129

새옹지마 塞翁之馬 —————— 294

세군 細君 —————— 25

세월부대인 歲月不待人 —————— 52

수어지교 水魚之交 —————— 209

순망치한 脣亡齒寒 —————— 223

순사반츤 巡使反襯 —————— 274

시도지교 市道之交 —————— 197

식언 食言·식언이비 食言而肥 —— 65

신토불이 身土不二 —————— 254

십시일반 十匙一飯 —————— 221

안서 雁書 —————— 93

야서지혼 野鼠之婚 —————— 80

어이아이 於異阿異 —————— 241

여도지죄 餘桃之罪 —————— 232

연리지 連理枝 —————— 154

예미어도중 曳尾於塗中 —————— 283

오사필의 吾事畢矣 —————— 267

오설상재 吾舌尙在 —————— 69

오조사정 烏鳥私情 —————— 143

왕형불형 王兄佛兄 —————— 58

요산요수 樂山樂水 —————— 327

우의대읍 牛衣對泣 —————— 176

월하빙인 月下氷人 —————— 167

유좌지기 宥坐之器 —————— 121

인심여면 人心如面 —————— 47

인인성사 因人成事 —————— 225

일단사일표음 一簞食一瓢飲 —————— 302

일반천금 一飯千金 —————— 191

일엽지추 一葉知秋 —————— 260

일일여삼추 一日如三秋 —————— 152

자구다복 自求多福 —————— 299

절영지회 絕纓之會 —————— 320

조강지처 糟糠之妻 —————— 158

중취독성 衆醉獨醒 —————— 113

지음 知音·지기지우 知己之友 —————— 185

진매독육 盡買毒肉 —————— 315

책기서인 責己恕人 —————— 324

천의무봉 天衣無縫 —————— 21

천하언재 天何言哉 —————— 245

청운지지 靑雲之志 —————— 15

청천백일 靑天白日 —————— 280

청출어람 靑出於藍 —————— 42

춘면불각효 春眠不覺曉 —————— 29

치망설존 齒亡舌存 —————— 263

태산불사토양 泰山不辭土壤 —————— 237

파죽지세 破竹之勢 —————— 87

평지풍파 平地風波 —————— 290

풍수지탄 風樹之嘆 —————— 149

필부무죄 匹夫無罪 —————— 336

형제투금 兄弟投金 —————— 195

호사다마 好事多魔 —————— 270

함께한 친구들의 후기

김선숙

　여고를 졸업한 지 어언 40년, 이젠 기억력도 가물가물한 할머니들을 고사성어의 세계로 이끈 경남 싸부님의 수고에 놀라고 감사했습니다. 그간, 삶의 깊이를 전하는 경남 싸부님의 글을 읽고 내 처지를 돌아보고 가다듬게 되었습니다.

　그동안 가장 컸던 기쁨은 공부방엘 다니면서 우린 40년이라는 시간을 초월하여 예전의 여고생 마음으로 돌아간 것입니다. 친구들의 글에 댓글을 달면서 기쁨과 슬픔을 함께 하였던 것은 물론이요, 우리가 헤어져 지냈던 40년 동안의 기쁨과 슬픔마저도 온전히 함께 할 수 있었습니다. 태평양을 사이에 두었건만 예전처럼 '♪ …… 저 바다가 없었다면 …… ♪' 이렇게 한탄하지 않고도 한국과 미국이라는 공간을 초월하여 같은 시각에 핵교 댕기며 공부할 수 있다니. 참 좋은 세상이지요. 인터넷이 발달한 좋은 세상을 만난 덕이기도 하겠지만 뭐니 뭐니 해도 우리 경남 싸부님의 덕분이 아닌가 생각합니다.

　이번에 우리들의 수다가 이렇게 책으로 나오기까지 열성으로 가르친 우리 싸부님과 또 특수생, 우수생으로부터 온통 젯밥에만 마음이 쏠린 저까지 모두 한마음으로 동참할 수 있었기에 그 기쁨이 너무 큽니다.

　우리들 모두, 120살까지 살면서 이 우정, 오래 오래 나누고 싶습니다.

김선애

우리가 살아오면서 가장 꿈이 많았고 웃을 일 또한 가장 많았던 시절을 함께 보냈던 친구들이 모여 노는 우리들의 수다방 동창 카페.

여기에 전경남이 고사성어를 소개하는 한문방을 열었습니다. 학교시절의 모범생답게 거의 하루도 쉬지 않고 매일 풀어내는 전경남의 강의는 우리 카페 회원들을 단숨에 그의 애독자로 끌어들였습니다. 고사성어를 공부하면서 우리는 시대는 달라도 그 시절의 사람들이 추구했던 가치와 오늘날의 가치가 크게 차이나지 않음을 보았고 어느 시대에나 통하는 인생의 보편적 가치가 있음을 깨닫기도 했던 것입니다.

무엇보다 우리는 거기에 댓글을 쓰면서 각자 자신들의 이야기를 꺼낼 수 있었습니다. 댓글 속에서 우리는 자연스럽게 그동안 친구들이 어찌 지내었는지, 무슨 일에 기뻐하고 무슨 일에 마음 아파하며 지냈는지 알게 되면서 예전에는 깊이 알지 못했던 친구들의 생각을 이해할 수 있었습니다.

이렇게 서로에 대한 이해를 넓히게 해 준 전경남의 정성과 사랑에 감사드립니다. 아울러 이 기쁜 자리를 친구들과 모두 함께 나눌 수 있어 행복합니다.

김원심

"꿈은 이루어진다."

언젠가 모임에서 환갑에 맞춰 책을 낼 계획이라는 말을 듣고 그냥 흘려들었는데 그 꿈이 이루어졌네요. 그간의 노고와 헌신에 박수를 보냅니다. 건강치 못할 때도, 마음이 힘들 때도 있었으련만 한결같은 정성으로 우리 공부방을 이끌어오신 싸부님은 우리의 큰 자랑이지요.

구절에 맞는 그림과 국악으로 우리의 안목도 한결 upgrade 되었지요. 우리만 보기 아까운 구절도 많아 어떤 때는 저 윗분들께 함께 공부하자고, 싸부님 덕에 주거니 받거니 잘난 체도 좀 했죠?

결석을 해도 지각을 해도 언제나 "참 잘 했어요.", "공감이 가네요."로 격려해주시니 늘 따뜻한 우리의 공부방이지요.

이제 모두 6학년이 되었지만 이곳에서는 그 옛날 학창시절로 돌아갈 수 있어 時空을 초월해 우정을 나누니 행복한 "福婦人"들이네요.

이렇듯 용기를 얻었으니, 우리 남은 꿈들, 못 다한 꿈들도 이제 차차 이루어낼 욕심을 가져 봅니다.

김자성

"상한 갈대를 꺾지 아니하시며 꺼져가는 심지를 끄지 아니하기를(마 12:20)"이라는 하나님의 말씀이 떠오르는구나.

경남아, 많이 아프면서도 친구들과 만날 때면, 꾀꼬리 같은 목소리로 누구보다도 명랑하게 재잘거리는(?) 네 모습 얼마나 아름다운지! 그뿐 아니라, 아픔에만 매여 있지 아니하고, 하나님께서 주신 달란트로 충성스럽게, 하루도 빠짐없이 친구들에게 아낌없는 사랑을 쏟아 부어준 너!

무식한 우리들 유식하게 만드느라고 애썼다.

자랑스럽다. 많이 칭찬하고 싶다.

경남아, 이런 영광스런 자리에 나 껴줘서 정말 고맙다.

우리 앞으로도 오래 오래 함께하며 지혜와 사랑을 나누자.

노순희

"여보세요. 저…… 예전의 전경남 그 경남이가 맞나요? 내가 아는……."

"그래, 맞아."

그렇게 우리는 40년 만에 만났지. 눈은 크고, 얼굴은 네모인 듯하면서 동그스름한 얼굴의 전경남. 보고 싶은 얼굴이었지.

우리는 항상 손을 꼭 잡고 노천극장 윗길을 지나 등나무 밑을 걸으며 삶에 대해 진지하고 심오한 이야기들을 나누곤 했었지. 진지한 눈빛을 빛내며 또박또박 이야기를 하기도 하고, 조용히 고개를 숙이고 생각에 잠기는가 하면 또 어느새 꿈꾸는 얼굴로 환히 웃던 네 모습이 떠오른다. 나는 너에게, 너는 나에게 그렇게 아름다운 기억으로 남았구나.

그렇게 여학교 시절은 보내고, 이제 할머니가 되어서 이렇게 글로서 만나니 이 어찌 아무렇지도 않은 인연이랴. 주름투성이 할머니가 되어 만났으나 이제 남은 날들도 40년 전 그때처럼 함께 손잡고 아름다운 이야기들을 만들어 가자꾸나.

박혜숙

너무 맑아 파아란 눈, 다부지게 꼭 다문 입술의 경남이를 나는 기억한다.

이화 카페가 이 작은 소녀를 만나면서, 우리들은 참 행복해졌다.

40년의 세월을 넘어 소녀 경남이는 우리에게 꿈과 웃음과 낭만 그리고 아름다운 만학의 즐거움을 맛보게 해 준다. 하루도 쉬지 않고 공부방을 열어주는 열정과 귀한 책 출간으로 그녀는 우리에게 또다시 희망을 보게 한다.

우리의 영원한 친구 경남에게 뜨거운 감사와 축하의 박수를 보낸다. 아울러 나에게 행복한 60대를 맞이하게 해 준 우리 친구들에게도 감사와 사랑을 보낸다.

박혜현

경남아!

그동안 애쓴 보람이 열매를 맺게 됨을 축하해.

나는 중도하차했지만 그동안 즐거웠단다. 그리고 누군가가 나를 위해 애를 쓰고 있다고 생각하니 행복했단다. 너의 노력이 우리 모두를 면무식하게 했고 마음을 살찌우게 했단다. 네 글이 우리들을 대화의 뜰로 모이게 하여 서로 정담을 나눌 수 있어 또한 감사했어. 이 나이에 사랑과 우정으로 행복에 겨워할 줄 그 누가 알았겠니.

앞으로도 계속 너의 덕을 보려고 한다면 너무 욕심이 많은 것일까?

경남아, 그리고 친구들아!

더욱 건강하고 행복하기를 바란다.

방충애

이화여고 교가에 이런 가사가 있지.

'약한 이 힘 되고 어둠에 빛 되자.'

여러 해 전에 이화여고에 갔었는데 텅 빈 노천극장에 홀로 앉아 그곳에서 놀던 지난 시절을 생각하고 눈물을 흘리며 감사의 기도를 드린 적이 있어. 너무나 아름다운 동산에서 훌륭한 선생님들과 좋은 친구들을 만나 사랑과 진리의 가르침으로 꿈 많은 시절을 보냈고, 어엿한 사회의 일원으로 발돋움하여 풍성한 삶을 살게 된 것이 이화여고를 내 인생에서 만나게 해 주신 하나님의 은혜라 생각했어. 그래서 난 그 은혜를 갚고 싶다는 마음이 들었지. 교가를 부르면서 설립자 스크랜튼 여사가 흑암 가운데 있는 이 민족에게 와서 복음도 배움도 없는 이 땅에 예수 그리스도를 전해주었고 여성들에게 배움의 길을 열어 준 것을 떠올렸어. 우리 이화인들도 힘을 합해 이 세상 어딘가 아직도 문명에 눈뜨지 못하고 흑암 가운데 있는 연약한 이들에게 빛이 되어주고 힘이 되도록 우리 받은 것을 돌려주었으면 하는 바람이 생겼단다.

그런데 이제 이화 기도 모임도 생기고 이화 카페도 생겨 같이 마음을 나눌 수 있게 되어서 얼마나 기쁜지 모른다. 경남이도 카페에 배움의 장을 열어 주어서 인생을 나누고 삶의 지혜를 배울 수 있게 해주니 정말 감사해. 항상 베풀고 격려하면서 좋은 가르침까지 함께 하면서 친구들을 하나 되게 하는 마음 씀씀이에 내가 다 뿌듯하구나.

이제 살 날보다 산 날이 많아진 지도 오래고, 인생을 결산해야 할 때가 오기 전에 우리가 가진 많은 것들을 나누고 홀가분하게 떠날 준비를 슬슬 해야 하지 않을까 하는 생각이 드네. 너도 이미 그런 삶을 실천하고 있는 것 같아 보기 좋고 선애도, 숙혜도, 유순이도 한몫하고 모두들 나누려고 열심인 것 같아. 언젠가 모두 힘을 합쳐 약한 이 힘 되고 어둠에 빛 되는 그런 일을 해내는 우리의 모습을 기대해 보자.

백향순

"이제 모두 세월따라 흔적도 없이 변해 가지만, 덕수궁 돌담길에 아직 남아 있어요. 다정히 걸어가는 연인들. 언젠가는 우리 모두 세월을 따라 떠나가지만, 언덕 밑 저 눈길엔 아직 남아 있어요. 눈 덮인 조그만 교회당……."

라디오에서 흘러나오는 '광화문 연가'가 오늘따라 유난히 우리들의 이야기로 가슴에 다가오네. 보랏빛 라일락의 달콤한 향기와 눈이 부시도록 하얀 교복의 소녀들의 웃음소리, 등나무 아래서의 야외수업. 오랫동안 잊고 있었던 추억들이 가슴깊이 그리워진다. 정동교회를 지나 덕수궁 돌담길로 이어지는 우리의 통학길은 재잘거리며 얼마나 즐거웠던지.

세월은 많이 지났지만, 조그만 풀꽃 하나에도 행복을 느끼고, 모든 일에 감사하는 넉넉해지는 우리의 모습들도 참 아름다운 것 같다. 매일 좋은 글과 여유로운 음악으로 우리에게 꿈과 행복을 가득 채워주는 경남이에게 존경과 감사를 보낸다.

서은숙

지도에도 없는 이곳에 우리들의 친구들이 다 모인다.

기쁨을 안고, 슬픔을 안고, 각자의 사연들을 읊어 낸다.

옷은 새 옷이 좋다지만 친구는 옛 친구가 좋듯이 벌써 40년이 훌쩍 지나가 버린 초로의 환갑을 맞이하는 친구들이 이곳에서만은 여고 시절로 돌아간다.

긴 세월동안 제각기 다른 삶을 살았지만 '자유, 평화, 사랑'을 추구하는 우리의 삶은 영원한 이화인이다.

이화 카페에 종종 드나들면서 개설된 방을 하나씩 열어 보았다. 그 방들은 내 눈과 귀와 마음을 아름답게 하였다. 그러나 이미 공부를 놓은 지 오래 된 터라 "함께 공부합시다"는 분명 골치 아픈 공부려니 하고 감히 열어보지 못했다. 그러던 어느 날, "함께 공부합시다"를 여는 순간, 내 영혼이 아름다워지는 것을 느꼈다. 예선에 배웠던 가물가물한 한문과 그 글씨로 만들어진 사자성어 속에 내포된 인생사, 게다가 덧글을 달아주는 친구들의 이야기를 읽으면서 몸과 마음이 맑아지고 젊어지는 것을 느꼈던 것이다.

건강하지도 않은 몸으로 우리를 맑게 해주는 전경남. 그대는 진정 우리들의 영원한 친구요 사부님이다.

손동숙

안녕, 경남아?

어젠 눈이 아름답게 내려 창밖으로 보이는 겨울 밤 풍경이 그림처럼 고왔다. 네 수고와 우리들의 즐거운 수다가 책으로 발간된 것을 진심으로 축하한다. 환갑을 바라보는 나이에 우리가 새로 만든, 참으로 소중한 추억이 되겠구나 싶어 마음이 벅차다.

몇 자 적고 보니 부끄럽네.

문풍지를 통해 들어온 햇살을 받으며 놀던 어린 시절, 그때가 가끔 그리워지는 요즘, 그 햇살 같은 따사로움으로 다가온 인터넷 카페 '함께 공부합시다'가 한 권의 책으로 빛을 보게 되었습니다.

힘든 중에도 있는 힘을 다하여 일을 시작한 친구. 우리는 그로 하여 다시금 '사랑'과 '우정'을 나누며 '평화'를 찾을 수 있었습니다.

모든 시작은 참으로 소중하고 아름답다는 말을 전하며, 앞으로 더 큰 열매를 기대해 봅니다.

오숙혜

인도의 예수회 신부이신 안소니 드 멜로의 글에서 읽은 이야기.

옛날에 어느 사원에 수천 개의 종이 있었다고 한다. 바람이 부노라면 크고 작은 종들이 아름다운 음악을 만들어내어 듣는 이를 황홀경에 빠지게 하곤 했는데 그 사원이 자리하고 있던 섬이 물에 잠겨버렸다. 그리고 수세기가 흘렀다. 전설에 의하면 그 종은 아직도 울리고 있어 귀를 기울이는 누구도 들을 수 있다고……

이 이야기를 들은 한 젊은이가 그 종소리를 듣기 위해 수천 마일을 걸어 해변을 찾았다. 그는 사라진 섬을 마주한 채 앉아 날마다 온 힘을 다해 귀를 기울였다. 그러나 들려오는 건 파도소리뿐……

그렇게 실망에 빠진 채 수많은 날이 흘렀다. 마침내 그는 포기하기로 마음먹고 마지막으로 바다와 하늘과 바람과 코코넛 나무에 작별인사를 하러 해변으로 나갔다. 모래 위에 누워 아득한 파도 소리를 듣던 그는 깊은 침묵 안에 머물렀다.

그러자 그 침묵 안에서 아주 작은 종소리가 울리기 시작하더니 이어서 다른 소리, 또 다른 소리가 들려왔다. 소리들은 마침내 함께 어울려 아름다운 교향곡을 이루어 내고 있었다. 그는 온전히 황홀경에 빠지고 말았다.

우리도 무언가를 찾고자 할 때는 자신의 침묵 안으로 들어가야 하는 것이 아닐까? 세상의 시끄러운 소리들에 실망하고 상처받다가 우리들의 카페 '함께 공부합시다'에서 나 자신을 발견하다.

유윤화

우리 67 졸업생들이 40여 년 만에 다시 교정에 모이게 되었다. 초롱초롱한 눈매의 단발머리 소녀이던 전경남 친구가 세월이 흘러 넉넉한 사부님의 풍모로 나타나 이화 카페 서당 '함께 공부합시다'를 차린 것이다. 배꽃 피는 이화학당도 아니고, 장미향 가득한 노천강당도 아닌, 이 곳에서 매일 얼굴을 마주한다. 출결도 없고 지각할 염려 없이 여고시절 가장 갈망하던 "자유"를 만끽하며 공부할 수 있으니 얼마나 행복한 배움터인가.

스스로 '종합병원'이라 일컬을 정도로 몸이 불편한데도 매일 열과 성을 다하여 사자성어에 얽힌 고사와 해설, 원전에 대한 공부와 함께 탁월한 안목으로 선택된 그림과 음악이 곁들여지니 금상첨화이다. 또한 그 곳에서 이국땅의 친구들 소식, 서로간의 축하, 격려, 위로, 우정을 나누니 "평화"의 마당이다.

나는 오늘도 안경을 둘러쓰고, 즐거운 마음으로 서당 문을 연다. 진정한 배움은 찰나의 학습으로 머물기보다는 우리 삶에 적용하고 재해석을 끊임없이 해 나가야 한다는 가르침을 새기며…… 배움과 가르침, 서로에게 삶의 의미를 깨우쳐주는 '이 문회우'의 장을 만들어가는 우리 친구들 그리고 우리 사부님! 고맙습니다. "사랑"합니다.

이백경

그동안 온갖 정성으로 이화 67 home page를 통해 우리에게 별로 친근하지 않았던 故事成語를 거의 매일매일 날라다주며 그 글의 풀이, 관련 故事, 참고문헌은 말할 것도 없고 글과 어울리는 國樂과 함께 아름다운 故畵 등을 올리어 전문서적 못지않은 생활 참고서를 선사하여, 우리들 문화생활에 많은 도움을 주며, 그곳 서당에서 주고받는 친구들의 재치 있는 댓글과 함께 하루의 stress를 모두 멀리멀리 보내주는 역할을 톡톡히 해주었던 아까운 작품들을 이렇게 책으로 남기게 되었다니, 정말 다행으로 생각하며 많이 많이 축하하고 싶다!!

그리고, 개인사정으로 서당에 자주 나오지 못해 미안했는데, 무엇보다도 이 책 속에 몇 자 안 되는 나의 댓글이 실렸다니, 무한한 영광으로 생각하며 송구스럽기도 하다.

이제 경남사부가 가르쳐주신 진심어린 많은 故事成語를 벗 삼아, 우리의 남은 여생동안 지혜롭게 우리들 가정을 이끌며, 또한 즐겁게 인생을 살아간다면, 그것은 우리들의 기쁨이기도 하겠지만 사부님의 기쁨도 크시리라 생각된다.

아울러 이러한 것들은 사부님을 비롯한 우리 모두가 건강해야 이루어지는 일.

친구들 모두모두 건강하기를 빌며, 우리들 서당이 영원히 계속되기를 기도드립니다!!

이영혜

40여 년 전에 헤어진 고등학교 동창들과 최근에 다시 인터넷으로 만나서 시간과 공간을 초월해서 고사성어를 함께 공부하는 과정은, 以文會友 以友輔仁 이라고, "글로써 벗을 사귀는 방법"이 벗을 사귀는 최선의 방법이고 "벗을 사귀는 목적은, 벗을 이용하여 이득을 보기 위한 것이 아니라, 벗이 됨으로써 서로의 德을 높이는 데 있다는 것"이라는 사실을 체험하는 과정이었습니다.

"학문을 강론하여 벗을 모으면 道가 더욱 밝아질 것이요, 벗의 善을 취하여 나의 부족한 仁을 돕는다면 나의 德이 나날이 진보할 것이다."라는 朱子의 주석대로, 헌신적인 노력과 사랑으로 우리들에게 높은 수준의 한문을 쉽게 풀이하여 가르쳐주셔서 우리들의 道를 밝히시고, 격려의 말씀으로 벗들 간에 서로의 善을 취할 수 있는 분위기를 조성하여 우리들의 仁을 도와 우리들의 德을 나날이 쌓게 해 준 전경남 동창, 우리들의 스승님께, 그리고 함께한 벗들 모두에게 가슴속 깊이 감사드립니다.

임미순

친구! 듣기만 하여도 가슴 뜨거워지는 단어이지요! 어느새 환갑을 바라보는 나이가 되니 세상에서 친구만큼 좋은 것이 또 있을까요? 더욱이 여고 시절의 순수하고 아름다웠던 친구들이니.

이제는 돋보기 없이는 글자를 읽을 수 없고, 기억력도 가물가물하여 치매까지 걱정이 되는 나이가 되었습니다. 헌데, 우리 공부방은 이런 나에게 참으로 좋은 활력소이며 하루 하루를 또 다른 의미를 지니고 살아갈 수 있게 하여 주었지요. 특히 댓글을 달며 또 다른 친구들의 댓글을 읽으며 혼자서 이 빠지도록 낄낄 하하 호호…… 아마도 5년은 젊어지지 않았나 싶군요! 우리 한문 공부방 만세 만세 만만세!

장문희

2006년 8월 8일부터 이화여고 동창 67회 홈페이지 '함께 공부합시다' 코너에 전경남 동창의 한문공부가 시작되었습니다. 어떤 보이지 않는 마력에 이끌려 우리 동창들은 한문학당으로 모여들기 시작하였습니다.

학창시절로 돌아간 들뜬 마음으로 답글도 나누고 서로의 안부를 묻기도 하면서 돈독한 사랑과 우정을 키워 왔고, 멀리 해외에 있는 동창들까지 함께 할 수 있었습니다.

"경남아, 노올자."

대문 앞에서 부르면 언제나 달려 나와 반갑게 맞이하는 어린 시절 동무들처럼, 우리 공부방은 소꿉장난하는 어린아이의 심정으로 돌아가 마음껏 뛰놀며 스트레스를 푸는 장소가 되었지요.

그동안 소식이 끊겼던 친구들과 만남의 장소가 되어 해후의 기쁨을 나누게 해준 이곳의 등대지기 역할을 하는 경남 사부님! 기쁠 때나 슬플 때나 여행 중에도 하루도 빠짐없이 지킴이의 역할을 해 준 사부님께 감사드립니다.

우리들만의 이런 즐거움을 이번에는 책으로 출판하게 되어 여러 독자들이 볼 수 있게 됨을 영광으로 생각하면서 앞으로도 계속해서 이 아름다운 만남의 장소가 이어지기를 빌며 이 글을 마칩니다.

조민선

새까만 눈이 유난히 반짝이던 국민학교 동창 경남이~!

중·고등학교도 같은 학교를 다녔건만 너무나도 오랜 세월동안 서로 연락이 두절되었다가 이렇게 고등학교 동창 카페에서 만나, 경남이가 제공하는 한문방에서, 오랜 이국 생활에서 잊혀졌던 한문을 익히며, 얽히고설킨 고사를 통하여 삶 자체를 음미하면서, 우리의 우정과 지나온 세월의 경험담을 나누게 되었답니다.

한문방에서 우리 모두 나이를 잊고 다시 고등학교 시절로 돌아간 듯 또 다른 꿈과 낭만을 그리며 즐거운 시간을 공유할 수 있었음을 이 자리를 빌어 친구들 모두에게 감사합니다. 특히 회춘(?)을 불러온 장본인인 경남이, 아니 우리의 한문방 싸부님이 그동안 보여주신 노력과 정성에 특별감사를 드립니다.

또한 무엇보다도 이번에 책으로 출판하게 되었다니 경남이에게는 말할 것도 없고, 우리 스스로도 자랑스럽기 그지없습니다. 우리들의 한문방이 앞으로도 계속 좋은 책으로 나오게 될 것임을 믿어 의심치 않습니다.

전은자

고등학교 1학년 즈음이던가. 갑자기 한문 시간이 폐지된다는 발표가 있었다. 모두 "야!" 하며 박수를 쳤으나 곧 수그러졌다. 지긋한 연세의 선생님이 가르치시던 어려운 한문공부가 없어진다니 처음에는 시원한 것 같았으나 곧 섭섭한 마음이 자리를 잡았고 그 후도 아쉬움은 계속 남아 있었다. 그랬던 것이, 2007년 인터넷을 통해, 그것도 동기 친구를 통해 한문 공부를 하게 될 줄이야.

어느 날 이화 카페에 〈함께 공부합시다〉라는 공부방이 생기면서 뜻하지 않게 전산화, 세계 단일화 시대에 발맞추는 공간을 맞게 되었다. 거기에서 모르던, 잘못 알던,

어디서 많이 듣던 한자 어구들이 하나씩 선명해지기 시작한 것은 물론이고, 근 40년 간 세계 각처에 흩어져 사는 친구들이 마음의 대화를 나누는 기적과 같은 일이 생겼다. 각자 특유의 환경과 경험이 그 날의 성어를 통해 반영되고 서로에게 거울이 되었다. 전경남 사부의 첫 답글, 뒤이어 친구들의 답글을 읽으면 점차 이해가 깊어지고 드디어 깨달음이 오면서 후련함이 따르는 공부를 하게 된 것이다. 그야말로 삶의 공부였다.

성어를 통해 얻은 지혜가 생활 속의 작은 실천으로 이루어지는 것을 느낄 때 이 공간의 소중함을 실감한다. 60세 이후 노년에 대한 외로움과 걱정을 몰아내고 배움의 열정을 일으키는 곳이다. 이를 위해 줄기차게 학습을 준비한 전경남 친구와 함께한 모든 친구들에게 감사와 축하를 보낸다.

채숙희

어느덧 고등학교 졸업한 지 40년이 지난 지금, 이화 카페를 통해서 친구들과 더 가까워지고 다시 그때의 소녀 마음으로 돌아가 지내고 있네요. 특히 학교 다닐 때는 어렵기만 했던 한문을-지금도 여전히 어렵기는 하지만- 한문공부방에서 재미있게 배우고 있지요. 지금은 해야 되는 게 아니고 하고 싶어서 하니까, 또 음악 감상과 그림 감상도 같이 할 수 있어서 공부가 더 즐겁고요, 어떤 날은 음악이 너무 좋아서 듣고 또 듣게 되고, 음악이 그 날의 배움을 마음에 새겨 들게 하지요. 언제부터인가 사자성어에 흥미를 느꼈는데 이 공부방을 찾아서 반가웠답니다.

또한 중학교, 고등학교 6년 다니면서 얼굴만 좀 알았던, 또 전혀 몰랐던 친구들과 한반이 되어 공부하니까 마음은 그때 그 시절로 돌아가게 되네요. 그때 그 시절처럼 설레고, 기쁘고, 행복했습니다.

이화 카페를 창설하고 풍성하게 꾸려나가며 우리에게 많은 것을 얻게 해주는 김선애에게, 또 사자성어뿐만 아니라 동양화와 국악도 같이 배울 수 있는 공부방을 진행해 나가는 전경남에게 진심으로 감사해요.

허유순

우선, 경남이가 존경스럽다. 그 여러 날의 아픔을 딛고서 한 가지 일에 그렇게 전념할 수 있다는 게 얼마나 대단한 일인지. 건강한 우리들도 도저히 할 수 없는 일이기에 더욱 자랑스럽다.

경남이가 나의 선입관을 여지없이 깨어 부수며 강인함을 보여 주어 우리도 덩달아 우리가 '살아있음'을 느낄 수 있었다. 나이 들어서, 아파서, 세상살이에 지쳐서…… 우리는 얼마나 많은 핑계들을 대면서 안주하고 포기했던가.

경남이가 삶의 의지와 정신력을 보여준 것이 내겐 하나의 커다란 '경이'였던 것처럼, 나와 친구들이 경남이와 함께 하면서 주저함과 외로움, 부끄러움 들을 이기고 젊은 날의 꿈과 낭만을 회복하게 된 것 또한 '경이'이고 '감동'이 아닐 수 없다.

우리의 즐거운 '기적'이 책으로 나오게 되니 너무 기쁘고 축하한다. 앞으로도 네 공부방을 통해 더 많은 사랑을 나누는 우리가 되기를 기대한다.

경남아, 그리고 친구들아, 사랑한다.

엮은이 **전경남(全京男)**

1967년 이화여자고등학교를 졸업하고, 서울대학교와 동대학원에서 국어교육을 전공하였으며, 28년간 교사로 봉직하다가 2000년 경기여자고등학교에서 명예퇴직하였다.
그간 '기녀시조(妓女時調)'와 '다산시(茶山詩)' 등에 대한 논문을 발표한 바 있고, 교육부 중등국어 교과서 편찬심의위원을 역임하였다.
현재는 이화여고 67동문 카페에서 고사성어(故事成語)로 옛 친구들을 만나 우정을 나누는 즐거움에 푹 빠져 지내고 있다.

고사성어로 친구 만나
인생에 댓글 달기

2008년 2월 28일 초판 발행

엮은이 전경남
펴낸이 김흥국
펴낸곳 도서출판 **보고사**

등록 1990년 12월(제6-0429)
주소 서울시 성북구 보문동 7가 11번지
편집부 922-5120~1, 영업부 922-2246, 팩스 922-6990
홈페이지 www.bogosabooks.co.kr
메일 kanapub3@chol.com
정가 12,000원